Los Ojos de la Montaña Solitaria

Por

Víctor Edgardo Luis Rivera

Ilustraciones por Raphael Rodríguez III

También por Víctor Edgardo Luis Rivera:

Hoxerania: Vancáncer y Terra Jurásica

Contenido

Los ojos de la montaña solitaria

CAPÍTULO UNO
MALAS NOTICIAS

Era luz de la media luna la que alumbraba un pequeño cuarto desorganizado y paciente de una borrasca de juventud. La casa descansaba en paz, libre de ruidos molestosos y de visitas no bienvenidas. Encerrada en su jaula, una pequeña cotorra gris observaba con sus ojos agotados, como queriendo morir de siesta. Sin embargo, en la mente de quien se encontraba en alguna parte de aquel cuarto, sonaba música de su propia autoría. *Si tú lo tienes, enséñamelo. Si tú lo sabes, enséñamelo;* y súper héroes enfrentaban lagartos y arañas gigantescas lanzando granadas y disparando láseres por los dedos mientras los edificios se derrumbaban a su alrededor y las calles quedaban desbaratadas. *Y si no puedes, pues sólo dilo. Y si no quieres, mal para los dos.*

Un repentino ruido como marronazos comenzó a oírse más intenso con cada segundo. Los súper héroes, los lagartos y las arañas gigantescas se esfumaron, la música cesó. La cotorrita en su jaula dejó salir un sonido, quizás de duda, y buscó con la mirada, pero sin mucho asombro. Tal vez, ya nada le fascinaba.

Marlena Zaragoza iba corriendo por los pasillos, mirando fija la puerta forrada con un póster de súper héroes. Su cabello castaño se elevaba con la rapidez que se movía y su bonita cara blanca mostraba una sonrisa inquieta. Llevaba los puños apretados, encerrando una emoción y un júbilo a punto de estallar. Cuando al fin llegó a la puerta, la abrió de cantazo y sin perder tiempo.

La niña de 12 años entró a la recámara oscura y calmó su intensidad. Buscaba con su mirada y lucía perdida. El pajarito en la jaula le pitó una sola vez y luego le quitó importancia, volteando la vista hacia la inmóvil media luna en el cielo. Marlena comenzó a caminar sigilosa, sin dejar de buscar con la mirada, tropezando con los juguetes en el piso, pegándose con la patineta en el medio y agarrándose de un calzoncillo sobre una mesa. Puso cara de sapo y se aguantó el enojo.

"¿Christian, estás aquí?" preguntó casi en un susurro.

Silencio.

"Anda, sé que estás aquí en alguna parte," continuó. "Voy a encontrarte de todas maneras. Hay algo que tengo que decirte. ¿Dónde estás?"

Marlena no dejaba de buscar. Unos ojos brillantes la observaban desde alguna parte, serenos y sin pestañar, como un angelito que no se deja ver, pero nunca para de vigilarte. Marlena saltó sobre la cama cayendo de plancha. No encontró nada, buscó debajo, tampoco. Se asomó por la ventana, la calle estaba silenciosa como la noche. Una pareja de enamorados se paseaba agarrados de mano y desapercibidos. El pajarito le pitó leve.

"Ay, cállate, Tonti," le dijo ella un poco frustrada. "Si no has visto a Christian, mejor no abras el pico."

Tonti pareció hacerle caso y no pitó más. Marlena lo miraba sin decir una palabra. Lo miraba a la pequeña carita cansada, a las plumas desgreñadas y a los ojitos brillosos.

"¿Lo has visto o no?" le preguntó, su mirada más intensa.

Tonti no le contestó.

"¡Ay, qué tonta soy!" exclamó y se volteó, pero regresó la mirada a los ojitos de Tonti.

La cotorra observaba directo hacia el armario. Marlena sonrió.

"¡Por supuesto!"

Marlena caminó hasta el armario, llevándose unos cuantos juguetes enredados con los pies. Luego abrió la puerta del armario esperando sorprender a Christian, pero, para su propia sorpresa, no lo encontró.

"Pero… ¿cómo? Estaba tan segura," dijo en tono de rendición.

Sus hombros se achicaron al exhalar su aliento de esperanza. El armario estaba lleno de zapatos, ropas, cajas cerradas y peluches grandes. Un enorme oso panda de peluche apretaba en un abrazo a tres pingüinos y a un cerdo también de felpa. Marlena buscó entre la ropa, pero no encontró a Christian. Abrió una de las cajas, más juguetes viejos. Justo cuando iba a cerrar la puerta del armario, sintió una extraña sensación y dudaba estar sola. Entonces comenzó a contar los pares de ojos de los peluches.

"Uno, dos, tres, cuatro, cinco y… ¡seis!" exclamó y picó con sus dedos un pequeño par de ojos oscuros que lucían casi cerrados.

"¡Ay!" gritó Christian, derrumbando los peluches y saliendo de entre ellos.

"¡Sabía que te encontrabas aquí en alguna parte!" exclamó Marlena.

"No tenías que intentar sacarme los ojos," reclamó Christian, sobándose los ojos. "¿Acaso eres el cuervo de la muerte?"

"Nunca fue mi intención," confesó ella, intentando aguantar la risa.

"¿Cómo me encontraste?" preguntó Christian interesado, sin dejar de frotarse los ojos.

"¿Desde cuándo los pingüinos tienen ojos en las axilas, hermanito?" Marlena dejó salir una risita.

"Creía que te había engañado."

"No lo hiciste. ¿Sabes por qué estoy aquí, verdad?" preguntó la niña.

"Y no quiero hablar de eso," respondió Christian de inmediato. Luego caminó de prisa y encendió la luz del cuarto para poder verificar sus ojos en el espejo. Éstos estaban rojizos y aguados. "¡Mira lo que hiciste, Marlena!"

"Se te irá en un momento, no seas tan llorón," respondió ella. "Y sabes que tenemos que hablar."

"Eh… ¿puede esperar?" preguntó el niño con expresión de tristeza.

"No, no puede esperar," le exclamó su hermana, impulsiva. "Sabes muy bien que nuestros padres no pueden seguir esperando por ti. Así que recoge un poco la cama porque tenemos que hablar."

"¿Para qué tengo que recoger la cama si a mí me gusta así?" Christian se lanzó sobre su cama y se arropó con la sabana.

"Bien, me quedaré de pie."

"¿Podríamos hablarlo luego? Por favor," le rogó Christian.

"No y cambia esa cara porque a mí no me vas a convencer, hermanito. Nos vamos a mudar."

"¡Nooo!," lamentó Christian, escondiendo su rostro bajo la sábana, enojado.

"¡Sííí!" le respondió la hermana y luego intentó remover la sábana, pero Christian no se lo permitió. "Y sabes muy bien que mami y papi sólo están esperando por ti."

"Pero no me quiero mudar. Me gusta aquí," aseguró Christian.

"¿¡En serio!?" dijo Marlena, sarcástica. "¿Cómo puedes decir eso? Tú detestas este lugar."

"Eso no cambia nada. Comoquiera me tratarán igual a donde sea que vayamos. Se burlarán de nosotros y nos pegarán en los pasillos de las escuelas. Nos llamarán nombres. Se burlarán de ti por tener un hermano que no puede protegerte. Nada cambiará para bien. Por eso me gusta aquí aunque no me guste."

Marlena rio leve.

"Deberías escucharte a ti mismo, Christian. No tienes que sentirte mal por no poder defenderme y, las veces que lo has intentado, lo has hecho bien."

"Y por eso ahora me dicen el súper héroe tonto," respondió él un poco enojado. "¿Sabes cuántos súper héroes son tontos? Intenta ninguno."

"Pero sé que muchos se hacen pasar por tontos para proteger a sus seres queridos," respondió la hermana.

Hubo unos segundos de silencio.

"Escucha, para mí no eres ningún tonto, eres mi hermanito y me haces sentir orgullosa," continuó Marlena.

"No digas esas cosas," la cortó Christian y apretó más la sábana.

"No lo escucharás otra vez," respondió rápido Marlena, incómoda.

"Bien."

Otros segundos de silencio, esta vez, más extraños…

"El punto es que no tienes por qué sentirte mal, Christian. Vas a conocer nuevas amistades para jugar y hablar, aprenderás otras cosas, será como un nuevo mundo. Verás que te divertirás."

"Pero…" comenzó Christian y no encontró las palabras.

"Ese es problema. Tienes que dejarlo ir," le explicó Marlena. "Papi y mami no han querido que nos mudemos hasta que no estés de acuerdo, pero llamaron ahora y me dijeron que ya tomaron la decisión. Están de camino y en cualquier momento llegarán para indicártelo ellos mismos."

Christian no dijo nada. Se quedó respirando profundo bajo la sábana, donde su hermana mayor no podía verle el rostro de tristeza.

"Anímate, Christian," le pidió ella. "Todo estará bien."

"¿Puedes prometer eso?" le preguntó Christian y removió la sábana para ver la cara de su hermana. "¿Puedes prometer que será divertido?"

Marlena se sentó en la cama, al lado de él, y le respondió:

"Lo prometo." Sonrió causando el mismo efecto en Christian. "Prometo hacer todo para que sea divertido."

Luego de unos momentos, Christian comenzó a reír y saltó de la cama.

"¡Espero que haya una piscina!" exclamó. La idea de diversión a veces lo controlaba.

"Pero tú no sabes nadar," se burló la hermana.

Christian agarró una almohada cercana y le pegó con ella. Marlena quedó perpleja por un instante.

"¿Cómo te atreves?" dijo ella.

Luego se rio un poco, agarró otra almohada y comenzó una batalla de almohadazos con su hermano. Entre risas, logró llevar a Christian hasta el armario y lo empujó hacia adentro para luego encerrarlo y salir corriendo del cuarto.

"¡Adiós!" gritó Marlena mientras se marchaba por el pasillo.

CAPÍTULO DOS
EL VIAJE DE NUNCA ACABAR

Christian jugaba con sus juguetes en el suelo cuando escuchó el carro de sus padres llegar y estacionarse frente a la casa. De inmediato, toda la imaginación que contenía en su mente se fue a la nada y el muchacho no podía dejar de pensar en otra cosa que no fuera lo que había decidido en presencia de su hermana Marlena. No se sentía preparado para mudarse, no ahora. Además, ¿cómo iría a saber un niño de tan sólo once años si estaba preparado para mudarse y comenzar quizás una nueva vida? No, eso no era para él, no tenía por qué encontrarse en esa situación tan incómoda. Los niños de su edad sólo quieren jugar y disfrutar de la imaginación, de todo lo desconocido mientras todavía los fascina y maravilla, aprovechar esa magia que se tiende a perder con el paso del tiempo y jamás se recupera. Eso debería ser todo para él en ese momento, no la extraña sensación de una incertidumbre que ni tan siquiera conoce del todo.

Christian regresó la mirada a su espejo, el estado de sus ojos de vuelta a la normalidad. Observó su carita ovalada y la inmensa melena que siempre llevaba bien levantada haciéndolo lucir mucho más alto de lo que en realidad era. Su pequeña naricita parecía estar congelada, era invierno y ya comenzaba a hacer frío, los nervios lo dominaban por completo. Sus labios le temblaban, no sabía cómo iba a poder decir tan sólo una palabra a sus padres, y su garganta estaba tan seca como la cáscara de una quenepa a punto de fermentar.

No, no deberían de esperar por mi opinión para mudarnos, pensó.

"Sólo soy un niño," se dijo a sí mismo. "Por qué…" se quedó sin palabras y bajó la cabeza.

Marlena tocó a la puerta de momento y se asomó.

"Es hora, Christian," le dijo a su hermano. "Nos esperan en la sala."

"Ok," replicó él agobiado. Marlena se dio cuenta.

"Anímate, hermanito," le exclamó ella y levantó sus brazos como para abrazarlo, pero eso no ocurrió y rápido bajó los brazos otra vez. "Ya hablamos de esto."

"Lo sé," aseguró Christian. "Todo está bien. Vamos."

"¿Cambiaste de parecer?" le preguntó Marlena y se detuvo a observarlo a los ojos.

"Vamos," repitió Christian y salió corriendo hacia la sala seguido por su hermana.

Christian arribó a la sala y se detuvo ante la mirada tierna de su madre que lo observaba con una bonita sonrisa en su cara angelical. La expresión en el rostro de su padre era diferente. El hombre corpulento y de bigote oscuro lucía serio y con las líneas de expresión bien marcadas en sus mejillas.

"Siéntate," invitó Ricardo Zaragoza a su hijo.

Christian miró a su madre, María Zaragoza, quien afirmó con la cabeza, y luego se sentó en el sofá. Marlena llegó a la sala y también tomó asiento.

"Bien," dijo María Zaragoza sin perder su sonrisa. "Estamos todos aquí y supongo que saben para qué."

Marlena afirmó rápido y todos llevaron las miradas hacia Christian. El niño no podía ni moverse ni hablar, estaba petrificado en el sofá. Marlena agrandaba sus ojos en dirección hacia él para intentar lograr una reacción, pero no lo logró.

"Cariño…" comenzó María Zaragoza.

"Nos mudaremos este fin de semana," dijo Ricardo Zaragoza. "Y ya está decidido."

Hubo un momento de silencio. Todos miraban la expresión dolida de Christian. El pobre niño sólo podía pensar en toda la corta vida que estaba a punto de dejar atrás y las memorias que tenía de ella, como: los dibujos de súper héroes y muñequitos que había hecho en las paredes del sótano, los juegos de esconder con su hermana y hasta cuando corría patines en los pasillos de la casa y su padre lo castigaba. Esa última memoria le formó una sonrisa en el rostro, pues recordaba que, al final del día, su padre siempre quería protegerlo y lo mejor para él, aunque le hiciera borrar las manchas que los patines dejaban en las losetas con un trapo viejo y apestoso. "Necesitas tu equipo de protección y no puedes correr patines adentro de la casa. Podrías romper algo o salir lastimado," le decía siempre Ricardo Zaragoza.

"Pensé que no lo tomarías tan contento, cariño," le expresó María Zaragoza, su blanca sonrisa aún más visible, alegre por el repentino cambio de expresión de su hijo.

Los Ojos de la Montaña Solitaria

"Sí, sorprende su alegría," dijo Marlena asombrada, con una sonrisa a medias y mostrando un hoyuelo en una mejilla.

"No, no es eso," respondió Christian rápido y se quedó mirando los rostros de su familia. "Es que…" Se quedó sin palabras. Entonces no podía más que entender el valor de lo próximo que fuera a responder, reconociendo que el rumbo que tomaría su familia estaba en su decisión. Una criaturita de cara redonda y de tan sólo once años de edad tenía todo ese peso sobre sus hombros. *¿Cómo?* De repente, deseaba llevar el rostro cubierto, pero, al ver la imagen de felicidad de su hermana y de su madre, no podría defraudarlos. Sin embargo, fue la leve sonrisa que le mostró su padre lo que lo hizo actuar. Era muy extraño para Christian tener la experiencia de ver a su padre mostrar algo de júbilo porque Ricardo Zaragoza era un hombre muy serio y también muy trabajador. Ante los ojos de Christian, Ricardo Zaragoza siempre estaba tenso y pensando en el trabajo como si su vida dependiera de ello. A veces, hasta en los días festivos y de compartirlos en familia, Ricardo Zaragoza recibía llamadas importantes del trabajo y se tenía que marchar de inmediato en medio de una cena o a mitad de algún cuento que le estuviera leyendo al mismo Christian. Esa media sonrisa de su padre era suficiente para el niño.

Christian se puso de pie y dijo, "No puedo esperar a estar unidos en nuestro nuevo hogar. Quizás será hasta divertido." Miró leve a su hermana, quien sonreía asombrada.

María Zaragoza se alegró al instante y fue a su hijo para besarlo en la frente. Luego caminó hacia su esposo y lo abrazó con fuerzas. Ricardo Zaragoza perdió toda expresión de su cara en el asombro y se entregó al abrazo de su esposa, el cimiento fuerte de su familia, el soporte que no lo dejaba derrumbarse nunca, desde el primer día en que se conocieron y un joven Ricardo andaba desesperado porque no sabía qué regalarle a su mamá para hacerla feliz un mismísimo día de madres. Fue María la que escuchó su desesperanza y le aseguró que él sí sabía cómo hacer feliz a la mujer que le dio la vida y qué regalarle, le garantizó que sólo tenía que buscar adentro, en su ser. Desde ese momento, a pesar del camino siempre parecer rocoso, el soporte nunca faltó.

Al fin, María Zaragoza se separó de su esposo y se sentó en el sofá para comenzar a explicar las características de la casa.

"Nuestro nuevo hogar es una enorme casa en la montaña con una gran vista panorámica y una increíble historia," comenzó María Zaragoza. Marlena llevó sus codos a los muslos y las manos a la quijada mientras observaba y escuchaba atenta. "La montaña es la más grande en toda Ciudad de Ensueños y muchos contratistas han querido adquirir los permisos para derrumbarla y hacer una nueva carretera, pero, debido a la existencia de la casa y su rica historia, no han podido conseguir autorización para lograrlo y ahora menos porque su padre compró la vivienda. O debería decir, la casa ya casi es nuestra porque todavía nos falta hacer un pago…"

"Y lo haremos este mismo fin de semana," la cortó rápido Ricardo Zaragoza con mucha seguridad en sus palabras.

"Pero se nos permitió comenzar la mudanza y hasta quedarnos este fin de semana," continuó María Zaragoza. "De hecho, el mismo corredor de bienes raíces, el Sr. Reid, nos incitó a quedarnos para que disfrutemos de la casa antes de emitir el pago, para que no haya duda de que hemos hecho la inversión de nuestra vida, citando sus palabras."

"¿Y cómo lograron conseguir la casa?" preguntó Marlena, muy interesada en la información.

"Suerte, tal vez," respondió María Zaragoza.

"Con mucho trabajo y esfuerzo," enfatizó Ricardo Zaragoza sin dejar una sola duda en sus palabras.

Christian observaba sin decir nada. No quería ni pensar, no por el momento.

"Entonces trabajamos más fuerte que los demás," supuso Marlena, "porque a quién no le gustaría una casa en la montaña más grande de la ciudad..."

"Yo pienso igual," aseguró María Zaragoza. "Sin embargo, la casa lleva abandonada tres años."

"¿¡Qué!?" exclamó Christian, saliendo de su silencio sereno.

"¿A qué te refieres, mami?" preguntó Marlena, ahora un poco consternada.

María Zaragoza miró a su esposo primero y luego contestó:

"La casa perteneció a una humilde familia por tres generaciones, la familia Leroux, inmigrantes de Francia que buscaban una vida simple y llena de amor en el punto más pacífico que les regalara la existencia."

La madre se detuvo un segundo, observando la sonrisa que sus dos hijos mostraban y respondió de la misma manera. La llenaba de alegría ver a su familia de esa manera, colmados de felicidad.

"La historia," continuó María Zaragoza, con el brillo único en sus ojos porque siempre le había encantado contar historias, "cuenta que un joven llamado Sébastien Leroux construyó un barco para zarpar con su amada, Maryse, una hermosa dama de cabello dorado. Sébastien venía de una familia de mucho poder en Francia, era un príncipe, pero eso no lo hacía feliz. Una noche, conoció a Maryse en la orilla de una playa francesa. La mujer observaba el horizonte bajo la luz de las estrellas como lo solía hacer cada noche que se le presentaba la oportunidad. Entonces escuchó la suave voz de Sébastien preguntarle qué hacia una hermosa dama como ella sentada sobre la arena. Y ella contestó que soñaba con encontrar una felicidad desconocida allá donde sus ojos no alcanzaban a ver, pero su corazón deseaba estar. La dulce y encantadora voz de esa mujer y la pasión que expresaba lograron que el corazón de Sébastien se llenara de vida y entusiasmo. Esa noche, comenzó el cambio de sus vidas. Conectaron a la perfección, como almas gemelas. En donde Maryse quisiera estar, Sébastien la llevaría. En donde se fuera a encontrar él, ella le acompañaría. Sébastien preparó todo lo necesario para su viaje al horizonte, desde comidas, bebidas y ropas. También escribió una carta explicando su desaparición a sus padres y se despidió de sus amistades con lágrimas en los ojos, pero sus amigos no sólo lloraron, también le desearon lo mejor y le confesaron la admiración que le tenían por siempre seguir su corazón."

"Maryse siempre observaba el horizonte mientras el mismo Sébastien navegaba el barco. El viaje fue uno larguísimo y, muchas veces, muy peligroso por las tormentas y las inmensas olas que les pegaban de lado a lado, pero Sébastien nunca pensó en rendirse. Cada vez que Maryse se acercaba y lo abrazaba con cariño, él se llenaba de fortaleza para seguir mar adentro sin preocupación de salir o no porque, con el amor que sentía, podía ver el horizonte más cerca. Entonces llegó el día y, guiados por el deseo y la corazonada de Maryse, Sébastien navegó hacia la dirección que ella le indicó y lograron ver tierra. Maryse quedó asombrada y sintió la emoción más grande que jamás había experimentado, hasta unos segundos después cuando se volteó hacia Sébastien."

"¿Por qué? ¿¡Qué sucedió!?" preguntó Marlena, sumergida en la historia.

Christian observaba inmóvil. Ricardo Zaragoza abrazó a su esposa y la besó en un hombro.

"Sébastien Leroux se arrodilló frente a Maryse y le propuso matrimonio allí mismo y al momento, con Dios como su único testigo," continuó María Zaragoza con dificultad, emocionada. No pudo aguantar unas cuantas lágrimas al recordar cuando su propio esposo le propuso matrimonio y juró cumplir los sueños de una hermosa familia. "Maryse aceptó sin hesitar y abrazó a Sébastien, ambos estallaron en un llanto de emoción y felicidad sin soltarse el uno del otro. Entonces Sébastien buscó un pergamino en donde había estado escribiendo todos sus votos durante el viaje, sacó su pluma y escribió por último prometer construir un hogar con amor para una familia. Luego pasó el pergamino a Maryse y esperó a que ella escribiera sus votos. Ambos leyeron sus promesas al acabar, se besaron y Sébastien lanzó el pergamino al mar para que su viaje nunca acabara."

"Llegaron a tierra marido y mujer. Durante semanas, sobrevivieron en un bosque porque Sébastien nunca estaba conforme con un lugar para construir un hogar. Maryse siempre lo apoyó y nunca se detuvo a quejarse, ni en los momentos de desesperación. Entonces llegó el día, Sébastien encontró la montaña más impresionante que había presenciado en su vida. Era enorme y le tomó un día entero escalarla junto a Maryse, cruzando un bosque localizado en la montaña, pero cuando ambos llegaron a la cima, supieron al instante que sería allí donde pasarían el resto de sus vidas. Sébastien buscó en su mochila un ladrillo que había retirado de su antiguo hogar en Francia y que había cargado con él durante todo el viaje. Situó el ladrillo en el suelo y dijo que era el primero de lo que sería su nuevo hogar. Y así fue. Con la riqueza que Sébastien trajo, logró construir su casa ladrillo a ladrillo y formó una familia como lo deseaba, en un hogar lleno de amor y con la mejor vista posible."

"Todo según suena, como por arte de magia," añadió Ricardo Zaragoza, sus brazos alrededor de su esposa. "De hecho, no sólo se trataba de la casa, toda la montaña era su hogar. Nadie más construyó en ella."

"¡Asombroso!" exclamó Christian, maravillado con la historia. Con la historia de su nuevo hogar, mudarse ya no le parecía tan malo.

"Entonces, ¿esa es la famosa montaña solitaria?" preguntó Marlena. Ya había escuchado hablar sobre ella en la escuela. Sabía que allí se solía celebrar una fiesta grande de navidad para el pueblo. Al menos, eso había escuchado Marlena alguna vez. Ambos padres afirmaron con la cabeza.

"Entonces, ¿ustedes no se inventaron esta historia?" preguntó Christian frunciendo el ceño. Pensaba que la historia estaba muy detallada para ser cierta.

"No," respondió María Zaragoza de inmediato. "¿Por qué iría a hacer eso?"

"No lo sé," mintió Christian, pues en realidad había pensado que sus padres estaban inventando la historia para convencerlo aún más a él del lugar, pero ya había aceptado la mudanza de todas maneras. Y si todo era cierto, mudarse sería muy divertido. "Sólo me pareció una buena historia."

Los Ojos de la Montaña Solitaria

"Y lo es," le aseguró Ricardo Zaragoza.

"¿Cómo es que la sabes contar con tanto detalle, mami?" le preguntó Christian a su madre.

"El Sr. Reid me contó la historia y, según él, la leyenda de Sébastien y Maryse Leroux está bien documentada," respondió María Zaragoza.

"Y tu mamá logró que le contaran la historia una y otra vez," añadió Ricardo Zaragoza. "Hasta yo me la estaba empezando a aprender."

"¡Caray! Debo hacer las maletas si nos mudamos este fin de semana," dijo Marlena y se levantó del sofá. No había preparado nada pensando que su hermano lograría evitar que se mudaran de alguna manera como lo había estado haciendo por semanas.

"Sólo lo más importante," le explicó Ricardo Zaragoza. "Tu mamá y yo nos encargaremos del resto durante el fin de semana."

"¿Y qué hay del colegio?" preguntó Christian. "El último día de clases antes del receso de invierno es mañana, pero a mí todavía me queda un examen."

"Entonces sugiero que vayas a estudiar," le dijo la madre.

"El próximo semestre, ambos comenzarán en un nuevo colegio," explicó Ricardo Zaragoza. "No se preocupen por esas cosas. Nosotros nos encargaremos de todo."

"Ok," dijo Marlena y se fue a su cuarto con un poco de preocupación en el rostro. Se quería mudar, pero no cambiar de colegio. Le gustaba todo sobre el suyo, desde los profesores y la directora Arjona hasta sus amistades y compañeros.

Christian iba a hacer lo mismo, pero, al llegar al pasillo, se volteó hacia sus padres.

"¿Por qué si la casa es tan asombrosa, nadie la ha comprado en tres años?" preguntó el niño. De todas las excusas que tenía en la mente para seguir alargando la inminente mudanza, esta era la que en realidad le llamaba la atención.

"Oh, ha habido montones de compradores," aseguró María Zaragoza, "vienen de todo el país para comprar la casa, pero, al final del día, todos parecen tener una historia y una razón distinta y ninguno opta por hacer la compra. Eso ha creado una depreciación en el valor de la vivienda."

"Que para nosotros es una bendición porque de esa manera la podemos adquirir," añadió Ricardo Zaragoza.

"Uno de los amigos de tu padre iba a comprar la casa una vez," comenzó a explicar María Zaragoza. "Luego dijo que no la quería porque esa casa está embrujada. ¡Qué tonto!" Rio.

"No te rías," dijo Ricardo Zaragoza, riéndose también. "No es el único que lo ha dicho. Muchos creen que el espíritu de la familia Leroux ronda el hogar debido al misterio de su muerte."

"¿¡Una casa embrujada!?" exclamó Christian en voz alta.

"No, no lo es," le dijo su madre rápido y con seriedad. "Esas son tonterías, Christian. Sabes bien que no hay tal cosa."

"Tu madre tiene razón," aseguró Ricardo Zaragoza, otra vez serio como de costumbre. "Mejor ve a estudiar para tu examen."

"Pero…" comenzó Christian.

"Ve," le repitió su padre.

"Cariño, ve a estudiar," añadió María Zaragoza cuando vio que su hijo la miraba esperando algo. "Por favor."

Christian afirmó con la cabeza y se marchó a su cuarto con una nueva preocupación inmensa en su mente. Su hogar… *¡Una casa embrujada!*

CAPÍTULO TRES
A PRUEBA

Recostado sobre su cama, Christian intentaba leer y estudiar de su libreta para el examen de matemáticas que tendría el próximo día, pero no lograba concentrarse. No podía evitar imaginar una vieja casa en la cima de una inmensa montaña, protegida por espectros blanco trasparentes rondando los alrededores en una vida sin descanso. *Y si es una montaña, tiene que haber lobos feroces,* pensó, las manos le temblaban de terror. *¡Lobos! Ya puedo imaginar sus aúllos prolongados en las noches de luna llena mientras se les expande el pecho y se levantan a correr en dos patas con garras afiladas y sus dientes puntiagudos. ¿¡Qué he hecho!? ¿¡En qué me he metido!?*

Intentó repasar como pudo hasta que el sueño alcanzó más que el deseo y el mismo temor. Entonces se encontraba allí. La casa era justo como la imaginaba, los pedazos de madera rota y con polilla, cantos de la antigua estructura guindando del techo, amenazando con colapsar en cualquier momento. Montones de espectros merodeaban los alrededores, brillando de blanco trasparente bajo la luz de la luna llena. El aullido de los lobos se podía escuchar tanto de cerca como de lejos. De adentro de la casa, venía una luz roja y Christian tenía que averiguar de qué se trataba. Por alguna razón, tenía que saber qué era aquel extraño resplandor carmesí. La curiosidad lo estaba matando. Caminó sigiloso, acercándose a la casa poco a poco, evitando ser visto o atrapado. Justo cuando llegó a la entrada principal de la espeluznante morada, la puerta se abrió sola y, al Christian pisar adentro, sintió una fría mano de dedos largos apretarlo por un hombro. Christian se volteó atemorizado y contempló la mirada vacía del espectro que lo había atrapado.

"Tú no perteneces aquí," le dijo el espectro, su voz profunda y potente.

Christian despertó agitado y de inmediato, quejándose con palmaditas a su frente. Intentó volver a dormir, pero la imagen en su memoria del espectro advirtiéndole que no pertenecía a aquel lugar no se lo permitió. Entonces decidió volver a tratar de estudiar y evitar el sueño. Así pasó las horas hasta el alba. Cuando se preparó para ir a la escuela, era él quien parecía un espectro con sus ojeras oscuras.

"Parece que tuviste una buena noche," le dijo Marlena con media sonrisa en su rostro mientras desayunaban.

"Cállate," le respondió Christian. Bostezaba y cabeceaba de lado a lado.

"¿Qué te pasó, cariño?" le preguntó María Zaragoza mientras le servía un jugo de frutas. "¿No dormiste bien?"

Pero Christian no le contestó, de hecho, ni la escuchó porque se había quedado dormido en ese instante.

"Necesitamos irnos," dijo Ricardo Zaragoza cuando llegó al salón comedor, amarrándose la correa. "Estamos corriendo tarde."

Todos avanzaron salvo Christian, quien apenas podía mantener los ojos abiertos. Sin embargo, Marlena le pegó con un hombro cuando le pasó por el lado para despertarlo.

"Ya nos vamos," le dijo ella.

Christian agarró su jugo de frutas y se lo tomó rápido para luego irse al carro. Ricardo Zaragoza los esperaba desesperado al volante. Todos entraron al carro, María Zaragoza iba en el asiento del pasajero y ambos hijos se sentaron atrás.

"Parece que tu día va a ser largo, hermanito," le susurró Marlena a Christian en el oído.

"Mejor cállate," le respondió Christian y, unos segundos después, añadió sin sentido, "se fue por allá." Estaba en otro mundo, en el sendero de los sueños. No tenía ni fuerzas para levantar un brazo, su pesada cabeza se le fue para atrás y quedó dormido.

"Muévete," le dijo Marlena para despertarlo, empujándolo con los pies. Ya habían llegado al colegio.

"Déjame," le pidió Christian, pero de igual manera tuvo que despertar y seguir su día. Ambos hermanos se bajaron del carro. Sus padres se despidieron con las manos desde adentro del coche como de costumbre.

Los padres de los estudiantes se despedían de sus hijos en el estacionamiento mientras se escuchaba el timbre escolar a lo lejos. Todos los niños iban bien peinaditos y llenos de energía, listos para el último día de clases antes del descanso de invierno, todos menos Christian. El pobre llevaba cara de pocos amigos y su melena levantada tenía el mismo aspecto de su rostro.

"¡Los queremos!" les gritó María Zaragoza mientras su esposo arrancaba el carro.

Marlena se avergonzó y hasta se sonrojó. Se apartó rápido de Christian y se perdió entre la multitud. Por otra parte, su hermano ni se dio cuenta y siguió caminando con trabajo y con su cuerpo pesado mientras los estudiantes cercanos lo observaban.

"Ja ja, miren todos, Zaragoza se cree zombi," gritó Mando el Bribón a su alrededor cuando Christian caminaba por un pasillo en dirección a su salón. Mando el Bribón era un niño alto y gordo, con la cara llena de acné y una cicatriz en la ceja derecha. Gozaba de molestar a Christian y al resto de los niños más pequeños que él. Estaba atrasado dos años en el colegio y todo parecía indicar que este sería el tercero.

Christian se detuvo y lo miró. Mando el Bribón lo tenía cansado ya porque no pasaba un día sin molestarlo ni dejarlo en paz. Christian nunca le había hecho algo, sin embargo, Mando el Bribón lo fastidiaba en cada oportunidad que se le presentara: en los salones de clases, en el salón comedor, en los pasillos, incluso afuera del colegio.

"¿Qué miras, tonto?" le preguntó Mando el Bribón y le hizo frente. "¿Quieres comer fango otra vez?"

Mando el Bribón lo agarró por ambos hombros, pero Christian lo sacudió rápido. Éste quedó despierto con la ira que sintió al recordar cuando Mando lo estrelló de cara al fango unos meses atrás.

"Miren, Zaragoza se cree grande hoy," señaló Mando el Bribón. Los niños alrededor se acomodaban para ver lo que sucedía. "¡Te mandaré de vuelta a tu tamaño, Zaragoza!"

"Déjalo en paz," gritó Marlena, quien se había fijado de la situación hacía unos momentos y venía corriendo a separar a Mando de su hermano.

Christian se percató y, rápido y con astucia, puso un pie detrás de Mando el Bribón. Entonces cuando Marlena empujó a Mando para apartarlos, éste tropezó y cayó de trasero al suelo.

Todos los niños que observaban alrededor comenzaron a reírse a carcajadas. Mando el Bribón se sonrojó de vergüenza y furia.

"¡Acabaré con los dos!" exclamó Mando desde el suelo. Se levantó y cuando iba por los hermanos, apareció un profesor, el Sr. Vega.

"¿Qué está pasando aquí?" preguntó el Sr. Vega. Todos los niños quedaron en silencio.

"Nada, Sr. Vega," replicó Mando el Bribón al fin. "Sólo estábamos jugando." Mando el Bribón actuaba, pero cuando el Sr. Vega no lo observaba, le enviaba señales de odio a Christian y a Marlena con su mirada y afirmaba con la cabeza como queriéndoles decir «yo los agarro pronto».

"Entonces vayan a sus salones de clase," les indicó el Sr. Vega, firme. "El timbre ya sonó, no deberían estar en los pasillos."

Todos los niños se fueron a sus respectivos salones. Mando el Bribón le pasó por el lado a Christian y le pegó fuerte con un hombro.

"Te salvó la campana," le susurró al pasar. Luego se volteó hacia Marlena y le dijo, "Te veré pronto, rayito de luz," y le tiró un beso. Ella hizo un gesto de asco.

"¿Estás bien?" le preguntó Marlena a su hermano cuando todos se fueron.

"Estoy bien," respondió Christian enojado y se marchó a su salón de clases.

Llegando a la entrada del salón de clase, Christian se topó con su mejor amigo, Alvin, un niño de nariz redonda y cejas finas que siempre estaba alegre, pero esta vez lucía preocupado.

"Christian, me enteré de lo que pasó con Mando el Bribón," le dijo Alvin, poniéndole una mano sobre uno de los hombros. "¿Estás bien?"

"Estoy bien, Alvin," respondió Christian, un poco más aliviado. "Es sólo Mando con sus estupideces. Ya lo conoces."

"Odio a ese bribón. Escuché que se iba a pelear contigo. ¿Eso es cierto?"

"No lo sé," aceptó Christian, ahora un poco más preocupado. "Pero es probable. En especial luego de que lo tiré al suelo."

"¡¿Tumbaste a Mando el Bribón?!" exclamó Alvin sorprendido.

Christian afirmó lento con la cabeza y ambos entraron al salón de clase para sentarse en pupitres adyacentes.

"Le puse un pie detrás de las piernas y tropezó frente a todos," explicó Christian.

"¡La papa!" exclamó Alvin asombrado. "No puedo creer que te hayas atrevido a hacer eso."

"Sabes que Mando ya me tiene cansado con sus abusos. Ya no lo aguanto más."

"¿Pero sabes lo que significa? Ahora Mando el Bribón querrá pelear contigo," dijo Alvin, algo apenado. "Siempre lo hace con todos lo que se atreven a hacerle frente y nadie nunca lo ha vencido."

Entonces Christian se preocupó más aún, quedando en silencio.

"¿No habías pensado en eso?" preguntó Alvin, pausado.

Christian negó con la cabeza.

"Creía que sí porque no te ves muy bien que digamos," añadió Alvin. "Tus ojos…"

"Tuve una mala noche," respondió Christian y suspiró.

"¿No dormiste bien?"

"No."

"¿Estudiando para el examen de ahora?"

"No," contestó Christian, recordando que su día apenas comenzaba y todavía faltaba el examen para el cual no había podido estudiar bien.

"¿Entonces?" preguntó Alvin sin entender.

"Me voy a mudar mañana viernes."

"¡¿Qué?!" Alvin agrandó los ojos. No podía creerlo. Su mejor y único amigo se iba a mudar y él se quedaría solo, tal como solía estar antes de conocer a Christian en el mismo colegio hacía unos años. "No puedes estar hablando en serio. No puedes mudarte."

Christian asintió lento con la cabeza.

"¿A dónde?" preguntó Alvin, aceptando la realidad.

"Eso es lo que me preocupa," confesó Christian.

"¿Por qué?"

"Nos mudaremos a una casa embrujada."

"¡¿Qué qué?!" exclamó Alvin en voz alta y luego susurró, "¿De qué estás hablando?"

Pero, en ese momento, la profesora Rivas se molestó por el ruido de Alvin y el control que estaba perdiendo en su salón de clases.

"¡Silencio!" dijo la profesora en voz alta, de pie y pegándole a la pizarra con una antena de carro que le gustaba cargar para amansar estudiantes indisciplinados. Todos los estudiantes guardaron silencio, se enderezaron y quedaron mirándola. "Buenos días, jóvenes. Espero que estén todos listos. Como saben, hoy será la última vez que nos veremos en este salón de clases hasta el próximo año y sólo nos queda el examen de término medio. Espero que hayan estudiado bien. ¡Mucho éxito! Alvin, por favor, ayúdame."

Alvin se levantó de su pupitre con un poco de temor y ayudó a la profesora a repartir los exámenes. Todavía estaba asombrado con la noticia que le había dado Christian. ¿Qué iría a hacer él sin su amigo?

"Date prisa," lo apresuró la profesora cuando Alvin parecía haberse quedado espaciado a mitad de la entrega de los exámenes.

"Perdone, profesora," se disculpó Alvin y terminó de entregar los exámenes para luego regresar a su pupitre.

"No puedo creerlo," le susurró a Christian.

"Silencio," ordenó la profesora Rivas. "Ya comenzamos y lo único que quiero escuchar es el hermoso sonido de sus lápices resolviendo los problemas matemáticos en las hojas que han de entregarme antes de que suene el timbre. Escucho otra cosa y habrá música." Apretó la antena de carro.

Christian podía ver números y símbolos matemáticos no sólo en el examen, pero también al cerrar los ojos, en su mente, flotando por los aires y hasta en la frente fruncida de Mando el Bribón. Quería resolver todos los problemas, pero no podía ni sabía por dónde comenzar tan siquiera. Escribía números por todas partes y no acababa. Entonces apareció Mando, le pegó en un brazo y le tumbó el lápiz.

"Despierta," le susurraba Alvin.

"Ah…" Christian despertó desorientado. "¿Qué pasó?"

"Te quedaste dormido," le explicó Alvin.

"¿Entonces era todo un sueño?" preguntó Christian aliviado. Alvin negó con la cabeza.

"Me temo que no y el timbre sonará pronto."

"¡¿Pueden callarse las bocas?!" exclamó la profesora Rivas levantando la antena.

Christian miró el reloj en la pared, le quedaba poco tiempo. Miró hacia la puerta y allí estaba Mando el Bribón esperando a cruzar miradas para amenazarlo con puños a la palma de una mano. Christian agrandó los ojos y tragó con dificultad, pero luego ignoró al bribón, recogió el lápiz del suelo y comenzó a resolver lo que le faltaba. Sólo había completado la mitad del examen.

Alvin ya había terminado, pero estaba preocupado por su amigo porque el tiempo no le iba a dar para completar la prueba. Entonces levantó un poco su examen y le pitó leve a Christian.

"Pss, Christian," susurró, acomodando mejor el examen para que quedara más visible.

Christian lo vio y no sabía qué hacer. Comenzó a negar con la cabeza, mientras que Alvin le afirmaba y le susurraba que sí. Christian nunca se había copiado en un examen, no le gustaba, pero lo estaba pensando.

Entonces Mando el Bribón entró rápido al salón y le indicó a la profesora Rivas, señalando a Alvin y a Christian.

"Mire, querida profesora," dijo Mando el Bribón con voz de nene bueno. "Zaragoza y el otro mocoso se están copiando. ¡Péguele!"

La profesora hizo a un lado el periódico que estaba leyendo y se levantó molesta.

"¿¡Qué está pasando aquí!?" preguntó enojada y caminó hacia Alvin. "¡Christian! ¡Alvin! ¿Qué creen que hacen?"

Ambos niños quedaron en silencio.

"El examen," respondió Christian al fin, viendo la hora en el reloj que colgaba de la pared, le quedaba poco tiempo.

"Nada," replicó Alvin, fue lo más rápido que le llegó a la mente.

"¿Cómo que nada? Están tomando una prueba, saben que tienen que comportarse," les indicó la profesora Rivas y apretó la antena de carro.

"Se estaban copiando, profesora," dijo Mando el Bribón, apareciendo por detrás de la educadora. "Yo los vi. No les crea una sola palabra. Verifique los exámenes. ¡Pégueles ya!"

Christian escuchó la voz fingida de Mando el Bribón y se enojó.

"¡Cierra la boca, Mando!" exclamó Christian.

"¿Por qué no vienes y me la cierras tú, Zaragoza?" dijo Mando el Bribón, invitándolo con las manos y cambiando su voz de niño bueno a la usual de atemorizar estudiantes en los pasillos del colegio. La profesora se interpuso para evitar.

"No todos somos como tú," añadió Alvin.

"Sí, eres el único tonto que se copia y comoquiera tiene que repetir el mismo grado," le dijo Christian, mirando a los ojos de Mando el Bribón, "dos veces."

Todos los estudiantes comenzaron a reírse sin poder aguantar.

"¡Estás muerto, Zaragoza!" exclamó Mando el Bribón y se pegó un puño en la palma de la mano.

"¡Silencio!" tuvo que gritar la profesora Rivas para calmar a los estudiantes y le pegó a la pizarra con la antena. "Entreguen sus exámenes ahora."

"Pero todavía quedan unos minutos," apuntó un estudiante que aún no terminaba.

"No importa, entréguenlos," le respondió la profesora Rivas.

"¿Ves lo que causaste, Christian?" dijo el mismo estudiante mientras se levantaba y le entregaba el examen a la profesora.

"Tienes que irte, Mando," le dijo la profesora al bribón y lo sacó del salón de clases.

Christian aprovechó esos segundos para resolver uno que otro problema matemático con prisa, pero comoquiera entregó su examen incompleto. Sin embargo, estaba confiado de no obtener una calificación tan mala, de aprobar. Por lo menos, dejaba atrás un gran peso del día largo y complicado que tenía avante.

A la hora de almuerzo, Christian quedó en explicarle más sobre la mudanza a Alvin, pero éste tuvo que ir a dar explicaciones la profesora Rivas y a disculparse. Más que por sí mismo, lo hizo pensando en su mejor amigo, Christian, pues sabía que éste no había terminado el examen y, si le restaban puntos, el resultado podría ser desastroso. No fue fácil, pero Alvin logró hacer que la profesora Rivas soltara la antena y sonriera en unas de sus explicaciones y dedujo que el trabajo ya estaba hecho.

Christian terminó de almorzar y se quedó solo en una de las mesas del comedor escolar, reposando y descansando. Cerró los ojos por unos segundos y, cuando los abrió, se encontró a Alvin sentado al frente.

"¿Puede esperar?" pidió Christian, frotándose la cara y suspirando. "Estoy cansado y tengo sueño."

"Puede esperar, pero quizás estés muerto," le reveló Alvin, preocupado.

"¿De qué hablas?" Christian se retiró las manos de la cara y las puso sobre la mesa.

"Mando el Bribón anda diciendo que matará a Zaragoza hoy."

"¡¿Qué?!" exclamó Christian.

"Así como lo oyes. Mando el Bribón va a esperar por ti afuera. Tienes que decirles a tus padres, o a la directora Arjona. Ellos pueden ayudarte," explicó Alvin. Llevaba tiempo tratando de convencer a Christian de que hablara con sus papás sobre Mando el Bribón y todo lo que éste le hacía, pero Christian no accedía porque pensaba que iba a lucir como el tonto debilucho que el mismo Mando el Bribón le decía que era.

"Sabes que no lo haré. No necesito meter a ninguno de mis padres en mis problemas."

"Al único que metes en problemas por no decir nada es a ti mismo, Christian."

Christian observó a su amigo por un momento.

"Si Mando quiere pelear, entonces encontró con quién," exclamó Christian con una ira y furia que extraña la vez mostraba.

"No puedes estar hablando en serio," le dijo Alvin asombrado, pero Christian no contestó. "¡Te matará de verdad! No pelees."

Christian se levantó y se fue mientras Alvin lo llamaba por su nombre para que regresara, pero Christian hizo caso omiso. Por el resto de la tarde, Christian permaneció en silencio en cada una de las clases. Alvin intentaba razonar con él, pero era imposible. Lo único que el joven Zaragoza podía pensar era en, al fin, darle un trompazo a Mando el Bribón. Después de aguantarlo tanto tiempo, la paciencia había alcanzado su límite. Por otra parte, la falta de palabras también venía del nerviosismo. Christian sólo había peleado una vez cuando más pequeño y en realidad sólo agarró unos golpes por encontrarse en donde no debía. Ahora pinchaba las manos en el pupitre con sus muslos para que nadie se fijara que temblaba sin detenimiento. Hasta los ojos se le aguaban, pero bajaba la cabeza para ocultarlo. Todo ese nerviosismo y esas sensaciones se intensificaban cada vez que miraba hacia afuera de los salones.

Mando el Bribón había estado toda la tarde rondando los salones, sin quitarle el ojo de encima a Christian porque pensaba que en la primera oportunidad que éste tuviera, se escaparía corriendo y Mando tendría que esperar hasta el próximo año para su venganza. Y el Bribón no era un fanático de la espera. Las malas miradas que le daba a Christian parecían querer partir el suelo en forma de grietas. Se divertía de esa manera y sacándole fuego a un encendedor que siempre cargaba para hacer fechorías como estallar explosivos en los pasillos y baños de la escuela. Con el encendedor, mostraba el fuego que los dividía en la espera. Alvin le pedía a su amigo que se lo dijera a los profesores y a la directora, pero no lo convencía. Christian se sentía cada vez más pequeño y le parecía que Mando el Bribón se agigantaba ante su mirada. Entonces Mando no estuvo a la vista durante la última clase. Christian no sabía ni qué sentir. Ver o no ver a Mando el Bribón no era satisfactorio del todo, no, para nada. ¿Qué podría significar? ¿Acaso estaba a salvo ya?

"¿A dónde crees que se haya ido?" le preguntó Christian a Alvin.

"Ahora me hablas… no tengo idea," respondió Alvin. "Pero dudo que se vaya a quedar para despedirse de sus amigos."

"Yo tampoco me quedaré," confesó Christian.

En ese momento, sonó el último timbre escolar que indicaba que las vacaciones de invierno ya eran oficiales. Los estudiantes comenzaron a despedirse con abrazos, besos y apretones de manos. Venían de distintos salones, algunos hasta tenían música, comida y refrigerios. Había una pequeña fiesta de despedida. Sin embargo, Christian se fue rápido. No lo podía creer, pero iba tras Mando el Bribón. Alvin se le fue detrás de inmediato y tampoco se despidió del resto de los compañeros de clase.

"No dejaré que te pase algo inesperado, amigo," le dijo Alvin y le dio una palmada en la espalda. "Estaré ahí si alguien interviene." Alvin nunca había peleado y ya estaba arrepentido de haber dicho esas palabras. Sentía problemas para respirar y concentrarse.

Christian afirmó con la cabeza y sonrió leve. Comenzaron a buscar a Mando el Bribón durante unos minutos, incluso afuera, pero no lo encontraron.

"Sabes, tenía el presentimiento de que Mando el Bribón sería un cobarde y se desaparecería tan pronto se presentara la oportunidad," confesó Alvin, sonriendo de satisfacción y alivio.

"Y parece que tenías razón," le respondió Christian. No sabía cómo lo había hecho, pero había evadido pelearse con Mando el Bribón. "Iré por Marlena a decirle lo que sucedió y a largarnos de una vez."

"Iré contigo."

Ambos fueron por Marlena. Christian sabía dónde encontrarla, en la fiesta de despedida. Ella había estado ansiosa porque llegara el día.

"¿Crees que le haya sucedido algo a Mando el Bribón?" preguntó Alvin.

"No lo sé, pero no puedo negar que eso me pueda hacer sentir mejor," replicó Christian.

"¿Qué es eso?" señaló Alvin.

Caminaban por un pasillo grande y había muchos estudiantes rodeando a otros que Christian y Alvin no alcanzaban a ver. Estaban a segundos del salón de la fiestecita de Marlena.

"Tendremos que averiguar," dijo Christian y corrieron hasta allá.

Christian se abrió paso entre los estudiantes como pudo y entonces vio lo que estaba sucediendo. Mando el Bribón tenía a Marlena de rodillas en el suelo y agarrada por el cabello. Marlena parecía estar a punto de estallar en llantos, pero no lo hacía. Le gritaba a Mando el Bribón que la soltara, que la dejara en paz. Estaba indefensa y sin escape. Al Christian ver lo que sucedía, soltó todas sus cosas y corrió hacia Mando el Bribón.

"¿Quién ríe ahora, Zaragoza?" exclamó Mando el Bribón entre carcajadas y levantó a Marlena por el cabello. Se le acercó y susurró, "Yo…"

"¡Suelta a mi hermana!" gritó Christian y saltó sobre Mando el Bribón con una patada que hizo que soltara a Marlena y cayera a unos pies de distancia.

A Christian no le importaba Mando el Bribón, se volteó preocupado hacia su hermana, quien ocultaba el rostro.

"¿Estás bien? ¿Qué te hizo?" le preguntó mientras la sombra de Mando el Bribón lo arropaba sin que se percatara.

Entonces Alvin pudo cruzar entre la gente al fin y vio a su amigo protegiendo a Marlena, pero también vio el momento en el que Mando el Bribón iba enfurecido por Christian.

"A tus espaldas, Christian," gritó Alvin, dando un paso adelante, pero fue interceptado por dos amigos de Mando el Bribón que lo habían estado esperando todo ese tiempo, Lucas y Martín. Le pegaron en el abdomen y Alvin cayó al suelo rápido, gritando y quejándose mientras daba vueltas y pateaba el piso.

"¡Ay, me agarraron!" gritó Alvin como si se estuviera muriendo. Nunca le habían pegado tan fuerte.

Christian no vio cuándo Mando el Bribón le pegó a traición un puño cerrado por la ceja derecha que lo hizo ver estrellitas en plena luz del día.

"No, cuidado," gritó Marlena.

Pero Mando el Bribón continuó el castigo con una sonrisa en su rostro. Le pegó tres golpes más a Christian en el cuerpo, también en la cara, dos en la espalda que sonaron como cohetes y un rodillazo en la frente que lo hizo desplomarse al fin y quedar inmóvil por un instante. Los estudiantes que los rodeaban gritaban «pelea, pelea», pero cuando vieron a Christian tendido en el suelo, no pudieron evitar callarse y sentirse apenados por él y avergonzados por Mando el Bribón, por su vicioso ataque a traición.

"¡Christian!" exclamó Marlena y se arrastró hasta su hermano.

"Vámonos de aquí antes de que lleguen los grandes," dijo Lucas, uno de los amigos de Mando el Bribón.

Mando el Bribón le pegó una patada a Marlena para sacarla de encima de Christian y le pegó otra en el suelo a éste antes de marcharse corriendo entre la multitud.

"Se los dije, Zaragoza," fue lo último que gritó Mando el Bribón.

Los otros estudiantes también se asustaron y se fueron corriendo de la escena. Sólo algunos pocos se quedaron para averiguar en qué condiciones se encontraba Christian. Marlena se recuperó y regresó a su hermano.

"¿Estás bien, Christian? Deja ayudarte," le dijo Marlena y lo comenzó a ayudar a levantar.

Christian se recobró y, cuando al fin se levantó, sacudió a su hermana para alejarla.

"Estoy bien," le gritó a Marlena y se alejó de ella. Sangraba por un labio y tenía un moretón en la frente.

"Pero…" comenzó Marlena, intentando acercarse.

"Te dije que estoy bien," la cortó Christian. "¡Aléjate!"

Christian caminó hacia Alvin, quien todavía estaba en suelo quejándose, y lo ayudó a levantar.

"Me voy," le dijo Christian a su hermana.

"¿A dónde vas?" preguntó ella preocupada, una mano en el costado donde recibió la patada. "Esta vez se lo tenemos que contar a papi y a mami."

"Y nada pasará," le gritó Christian. "Me voy a casa de Alvin y no le contarás nada de esto a nuestros padres. ¿Entiendes?"

Los hermanos se quedaron mirándose en silencio por un momento.

"Vamos, Alvin," le dijo Christian a su amigo, éste lo miró en suspenso, aún adolorido. "Vamos."

Ambos se fueron, Alvin sin palabras y Christian enojado, con su vista y pensamientos nublados, saboreando su propia sangre y humillado, sin olvidar que su día todavía no acababa.

CAPÍTULO CUATRO
UN NUEVO HOGAR

Christian y Alvin caminaban por la calle sin hablar, en dirección a la casa del último. Christian todavía estaba enojado, de hecho, había olvidado la mochila con sus cosas en el colegio antes de recibir la paliza a manos de Mando el Bribón. Pero no quería pensar en nada de eso. Tal vez Marlena lo había recogido todo por él. Todavía tenía que preparar sus cosas para mudarse y tampoco quería hacerlo ahora. Por el momento, sólo quería descansar, cerrar los ojos y despejar la mente. Pensaba que quizás podría hacer eso en la casa de su amigo.

A Alvin ya se le había pasado el dolor del golpe que recibió en el abdomen, pero, por respeto a su amigo, que todavía parecía estar en agonía, se sobaba y se quejaba de vez en cuando. En un momento dado, cuando ya se encontraban frente a su hogar, decidió romper el silencio.

"¿Te agarró desprevenido, no?" preguntó Alvin.

"Sí, a traición," respondió Christian aguantándose los labios.

"Era un plan. Mando el Bribón lo tenía todo planificado." Alvin apretó los dientes con fuerza en un mordisco de enojo.

"Y funcionó. ¡Mírame! Estoy hecho un desastre."

"Veré qué hay en casa para ayudarte."

"No te preocupes, sólo quiero sentarme unos minutos."

Entraron a la casa de Alvin, no había nadie más. Éste busco unas píldoras para el dolor y se las dio a su amigo para que se las tomara con un poco de agua. Era lo único que Christian aceptaría.

"¿Estás seguro de no querer algo más?" preguntó Alvin.

"No quiero nada, gracias," respondió Christian recostado sobre el sofá, con los ojos cerrados.

"Mami te puede ayudar cuando llegue en poco más de una hora."

"Ya me habré ido para entonces," aseguró Christian.

"Escucha, Christian. Tu hermana tiene razón. Tienes que decirles a tus padres lo que Mando el Bribón les hizo a ambos. Los mayores tienen que saberlo."

"Ya dije que no," replicó Christian. "Lo aguantaré y sanaré como siempre hago."

"Pero piénsalo bien," insistió Alvin. "Esta vez no sólo se trata de ti, ni de mí, esta vez también se trata de tu hermana, Marlena. Piensa en ella, por favor."

"Eso he estado pensando," confesó Christian, abriendo los ojos y mirando al techo.

"Y..."

Un momento de silencio.

"Quizás si no me hubiera preocupado por ella, podría haber sorprendido yo por la espalda a Mando y haber escapado riendo. Me hubiera gustado más esa historia. Estaríamos ahora mismo hablando de la gloria y no del fracaso."

"No puedes estar hablando en serio," manifestó Alvin, sorprendido con las palabras de su amigo. Sabía que Christian no era así, que era el enojo hablando por él.

Christian no dijo nada.

"Contéstame," insistió Alvin.

Christian no contestó.

"No puedes culpar a Marlena," continuó Alvin. "O sea, también debes de aceptar que tienes culpa..."

"Sí, quizás estoy culpando a Marlena," lo cortó Christian. "Quizás estoy muy seguro de que fue todo culpa suya y las terminé pagando yo. ¿Cuándo no? Marlena quiere brincar una verja, yo soy el escalón; Marlena no quiere mojarse, yo tengo que correr a buscar la sombrilla; Marlena quiere mudarse, yo tengo que mudarme y actuar a gusto aunque no quiera; Marlena se ve en problemas y yo recibo los golpes. ¿Y quieres saber cuántas veces me lo ha agradecido? Intenta cero. Yo también me canso, Alvin. Pero no quiero hablar nada de eso. Lidiaré algún día con Mando el Bribón."

"Espero que estés listo para entonces," le dijo Alvin y no mencionó más el tema. Nunca había visto a Christian actuar así. Era como si no lo conociera. Y no lo quería conocer, no a la persona que hubiese querido atacar a traición para obtener la ventaja, la gloria, ni a la persona que culpaba a su hermana por sus actos porque había sido el mismo Christian quien había decidido ir detrás de Mando el Bribón en búsqueda de un pleito. Nadie lo había obligado.

Antes de regresar a su hogar, Christian le contó todo sobre la mudanza a Alvin y le dijo que esperaba su visita pronto. Alvin le aseguró que lo visitaría y le deseo que se cuidara bien por si acaso la casa estaba embrujada de verdad.

"¿Qué piensas tú?" le preguntó Christian interesado, esperando la respuesta más sincera de su amigo para que lo ayudara a salir de sus propias dudas.

"La realidad no sé," confesó Alvin. "Nunca he estado en una casa embrujada, pero he escuchado algunos cuentos y sólo puedo desear que tu nuevo hogar no sea tan escalofriante y sí sea más divertido. Te veré pronto, amigo. Ve y cuida de tus golpes. Estoy seguro de que te recuperarás rápido."

"Gracias…"

Christian llegó a su casa y entró desapercibido, caminando sigiloso entre los pasillos hasta llegar a su cuarto, donde se encerró a preparar sus maletas con las cosas más importantes para la mudanza, juguetes, videojuegos, un kit de explorador, libros y un poco de ropa. De vez en cuando, se miraba en el espejo. Sus heridas lucían cada vez mucho peor. No sabía qué explicación le iba a dar a sus padres cuando lo vieran, esto si Marlena no lo había mencionado ya. Todavía no había visto a su hermana. Se removió la camisa, su espalda mostraba moretones. Se observó de arriba abajo, no lucía bien para nada. Entre moretones, sangrados y el cansancio en el rostro, ni tan siquiera se parecía al lindo niño de cara redonda y cabello levantado que su abuela llamaba nieto favorito. Lucía como un verdadero muerto viviente de alguno de sus libros de terror.

Tonti le pitó como para dejarle saber que también estaba en el cuarto. La realidad era que no tenía nada de comida. Christian lo alimentó al fijarse.

"Creo que tú te quedarás, Tonti," le dijo a la cotorra. "Dudo que dures mucho en una casa embrujada con lo miedoso que eres."

Tonti pitó y agitó las alas, haciéndole creer al niño que en realidad lo estaba entendiendo.

Christian sonrió y le señaló.

"Por poco me agarras."

El pajarito se quedó observando en silencio, meneándose en su jaula.

"No es que no quiera llevarte conmigo, Tonti," le explicó Christian. "Es que no sé si querrás estar allá… Tampoco creo que mami te vaya a dejar aquí. Además, eres parte de la familia."

Christian comenzó a jugar con la cotorra, pitándole y tocándola con un dedo.

"¿Le temes a los brujos y fantasmas, Tonti?" le preguntó Christian acostándose en su cama. "¿No? Yo nunca he visto alguno…" Su cabeza cayó como un gran peso muerto y quedó atrapada en la almohada como relleno de tortilla.

Esta vez no había luna llena ni lobos, no había espectros ni ojos fríos. En sus sueños, no había casas embrujadas en la lejana montaña solitaria de Ciudad de Ensueños, pues ni un golpe de Mando el Bribón podría despertarlo de aquella profundidad. Cuando al fin abrió los ojos en la mañana siguiente, caminó todavía medio dormido hacia el baño, bostezando y adolorido por todas partes. Abrió la puerta del baño y allí estaba su madre lavándose la boca.

María Zaragoza dejó caer el cepillo de dientes al piso, sus ojos agrandados.

"¡¿Qué te pasó?!" preguntó María Zaragoza sorprendida, observando los moretones de su hijo.

"Me… caí," dijo Christian, inesperado, con falta de palabras, pero luego reaccionó.

"¿Te caíste?" exclamó la madre sin creerle una sola palabra. "¡¿Cómo que te caíste?!"

"Me hago, me hago," le dijo Christian y entró al baño, sacó a su madre y cerró la puerta. "Te explico luego cuando haya tiempo," le gritó desde el baño.

"Oh, sí, puedes estar seguro de que habrá tiempo," le indicó María Zaragoza molesta y se marchó.

Christian pasó un largo rato en la ducha, bajo el chorro de agua caliente, con los ojos cerrados, relajado, libre del dolor corporal, dejando perder los pensamientos, despejando la mente. Cuando salió del baño, tenía todo listo, su cabello levantado, el aspecto facial de carita redonda de vuelta y ánimos para un día largo. Se vistió y terminó de preparar sus cosas. Fue a desayunar y allí lo esperaba su madre con los brazos cruzados, el desayuno ya estaba servido sobre la mesa.

"¿Estamos todos listos?" preguntó el niño, un poco entusiasmado.

"Sí, pero sabes que tenemos que hablar," le recordó María Zaragoza sin titubear ni perder tiempo.

"Mamá…" comenzó Christian, con sus ojitos mirando hacia el piso.

"Mamá nada," le cortó ella, seria. Quería una explicación y la quería en ese momento. Podía ver los moretones en la cara de su hijo a pesar del esfuerzo de él por esconderlos. "Te sugiero que desayunes primero y luego… tendremos una leve conversación."

"Está bien, mamá…"

Christian desayunó rápido y hasta se quedó con un poco de hambre. Recordó que no había comido la noche anterior. Pero no se lo mencionó a su madre, quien había estado tan ocupada preparándose para la mudanza que no se había fijado en esos detalles. Marlena apareció de repente.

"¿Por qué empacaste tanto juguete? ¿No tienes otras cosas más importantes?" le preguntó ella a su hermano.

"¿Qué buscabas en mis cosas?" le exclamó Christian muy enojado y sorprendido. Lo molestaba cuando Marlena le hacía eso.

"Nada…"

Marlena se fue. Christian la iba a seguir, pero su madre lo impidió.

"No, no," le dijo María Zaragoza, aguantándolo por los hombros. "Sería mejor que me expliques ahora qué te sucedió. ¿De dónde vienen esos golpes?"

"Me atacaron," explicó Christian sin mirar a los ojos de su madre.

"¿Te atacaron? ¿Qué quieres decir con que te atacaron? ¿Quién te atacó?"

"Fue… fue un… fue un oso," expresó Christian, fue lo primero que le vino a la mente.

"¡¿Un oso?!" exclamó María Zaragoza sin creerlo. "Un oso te mataría."

"Un oso pequeño, sí. Más bien como un osito domestico…" trató de explicar el niño, pero, ahora que miraba a la cara de su madre, sabía que no le estaban creyendo nada en lo absoluto.

"¿Quién iría a tener un oso domesticado, Christian? ¿Fuiste al zoológico o qué? No sé qué está pasando por tu cabeza, pero no nos pienses tontos. Ya sabemos qué te sucedió y vamos hoy mismo a la escuela para resolver el problema."

"¡¿Quién les contó?!" exclamó Christian al momento. No podía creer que lo hubieran delatado.

"No importa quién," le dijo la madre. "Ahora termina de prepararte porque tenemos que irnos ya. Tu padre está enojado y estamos perdiendo un día de trabajo para resolver tantas cosas… El problema que acabas de añadir no viene en el mejor momento."

"Lo siento, mamá," dijo el niño.

"Sólo prepárate y no te preocupes. Resolveremos todo," le aseguró ella y se marchó.

Christian fue el primero en prepararse para ir al carro a esperar por el resto de su familia. No podía explicarse cómo sus padres se enteraron de lo que le había sucedido. No había ni pasado un día, pero era una de dos cosas. Su madre le mintió o alguien lo delató de inmediato, ¿pero quién? María Zaragoza fue la próxima en llegar al automóvil y se sentó en el asiento del pasajero. Se maquillaba un poco cuando dejó escapar una risa en pleno silencio.

"¿Por qué te ríes?" le preguntó Christian con un poco de miedo. "Creía que estabas enojada…"

"Y lo estoy," le aseguró ella. "De todos los animales existentes…"

"…tuve que escoger un oso," terminó Christian en un susurro para sí mismo y sonrió. No podía evitar sentirse como un tonto. Ni tan siquiera había visto a ese tipo de animal a simple vista, mucho menos en Ciudad de Ensueños. ¿Qué podía haber estado pensando para mencionarlo? Bueno, siempre había tenido una comparación mental de Mando el Bribón con un pequeño oso por la forma de su cuerpo. Suponía que su reacción estaba atada por alguna parte a esa comparación. *Un oso*, pensó y comenzó a reír también. Su madre no pudo aguantar la risa y se unió.

Entonces llegaron Marlena y Ricardo Zaragoza. La niña entró primero al carro y se sentó junto a Christian mientras su padre terminaba de meter las maletas al baúl.

"Papá está tan molesto," dijo Marlena. "¡Nunca lo había visto así!"

"¿Por qué?" preguntó Christian interesado.

"No hables de lo que no sabes, Marlena," le pidió María Zaragoza. "Es de muy mala educación."

"Pero yo sí sé de lo que hablo, sé por qué papá está así," aseguró Marlena.

"Por qué iría a estar…" comenzó Christian y se ahorró el resto. Ahora entendía. Su hermana fue la persona que lo delató a sus padres y ahora su papá estaba enojado. *¡Esa mocosa! ¡Qué rata! ¡Me delató siempre! Ya te agarraré, hermanita. Oh, sí, ya verás.* Con los ojos achicados, Christian observaba a su hermana platicar con su madre, pero ni tan siquiera escuchaba la conversación. Parecía estar en cualquier otra parte.

Entonces entró Ricardo Zaragoza al carro y todos quedaron en silencio. Su expresión era de concreto, los huesos faciales marcados como si se tratara de una escultura clásica. Sólo sus ojos se movieron un poco para mirar por los retrovisores mientras encendía el carro.

"¡Hola, papá!" dijo Christian, mostrando una sonrisa débil y forzada. Sabía que la cara de su padre estaba más seria de lo normal por su culpa.

Ricardo Zaragoza sólo movió la cabeza un poco, no contestó nada y arrancó el carro. Marlena se enderezó y mantuvo el silencio, mirando de reojo a su hermano de vez en cuando. María Zaragoza observaba la carretera sin desviar la atención. Christian no tuvo otro remedio que enojarse y sentirse frustrado. Cruzó los brazos sintiendo el dolor en los golpes de su cuerpo y montó cara, con su ceño fruncido y los labios apretados, mientras observaba y se despedía de su hogar de toda la vida, la casa que desaparecía de vista con cada instante de ese largo momento hasta desvanecerse en el horizonte.

El viaje fue todo silencio, salvo las veces que Marlena preguntó si ya estaban por llegar y su padre siempre respondía con un rotundo no, sin cambiar la expresión en su rostro. En una ocasión, Christian creyó que sería divertido y preguntó lo mismo con el comienzo de una sonrisa leve, sin embargo, su padre ni contestó y la sonrisa se tornó en una de payaso depresivo.

No obstante, Christian observó los paisajes hermosos de Ciudad de Ensueños, los lagos cristalinos, las montañas verde esperanza y hasta un cielo claro y de aire limpio. Su lugar de natalicio siempre le había encantado, para él, tenía cierta magia que lo hacía un lugar más que especial. Era su tierra, su primera costumbre. La leyenda contaba que era una ciudad muerta, dejada atrás para que el tiempo la desapareciera de la historia, pero la gente, en un reclamo por una mejor calidad de vida, en un esfuerzo por hacer sus sueños realidad, logró animarla con su amor y elevarla a un paraíso nunca esperado. Ciudad de Ensueños ahora era rica en su música, su gente, su arte y sus costumbres, y Christian Zaragoza había tenido el privilegio de haber nacido y vivido allí. Por eso, el niño siempre había sido agradecido.

"Mi encantadora Ciudad de Ensueños," susurró Christian a sí mismo y cayó en un sueño placentero.

"¡Dios mío! ¡Es hermoso!" exclamó Marlena, ambas manos y la cara pegadas al cristal de su lado del carro.

"Es nuestro jardín," explicó María Zaragoza y le agarró una mano a su esposo, llena de felicidad.

Entonces Christian despertó, una babita naciendo de su boca, y vio lo que los demás observaban a lo lejos. Era la montaña solitaria, la más alta de Ciudad de Ensueños, pero no sólo era la montaña, sino el precioso edén de rosas y flores en forma de lo que parecía ser algún tipo de serpientes entrelazadas, así lo veía Christian. Era arte y cubría una inmensa parte de la montaña. Sin embargo, tenía algunas partes oscuras, como si las serpientes hubiesen mudado la piel o, peor aún, revelado su interior. Al menos, eso pensó Christian dentro de su mente muy creativa.

"¿Qué le pasó?" preguntó Marlena. "A las flores, mamá…"

"Dicen que las quemaron no hace mucho," respondió María Zaragoza. Se notó penosa.

"¿Por qué? ¿Quién iría a hacer semejante cosa?" se cuestionó Marlena. "Es una escultura divina."

"No tengo idea," confesó la madre. "Algún bandido lo habrá hecho, quizás por diversión."

"Es una señal, una advertencia," dijo Ricardo Zaragoza.

"Ricardo…," comenzó su esposa.

"¿Una señal, papá?" se interesó Marlena.

Ricardo Zaragoza se quedó observando más arriba del edén de rosa, a la casa, su nuevo hogar.

"¿Qué advertencia, papi?" preguntó Christian con temor a lo que fuera que le iban a responder.

Pero su padre no respondió nada. Sólo cruzó miradas con el niño a través del espejo retrovisor y continuó guiando. Christian se sintió mal de verdad al ver a su padre así, enojado, tan desilusionado. Esa era la palabra que rondaba la mente del niño. Sabía que había desilusionado a su padre.

"Cambia esa cara," le susurró Marlena a su hermano y le pegó en un hombro.

"Es mucha la desilusión," respondió Christian, dejando a su hermana con cara de perdida.

"¿De qué hablas?" preguntó ella.

"De nada." Christian se volteó y siguió observando el edén de rosas.

Subieron la montaña por una hermosa senda hasta llegar a la impresionante casa en ladrillos. Christian quedó maravillado con la magia de la casa, su estilo, las torres blancas que suportaban un balcón frontal en los altos, el jardín delantero, el aura de estilo clásico que poseía, como si se tratara de un palacio.

"¡Dios mío, papá, es un hogar gigantesco! ¿Cómo lo conseguiste?" preguntó Marlena.

"Con mucho sacrificio," replicó Ricardo Zaragoza, se estacionó y se bajó del carro.

"Hora de desempacar, niños," dijo María Zaragoza y también se bajó del carro. Luego añadió con una sonrisa, "¡Bienvenidos a nuestro nuevo hogar!"

Ricardo Zaragoza le entregó unas llaves a su esposa y luego cargó con todas las maletas y los motetes que pudo, dejando muy poco trabajo atrás para el resto de su familia. Era un hombre fuerte, la vida lo había forjado de esa manera y no había carga que no pudiera llevar, un ser humano digno de admirar.

Christian cargó una mochila con sus juguetes y el resto de las cosas que había traído. Cuando la madre abrió la inmensa puerta principal, el niño quedó asombrado ante aquella imagen. La casa era todo un palacio con sus diseños interiores y sus losas blancas de adoquines redondos. Los cuadros y las decoraciones de las paredes eran surreales y parecían no tener fin. Tenía un pasillo que dividía la sala y unas escaleras de espiral en el centro. Las paredes y el techo se conectaban con arcos de cemento como soporte. La decoración estaba intacta, los cuadros, las pinturas, las esculturas. Había un enorme reloj de péndola y compuesto por fina madera antigua que todavía estaba en condiciones perfectas. En los largos momentos de silencio, era el péndulo del reloj lo único que se escuchaba en todo el lugar. El hogar era lo más sublime que los miembros de la familia Zaragoza habían visto en sus vidas. Tanto Marlena como Christian dejaron caer sus paquetes y salieron corriendo por su nuevo hogar con sonrisas en sus rostros.

"¡Con cuidado, niños!" les gritó María Zaragoza, pero, por supuesto, ninguno hizo caso. No importó, María Zaragoza besó a su esposo en el pecho y le dijo, "¡Gracias!"

Y por primera vez en todo el día, Ricardo Zaragoza sonrió y mostró cierto alivio. Había logrado una de sus metas, la más grande…

"Te prometí que lo haría," le dijo a su esposa, uniendo ambas frente.

"Lo sé," le aseguró ella.

Mientras tanto, Christian y Marlena corrían por los pasillos del segundo piso.

"Me voy a quedar con la recámara más grande," decía Marlena. "Será todita para mí."

"Lo dudo mucho," respondía Christian.

Entonces Christian la encontró y aunque sabía que quizás no era la recámara más grande de la casa, sabía que era la de él y de él sólo, pues lo había encantado a primera vista. Era la recámara con la vista más hermosa de toda Ciudad de Ensueños, tenía un balcón desde donde se alcanzaba a ver la cordillera de montañas, los océanos al horizonte, la ciudad entera, el edén de rosas y hasta lo que parecía ser su propio bosque en la montaña.

"¿Qué encontraste?" preguntó Marlena al llegar a la entrada del cuarto.

Pero Christian le tiró y cerró la puerta con seguro en su cara.

"Todo mío," se susurró el niño y comenzó a rondar el cuarto.

Marlena le pegaba a la puerta y le gritaba a Christian que la dejara entrar a ver, pero, luego de unos minutos, cesó. *Ve y encuentra tu propio cuarto,* pensó Christian.

La decoración del cuarto era roja en su totalidad, desde las sábanas y las telas que colgaban de varios pilares hasta las paredes. Había suficiente espacio para jugar, un área tranquila con una mesa para estudiar y un aura de tranquilidad relajante. La recámara tenía acceso directo a su propio balcón, donde se encontraba la vista que había enamorado al niño. Christian se sentía feliz y emocionado, había olvidado el dolor y los golpes que cargaba en su cuerpo. Para él, era como si tuviera su propio reino, como en los libros y las películas, como en su imaginación. Entonces mudarse no le era una mala idea, no, para nada. Mudarse había sido lo mejor que le había pasado y sólo acababa de llegar a su nuevo hogar.

La puerta sonó tres veces más.

"Vete, Marlena," gritó Christian. "Este cuarto es mío."

"Abre esta puerta ahora, Christian," dijo Ricardo Zaragoza desde el otro lado.

El niño no hesitó y abrió la puerta de inmediato.

"Lo siento, papá," se disculpó Christian. "Pensé que era Marlena."

"Recoge tus cosas," le pidió el padre, serio. "No quiero desordenes desde ya. Dejaste tus cosas tiradas en la entrada. No le des más trabajo a tu madre. ¿Entiendes?"

"Sí, papá. Lo siento," respondió Christian, su mirada en el suelo. Presentía que su padre no había terminado con él todavía.

"Compórtense bien mientras tu madre y yo vamos a resolver tu problemita en la escuela."

¿¡Van a la escuela!?" preguntó Christian. "Yo no tengo ningún problema allá."

"No hay necesidad de mentir. Yo ya sé todo." Ricardo Zaragoza se marchó.

Christian volvió a enojarse y caminó a buscar sus cosas. Marlena apareció y aprovechó para ver la habitación.

"¡Oh, Dios! ¡Qué cosa hermosa!" exclamó ella.

"Busca tu propio cuarto," le dijo Christian y siguió.

Cuando Christian llegó a recoger sus cosas en la entrada de lo que ya creía su palacio, su madre lo recibió con un abrazo y un beso.

"Cariño, todo va a estar bien," le explicó ella. "Estaremos de vuelta lo más pronto posible."

"¿Lo enojé, mamá?" preguntó el niño. Tenía que preguntar. "A papá, ¿lo enojé? Puedo notarlo."

"No, mi amor. No te preocupes por esas cosas."

"¿Por qué?"

"No creo que entiendas a tu papá. Digamos que es muy testarudo algunas veces."

"Pero ha estado así todo el día y sé que es por mi culpa," aceptó Christian.

"Oh, Christian. Tú no tienes la culpa, créeme," le aseguró María Zaragoza con su sonrisa maternal. "Tu padre y yo te amamos con todo nuestro corazón. Eso es todo lo que necesitas saber, lo suficiente para guiarte en esta vida. Te amamos."

El niño sonrió de felicidad al escuchar esas palabras y abrazó fuerte a su madre.

"No gastes todas tus fuerzas en mí," le dijo ella riendo. "Vas a necesitarlas."

"¿Por qué?" preguntó él interesado.

"Porque eres el hombre de la casa y necesitas cuidar de tu hermana en lo que nosotros regresamos. ¿Puedes hacer eso, querido?"

Christian afirmó rápido con la cabeza.

"Te quiero," añadió la mamá.

"Y yo a ustedes," respondió él.

"No tardaremos. Disfruten la casa. Es toda suya," aclamó por último María Zaragoza.

Madre e hijo intercambiaron una sonrisa antes de que Ricardo Zaragoza sonara la bocina del carro para que su esposa se diera prisa. La gran puerta se cerró con un *pum* y la casa quedó iluminada por dentro por la chimenea que Ricardo Zaragoza había encendido antes de irse.

"¿Podemos cambiar de cuartos?" preguntó Marlena al bajar y encontrarse con su hermano.

"No," contestó Christian rotundo y comenzó a subir de vuelta a su nueva recámara. Su hermana lo siguió.

"Ni tan siquiera has visto el resto de las recámaras," le reclamó ella cuando ambos entraron al cuarto con la vista hermosa.

"No importa. No necesito verlas para contestarte que no. Este es y será mi cuarto."

"Le diré a mamá."

"Y no cambiarás nada," le aseguró Christian y puso sus muñecos y sus cosas sobre la cama.

Marlena caminó hasta el balcón del cuarto.

"Esta vista… ¡es mágica!" exclamó la niña.

"Lo sé. Nunca había visto algo parecido," indicó Christian.

"Y tú no querías mudarte…"

"Es cierto. Tú tenías razón."

"Algo le pasó a las flores," dijo Marlena consternada.

"¿Por qué?"

"Se puede ver desde aquí que no se supone que estén de esa manera. Mira."

Christian se paró junto a su hermana a observar la montaña.

"Tienes razón. Se ven lastimadas. Recuerda que las quemaron."

"Me pregunto qué habrá allá," señaló Marlena hacia la parte frondosa de la montaña, el bosque.

"Lobos… quizás," contestó Christian.

"¿Lobos?" le preguntó ella, incrédula.

"No lo sé," aceptó Christian. "Me parece como un bosque."

"¡Tenemos que ir allá a averiguar!"

"¡Estás chiflada! Si nuestros padres se enteran… si papá se entera…"

"No lo sabrán," aseguró Marlena.

"Oh, sí, y tú eres de fiar…" expuso Christian con sarcasmo y regresó a la cama para desempacar.

"¿Qué quieres decir?" le preguntó Marlena.

"Nada," respondió él. "Ve a desempacar antes de que regresen nuestros padres y déjame hacer lo mismo."

Marlena se fue del cuarto y Christian comenzó por desempacar un poco de la ropa que había traído. Entonces escuchó a Marlena gritándole.

"¡Christian! ¡Christian, ven acá!"

"¿Qué ahora?" le gritó él y bajó.

Todo estaba oscuro adentro de la casa. La chimenea estaba apagada y un poco de humo salía de ella. Marlena estaba inmóvil en el centro de la sala principal.

"¿Qué sucedió?" preguntó Christian pausado.

"No… no lo sé," confesó Marlena. Se podía escuchar en su voz lo asustada que estaba.

"¿Tú apagaste la chimenea?"

"No," contestó ella rápido. "¿Tú?"

"No…"

"Entonces… ¿Qué está sucediendo?"

"Es la casa. Está embrujada de verdad," dedujo Christian.

"¡No digas eso!" le gritó Marlena. "Estoy asustada."

"Recuerda lo que dijo mamá. Es por eso que nadie ha comprado este lugar. La casa está embrujada."

"No… no, no, no," repitió Marlena con rapidez. "No seamos tontos y pensemos en otras opciones. Quizás… quizás sólo fue el viento que apagó el fuego."

"¡¿El viento?!" exclamó Christian, incrédulo por completo. "¿Cómo? La puerta todavía sigue cerrada."

Marlena no encontró palabras para adornar su tonta presunción. La puerta sí estaba cerrada y ella nunca la había escuchado abrir para nada. No había posibilidad alguna para que el viento apagara la enorme chimenea tan rápido. Pero tampoco iba a aceptar que la casa estuviese embrujada. Ese era su nuevo hogar ahora, no el de los fantasmas ni nada por el estilo. Desde que Christian le mencionó que la casa estaba embrujada, sabía que éste no abandonaría el tema.

"¿El fuego se apagó solo…?" añadió la niña con mucha duda y poca credibilidad.

"No seas tonta. Algo está sucediendo aquí."

"¿Deberíamos esperar por papi y mami?"

"No lo sé," confesó Christian. "Primero, encendamos la luz."

"Buena idea," aceptó Marlena y sonrió.

Christian buscó y encendió la luz de la casa sin problema.

"¿Ves? No hay por qué entrar en pánico," dijo Christian.

"¿Me lo dices a mí?" se defendió Marlena. "Tú eres el que crees que la casa está embrujada."

"Bueno… todavía no lo creo."

"Entonces no pierdas el tiempo. No hay tal cosa."

"Tal parece," aceptó él.

"Iré a terminar de desempacar mis cosas," continuó Marlena. "Te sugiero que hagas lo mismo antes de que regresen nuestros padres."

Cada cual se fue a sus respectivos cuartos. Marlena desempacaba su ropa, pero lucía desconcentrada.

"Casa embrujada ni casa embrujada," se decía a sí misma. "No hay tal cosa. Aunque tengo que aceptar que la chimenea se apagó muy rápido. Eso es extraño, pero no es sobrenatural."

En ese momento, Marlena escuchó gritar a su hermano, «¡No!», una y otra vez y fue corriendo hasta el cuarto de él.

"¿Qué sucede?" preguntó ella tan pronto llegó.

Christian estaba paralizado de pie, observando la cama.

"Se han ido," dijo el niño.

"¿De qué hablas? ¿Qué se ha ido?" preguntó Marlena sin entender.

"¡Mis juguetes!" contestó Christian, señalando a la cama. "Estaban justo ahí, en mi mochila, sobre la cama. Alguien los tomó."

"¿Estás seguro?" preguntó Marlena con temor.

Christian afirmó con la cabeza.

"Hay alguien más en esta casa… un fantasma," dijo Christian sin querer aceptarlo.

Ambos hermanos mostraban terror e inseguridad en sus rostros. El extraño suceso era uno que no se podían explicar.

CAPÍTULO CINCO
EL VIENTO Y LOS PENSAMIENTOS

Christian caminó desesperado hasta el balcón del cuarto y recostó los codos sobre las barandas, preocupado, sintiendo el dolor en su cuerpo otra vez. Marlena lo siguió igual de consternada.

"Quizás dejaste la mochila en alguna otra parte," manifestó ella, intentando calmarlo.

"Ya te lo he dicho," exclamó un molesto Christian. "Dejé la mochila sobre la cama, en ningún otro lugar."

"Entonces no te preocupes tanto, Christian."

"No lo entiendes, son mis juguetes," explicó él, toda la inocencia de su edad en el rostro, en su expresión.

"Ese es mi punto," aseguró la hermana. "Quizás deberías dejarlos ir."

Christian se quedó observando a Marlena.

"Mejor vete," le dijo él. "De seguro tienes otras cosas que hacer. Déjame en paz."

El niño le dio la espalda a su hermana y se quedó mirando al horizonte, frustrado por no poder hacer algo al respecto. Marlena se marchó en silencio y lo dejó solo, pensando que quizás eso era lo que su hermanito necesitaba en ese momento.

Entonces, por un largo intervalo de tiempo, era el viento, los pensamientos y Christian. Pues éste observaba como el rey de la montaña, desde su balcón, sin dejar de pensar por un momento. ¿Si la casa estaba embrujada, qué quería de él? De hecho, ya se había llevado todo lo que él tenía, sus juguetes. Nada más le quedaba la imaginación y no podía apartarla de sus pensamientos. ¿Cómo podrían llevarle la imaginación, sus pensamientos? *Volviéndome loco,* pensó. ¿Pero y qué si Marlena tenía razón? ¿Qué si en realidad no había tal cosa como una casa embrujada? *Entonces alguien se llevó mis juguetes y ese alguien no puede estar muy lejos.* Buscó con la mirada algún rastro de carros afuera, pero no había nada. Desde el balcón podía ver cualquier movimiento en la mayoría de la montaña y no había nadie caminando por allí tampoco. Habría que estar demente para meterse en ese bosque, pensaba. Era donde menos visión tenía el niño.

¿Podría alguna persona saltar desde este balcón? Umm, no. Es muy alto. La caída haría que escucháramos los gritos en nuestra antigua casa. Rio imaginándose a un ladrón cayendo desde lo alto por robar una mochila con un par de muñecos. ¿Qué podría Christian hacer en ese caso? ¿Llamar a la policía, a una ambulancia o a sus amigos y vecinos para que se burlaran del tonto ladrón de la vecindad? Pero, por más divertido que le pareciera al niño, no tenía muchos amigos ni vecinos a su alrededor de todas maneras.

Christian permaneció pensativo por mucho rato y entonces llegó a una conclusión y no tenía otro remedio si quería hacerle frente a la situación. Salió corriendo de su cuarto y comenzó a buscar por toda la casa. En un momento dado, se topó con Marlena en el cuarto de ella.

"¿Qué haces?" le preguntó la niña.

"Investigando," respondió él, metiéndose en el armario de su hermana.

Marlena fue rápido a detenerlo.

"Eh, espera un momento. Te puedo asegurar que yo no tengo tus cosas y no se te ha perdido nada en mi armario. Aquí sólo encontrarás mi ropa, gracias." Marlena sacó a su hermano del armario.

"No busco eso," dijo Christian.

"¿Entonces qué?"

"Si la casa no está embrujada," comenzó a explicar el niño, mientras Marlena volteó los ojos, cansada del mismo tema otra vez, "entonces alguien debió tomar mi mochila con mis cosas. Y ese alguien debe de estar aquí, en la casa todavía."

"¿Qué te hace pensar eso?" preguntó Marlena interesada.

"Ya analicé las otras opciones. No hay nadie en la carretera ni en los alrededores. No fuiste tú ni yo olvidé dónde dejé le mochila. Eso sólo deja una opción."

"Te entiendo. ¿No deberíamos esperar a nuestros padres primero? Ellos serían de gran ayuda."

"¿Y dejar que se escapen con mis cosas? ¡No!" exclamó Christian. "No tenemos mucho tiempo. Ayúdame a buscar."

Hermano y hermana buscaron por todas partes del nuevo hogar, en los baños, en los armarios, detrás las gavetas, en el sótano y hasta en la cocina, pero terminaron con una cosa clara. Estaban tan solos como quien muere de soledad entre sus pensamientos y penas, con la condena de una depresión propietaria. No obstante, sí encontraron una puerta en la parte trasera de la casa, pero al igual que las otras, estaba cerrada por dentro.

"¿Crees que pudo haber sido por aquí que escaparon?" preguntó Marlena señalando la puerta trasera.

"No, es imposible," respondió Christian, caminando hacia la puerta e intentando abrirla. "La puerta está cerrada por el interior. Quizás la casa sí está embrujada. ¿Qué hora es?"

"¿Para qué quieres saber la hora?"

"Creo que en la noche habrá espectros rondando por la casa y lobos en los alrededores," confesó Christian temblando de escalofrío. Todavía podía ver las imágenes de la pesadilla que había tenido.

"¡No hables de eso!" le exclamó Marlena de inmediato. "Tiene que haber alguna otra manera en la que pudieron haber escapado con tus cosas. Tiene que haber algo que no estamos percibiendo. ¿Pero qué?"

"Hemos ido por todas partes. No hay nada. La casa está embrujada y no podemos ver a los espectros que la habitan a menos que así ellos lo quieran."

"Cierra la boca," lo cortó la hermana. "Ya lo tengo. ¡Sígueme!" Marlena salió corriendo.

"¿A dónde vas?" le preguntó Christian.

"A tu cuarto," gritó Marlena.

Christian rodó los ojos, pero no tuvo otra que ir corriendo tras su hermana y alcanzarla en el pasillo que llevaba a su cuarto.

"¿Para qué vienes hasta acá?" le preguntó Christian un poco fatigado. "Ya investigué mi cuarto y no hay ni rastros."

"Pero hay una forma de escape," resaltó Marlena frente a la puerta del cuarto, "el balcón." Intentó abrir la puerta, pero estaba cerrada desde adentro de la recámara.

"¿Qué sucede?" preguntó Christian sin entender.

"Está cerrada y no abre," respondió Marlena, intentando forzar la puerta sin éxito. "¿Por qué irías a cerrar la puerta con seguro desde adentro? Sabes que no tenemos llave."

"Yo no cerré nada, ni tan siquiera la puerta," se defendió Christian. "Déjame intentar." Sacó a su hermana del camino y, de la misma manera que ella, por más que forzó la puerta, no pudo abrirla. "No, no, no…" Le pegó puños y patadas a la puerta y Marlena tuvo que calmarlo.

"¡No golpees puertas ni paredes! Siempre saldrás perdiendo," le dijo ella y lo aguantó por ambos brazos.

"¿Por qué sucede esto?" preguntó el pobre Christian adolorido, bajando la cabeza, rindiéndose.

Marlena tomó el rol de hermana mayor y lo abrazó.

"No lo sé," le dijo, "pero lo vamos a averiguar."

Los hermanitos se apretaban en un abrazo como hacía mucho tiempo no lo habían hecho. Christian con los ojitos cerrados, sin saber que su hermana también estaba en el mismo estado. El niño intentaba apartar de sus pensamientos la imagen de los espectros que lo esperaban al anochecer cuando un ruido hizo eco dentro de la casa. Ambos quedaron con los ojos de búhos abiertos, asustados y hasta dejando escapar un grito. Entonces se dieron cuenta el uno del otro. Christian se apartó de su hermana de inmediato y comenzó a sacudirse la ropa. Marlena hizo lo mismo por un instante.

"¿Qué fue eso?" preguntó Marlena preocupada.

"No lo sé. Creo que hay alguien dentro de la casa," respondió Christian sin idea de qué hacer.

"¿Crees que deberíamos ir a investigar?"

Christian se quedó callado. No encontraba qué decir.

"¡Se escaparán!" le aseguró Marlena y lo sacó de su parálisis.

"Ok. Vamos," dijo Christian, sintiendo una extraña adrenalina por dentro de su ser.

El niño salió corriendo y bajó los escalones como si llevara años viviendo allí. Marlena le seguía el paso. La puerta principal todavía estaba cerrada y no había rastros que seguir.

"¿De dónde crees que haya venido el ruido?" le preguntó Christian a su hermana, mirando hacia todas partes, sin saber a dónde ir.

"Creo que…" comenzó Marlena, observando a su alrededor, irritada, sin una respuesta.

"¡De prisa! ¡Se escaparán!" la apresuró Christian. "Piensa."

"Creo que vino de atrás, por eso el eco."

"Vamos," señaló Christian y corrieron hacia allá.

Corrían sin saber con exactitud hacia dónde. El sudor le bajaba por la frente a Christian. Lideraba el paso y no tenía idea de lo que hacía. Llevaba su mirada perdida entre los cuartos y pasillos. Y aunque no lo sabía, parecía un maleante de calle acorralado en un callejón sin salida y buscando por dónde escapar.

"¡No te detengas!" le gritó Marlena. "¡Sigue hasta la puerta de atrás!"

Christian afirmaba con la cabeza mientras corría. Ya podía ver la puerta, iba directo hacia ella cuando, de repente, vio el alto techo acercarse y luego alejarse. El niño cayó sólido de espalda al suelo, sin tiempo ni para pegar un grito. Algo salió disparado de debajo de uno de sus pies pegándole a la puerta.

"¡Oh, Dios mío, Christian! ¿Estás bien?" le preguntó Marlena muy preocupada. La niña se arrodilló junto a su hermano y trató de levantarlo hasta recostarlo en una de sus rodillas. "Por favor, di algo."

Christian sentía la cabeza tan pesada como un melón y no podía estabilizarla. Veía estrellitas, lobos y espectros dando vueltas y vueltas. Se había golpeado la parte de atrás de la cabeza, pero tenía tanto cabello que le ayudó a amortiguar el golpe por fortuna.

"¿Qué pasó, Marlena?" dijo Christian arrastrando las palabras como pudo. "¿Qué haces en mis sueños? Corre o los espectros te encontrarán y serás la cena de los lobos."

"¿Qué tonterías hablas?" le preguntó Marlena con una mueca en el rostro. "No estás soñando."

"¿No es un sueño?" preguntó Christian, todavía un poco atontado. "¿Dónde están los espectros?"

"No hay nada de eso. Te acabas de caer y te pegaste en la cabeza. ¿Estás bien?" Marlena lo soltó y se levantó.

Christian cerró los ojos y se concentró. Fue entonces cuando regresó a su cuerpo todo el dolor de los golpes que Mando el Bribón le había dado y uno nuevo atrás de su cabeza, donde le latía y sentía la molestia ir y venir en forma de ondas.

"Me duele todo," se quejó el niño y comenzó a levantarse. "¿Qué pasó? ¿Cómo me caí?"

"No lo sé. Ibas corriendo un segundo y el próximo estabas," Marlena pausó la explicación. Había visto algo extraño en el suelo, cerca de la puerta trasera, "…viendo las luces. ¿Qué es esto?"

Marlena caminó con cautela hasta la puerta, se dobló y recogió un objeto del piso. Era un muñeco sin cabeza. Lo elevó al nivel de sus ojos y lo miró por todas partes.

"¿Esto es tuyo?" le preguntó a Christian, mostrándole el muñeco.

"Mr. Mostacho, ¿eres tú?" le preguntó Christian al muñeco, con los ojos agrandados. "Oh, no, ¿qué te ha sucedido?"

"¿Mr. Mostacho? ¿Qué rayos?" exclamó Marlena.

"Sí, es Mr. Mostacho," afirmó Christian y le arrebató el muñeco de las manos a su hermana, desesperado. ¿Pero qué pasó aquí? ¿Dónde está la cabeza? Mr. Mostacho necesita tener su cabeza en su sitio, es lo que lo caracteriza, lo que le da su nombre. Si no lleva ese enorme bigote, no puede llevar su nombre. Mr. Mostacho es el galán de las nenas. ¿Dónde está esa cabeza?"

Christian comenzó a buscar la cabeza del muñeco por todas partes como si se tratará de un billete de 100 dólares recién extraviado.

"Cálmate, Christian," intentó tranquilizarlo Marlena. "No creo que estés pensando bien. Acabas de recibir un mal golpe."

"No, tengo que encontrar la cabeza. Yo lo pisé, tiene que estar por aquí cerca." Christian siguió buscando, alterándose, los ojos cada vez más rojos.

"Es sólo un juguete. Relájate. No necesitas alterarte."

Christian se detuvo y miró a Marlena.

"¿Sólo un juguete? No, no, Mr. Mostacho no es sólo..." Christian se quedó en silencio, como pensativo.

"¿No sólo qué?" le preguntó Marlena, mirándolo raro. "¿Christian?"

El niño cruzó miradas una última vez con su hermana antes de que los ojos se le fueran hacia atrás.

"¡Christian!" exclamó Marlena en un grito.

Christian se desplomó y ya no había luz.

CAPÍTULO SEIS
ALFOMBRAS

Marlena estaba desesperada y preocupada por el estado de su hermano. Había llevado y recostado a Christian sobre el sofá. Cargar con su peso muerto no había sido tarea fácil. Pero con los brazos cansados y caídos, Marlena lo cargó y hasta lo arrastró como pudo. Nerviosa, le pasaba una camisa húmeda por la frente, ansiosa por verlo abrir los ojos.

"Vamos, Christian," repetía ella, impaciente. "Despierta. Mamá, papá, ¿por qué no avanzan a llegar?"

Marlena le abrió un poco la boca a Christian y le dio agua para tomar con un vaso. Christian despertó de repente, tosiendo y hasta escupiendo un poco de agua, agitado y sin idea de qué estaba sucediendo. Marlena se asustó con la reacción y quedó en pie de un salto.

"Oh, Dios, gracias. ¡Estás bien!" exclamó Marlena alegre, juntando las manos en esperanza porque su hermanito parecía estar bien.

"¿Qué está pasando?" preguntó Christian, sus ojos un poco dilatados y perdidos todavía. "¿Por qué me duele todo?" se quejó. "¿Estoy soñando?"

"No estás soñando," le cortó Marlena rápido. "Te volviste a caer. Bueno, pensé que habías muerto, pero te desmayaste."

"Ah," Christian dejó caer la cabeza hacia atrás sobre el sofá. "¿Por qué me suceden estas cosas?"

"La mayoría de las veces, por tonto," le dijo Marlena sonriente.

"¡Cállate! ¿Dónde están mami y papi? Tengo hambre."

"Todavía no han llegado," respondió la niña mirando su reloj. "Me está muy inusual porque ya ha pasado mucho tiempo."

"¿No hay nada para comer?" preguntó Christian. Podía sentir las tripas rugir.

"Me parece haber visto pan y queso en la cocina," replicó Marlena. "Veré qué puedo hacer. Tú no te muevas de aquí. Necesitas descansar."

Christian tenía dolor en todo su cuerpo, pero necesitaba estirarse porque sentía que los músculos lo encogían poco a poco. Primero se levantó hasta quedar sentado en el sofá. Luego se impulsó con ambas manos para ponerse de pie, pero sintió un objeto pulsante en la palma de una mano.

"¿Qué ahora?" se quejó sacudiendo la mano lastimada.

Allí estaba Mr. Mostacho o lo que quedaba del muñeco. Christian lo agarró para analizarlo.

"Nunca encontré tu cabeza. Lo siento, Mr. Mostacho," le dijo con lamento de inocente.

Marlena regresó con unos pedacitos de pan y queso en una bandeja.

"Por suerte, tenemos algo de comer en la nevera. Mami debió haber dejado todo preparado," explicó ella, agarrando un trozo de queso y mordiendo otro de pan. "No hay mucho que digamos," añadió con la boca llena.

"Espero que papi traiga comida de afuera. Estoy tan hambriento," dijo Christian y también agarró un pedazo de pan y queso.

Acabaron con toda la comida de la bandeja como ardillas devorando nueces.

"Todavía tengo hambre," confesó Christian, desplomándose sobre el sofá, estirando las piernas y sobándose la barriga.

"Creo que queda un poco más," le dijo Marlena, pero, al levantarse, Christian la detuvo.

"No, estaremos bien así en lo que llegan nuestros padres. Necesito encontrar la cabeza de Mr. Mostacho."

"¿Hablas en serio?" le preguntó ella sin creerlo. "Olvida ese muñeco."

"No entiendes," comenzó a explicar Christian, pero Marlena fue quien le cortó esta vez.

"No, tú no entiendes, Christian," le dijo ella molesta. "No hay tiempo que perder en tus tontos juguetes. Hay otras cosas en qué preocuparse."

"¡Entonces no ayudes!" le respondió Christian.

"¡Pues no ayudaré!" confirmó Marlena con los brazos cruzados.

"Bien. No necesito tu ayuda para nada."

"Es bueno saberlo." Marlena se fue enojada.

"¿A dónde vas?" le preguntó Christian.

"¡A ti qué te importa!" Marlena continuó caminando, llegó a la puerta trasera, la abrió y salió al patio.

Christian le siguió el paso sin sentido, pero recordando que tenía que cuidar de su hermana como su madre se lo había pedido.

"No te vayas de la casa," dijo Christian.

"No voy a ninguna parte y voy a donde me plazca," respondió Marlena.

"Está bien, pero…" Tan pronto Christian puso un pie afuera de la casa, perdió el balance, se elevó en el aire y volvió a caer al suelo.

"¡Cuidado!" gritó Marlena, estirando los brazos hacia Christian en vano.

Varios ladridos comenzaron a sonar y un perro negro y peludo salió corriendo hacia adentro de la casa, pasándole por encima a Christian.

"¡¿Por qué?!" se quejó Christian adolorido y desde el suelo.

Marlena entró corriendo a la casa.

"No seas salvaje, Christian," le dijo a su hermano, pasándole por el lado y dejándolo en el piso.

Pasó un minuto para que Christian se pudiera levantar y, mientras lo hacía, encontró la cabeza de Mr. Mostacho tirada en el patio. Agarró la pieza perdida del muñeco para investigarla. Estaba mordida y babeada. Incluso a la cara le faltaba un pedazo del gran bigote plástico que solía llevar el muñeco.

"¡Qué rayos!" exclamó el muchacho, mirando la cabeza de Mr. Mostacho por todas partes. "Está mordida. ¿Quién iría a morderte, Mr. Mostacho? No le has hecho nada malo a nadie."

"¿No es adorable, hermanito?" Preguntó Marlena, regresando con el perro peludo y negro al hombro.

"¿Qué monstruo llevas ahí?" le exclamó Christian señalando.

"No es ningún monstruo, tonto. Es un perro, el perrito de mamá," Marlena comenzó a jugar con el animal.

"¡Es todo un monstruo, una abominación!" acusó Christian. "Le mordió la cabeza a Mr. Mostacho, se comió medio bigote y me hizo caer. ¿Acaso eso no es suficiente? ¡Mira!" Le mostró la cabeza mordida de Mr. Mostacho.

"¿De qué hablas? Esta criaturita es todo un angelito. Nunca haría algo así. ¿Verdad que no, cariñito? Tú no harías eso, criaturita de mamá."

Christian volteó los ojos sin poder creer lo que presenciaba.

"¡Lo acabas de ver!" le exclamó Christian a su hermana para que recapacitara. "Eso, sea lo sea, me tiró al suelo."

"No le digas así. Es un perrito lindo y tiene nombre."

"¿Nombre? ¿Le leíste el collar o algo?"

"No…" respondió Marlena, escondiendo el perrito de Christian y buscando el collar, pero el perro no tenía uno.

"¿Entonces?" añadió Christian impaciente.

"Yo lo nombré, tonto," dijo Marlena.

"¿Tonto? ¿Qué clase de nombre es ese?"

"No él, tú… tonto," le aclaró Marlena entre risas.

Christian se quedó torpe por un instante.

"Oh... ¿y cómo es que ya lo nombraste? Lo acabas de encontrar," le cuestionó Christian.

"¿Eso qué tiene que ver?"

"¿Cómo se llama entonces?"

Marlena se quedó en silencio.

"Anda, dime," la apresuró Christian. "Estás mintiendo."

"Alfombras, se llama Alfombras," dijo Marlena al fin.

"¡¿Alfombras?!" exclamó Christian con una mueca. "Una alfombra es lo que yo creía haber pisado antes de..." Entonces el niño entendió. "Tonto sería un mejor nombre."

"No lo llames así," Marlena puso al perro de vuelta sobre el suelo. "No te dejes, Alfombras. No te dejes molestar por Christian, él es malo."

"No le digas eso. Después se lo cree." Christian no paraba de mirar mal a Alfombras. El pobre perrito era tan peludo que la pelusa le tapaba hasta los ojos y, ahora que el muchacho lo veía bien, sí parecía una alfombra.

"Bueno, tú lo pisaste y lo lastimaste," le recordó Marlena.

"Fue sin querer," se defendió Christian. "Además, no olvides que yo llevé la peor parte." Señaló y mostró la espalda.

"No seas tan chango. Entra a la casa y cierra la puerta."

"No soy chango," se defendió Christian, entró de vuelta a la casa y cerró la puerta. "La caída me dolió."

Marlena lo ignoró y siguió jugando con Alfombras, quien movía su colita de lado a lado. Christian le dio una última mala mirada al perro y se marchó con pasos pesados, pero no le hicieron caso. El niño iba de camino a su cuarto y, al intentar entrar, recordó que la puerta seguía cerrada. Tuvo que regresar al sofá. Allí estaban Marlena y Alfombras recostados con los ojos cerrados.

"¡Por Dios! ¡No se queden dormidos!" les gritó Christian.

Tanto Alfombras como Marlena se asustaron y dieron un salto de temor. Christian comenzó a reírse, Marlena dio un grito y Alfombras empezó a ladrarle al muchacho.

"¡Mira lo que causaste!" le gritó Marlena a su hermano. Luego intentó tranquilizar al perrito. "Ven aquí, Alfombras, cálmate."

"Es un perro, ¿por qué le hablas así?" cuestionó Christian. "No te puede entender."

"Mejor cállate," le respondió Marlena sin mirarlo. "Ven aquí, Alfombras, no ha pasado nada."

Para sorpresa, Alfombras obedeció a Marlena como si fuera su ama de toda la vida, dejando a Christian anonadado, mirándolo con más rabia. Alfombras meneó la colita, trepó las dos patitas delanteras en una de las piernas de la niña para que lo agarrara al hombro y así lo hizo ella.

"¿Ya ves lo malo que es, Alfombras?" le dijo Marlena al perrito. "¿Por qué iría a despertarnos así?"

"Porque todavía mi cuarto está cerrado con llave," gritó Christian furioso. "No olvides que la casa está embrujada y mis cosas están desaparecidas."

"No grites así frente a Alfombras," le contestó para atrás Marlena.

Christian no le hizo caso.

"¡Es un perro! ¡Un animal!" gritó Christian.

"Al igual que tú, si me dejo llevar por tu comportamiento."

Christian se calló la boca, mirando al perro y a su hermana.

"Bien," dijo Marlena y puso a Alfombras de vuelta en el piso.

"No puedo esperar a que lleguen papi y mami. Haré que nos larguemos de aquí a primera hora en la mañana," dijo Christian y se sentó en el sofá para intentar colocar la cabeza de Mr. Mostacho de vuelta sin éxito.

"No harías eso…" le dijo Marlena con duda. Le gustaba la casa y se quería quedar a vivir allí.

"Sólo observa."

Christian no dijo más. Intentó de nuevo armar a Mr. Mostacho, pero no pudo, tiró el cuerpo del muñeco contra el piso y se echó la cabeza al bolsillo. Marlena siguió jugando con Alfombras hasta que el perrito quedó con la lengua por fuera. De momento, la niña comenzó a estornudar.

"Ah, estoy llena de pelos," se quejó Marlena entre estornudos. "No, por favor, no quiero ser alérgica a los pelos de Alfombras."

Los estornudos de Marlena empeoraron mientras Christian observaba, perdiendo el enojo y sintiendo pena por ella, pero aguantándose. Alfombras intentaba acercarse, pero retrocedía con cada estornudo que detonaba de la chica por sorpresa. Entonces Marlena se fue corriendo.

"Tengo que bañarme," dijo ella.

Se quedaron Christian y Alfombras solos. El niño miraba con mala cara al perrito que ni los ojos se le veían. Christian ya estaba aburrido y mostraba ese aborrecimiento. No podía esperar a regresar a su antigua casa. Le diría a sus padres que no le gustaba el nuevo lugar y los convencería de no completar la compra, de regresar y no mirar atrás. No quería pasar su vida en una casa embrujada, llena de encantos, pero repleta de malas vibras. De repente, Alfombras comenzó a ladrarle.

"No me ladres," le dijo Christian. "Tú también tienes la culpa. Tú... eres parte... de la magia de este lugar."

Alfombras le ladró otra vez. Christian lo agarró con ambas manos y lo elevó.

"¿Qué voy a hacer contigo?"

El niño buscaba con la mirada a su alrededor como un demente.

"¿Pueden los perros mágicos volar?" le preguntó al perrito. Alfombras permanecía en silencio. "Lo dudo. ¿Tú no?"

Christian comenzó a caminar por la casa con el perro al hombro.

"Supongo que este es tu día de suerte. Me encantaría verte volar desde mi balcón, pero, por desgracia, no tenemos acceso. ¿Tú no tendrás algo que ver con eso, verdad?"

Alfombras ni ladró, se mantuvo sereno.

"Eso supuse. ¿Qué tal una buena patada? ¿Te gustaría eso? Te puedo asegurar que te enseñará a no morder las cosas ajenas. ¿Qué dices? ¿Lo intentamos?"

Christian se quedó mirando al perrito. Luego le removió los pelos de la cara para poder verlo a los ojos oscuros.

"¡Por supuesto que sí!" exclamó Christian.

Christian puso a Alfombras en el piso, lo acomodó en uno de los pasillos largos y buscó impulso. El perro se mantuvo calmado y tierno, observando al muchacho en todo momento. Christian corrió muy veloz, sin quitarle los ojos de encima a su objetivo, aquel inocente perrito que lo parecía esperar en armonía y paz. Llegó el momento, Christian corrió como un tren sin frenos, cerró los ojos y pateó con todas sus fuerzas. Luego se puso de rodillas sobre el suelo, se agarró el cabello y se tapó el rostro. Respiraba agitado, cabizbajo y abochornado. El reloj de péndola era lo único que sonaba en aquel instante dentro de la casa en la montaña solitaria.

"¡Qué rayos! Ambos sabemos que yo sería incapaz de hacerte eso," confesó el niño. Estiró un brazo hasta Alfombras y lo atrajo hacia él en un abrazo. Había pateado el aire. Nunca había tenido una verdadera intención de hacerle daño al perrito. Ahora reconocía que pensaba con su ira y no con su conciencia. Necesitaba calmarse. "Y tengo que confesar que tienes el pelo suavecito y lanoso," añadió con una sonrisa y jugando con el cabello del animalito.

"Mis más sinceras disculpas… Ven, vayamos a ver qué hay en la nevera."

Christian fue hasta la cocina y Alfombras le siguió el paso. El niño verificó en la nevera, había un par de cosas de una pequeña compra que María Zaragoza había hecho y guardado el día anterior.

"A ver, ¿qué podemos hacer rápido? Pan… queso… y… Oh, mira, jamón de pavo."

Christian se hizo un emparedado de jamón de pavo y queso. Comió allí mismo en la cocina mientras Alfombras lo observaba moviendo la colita peluda.

"Te ves cómico, perro," le dijo el niño. "Y sí, pareces una alfombra. Hasta me confundiste a mí. Creo que empezamos con el pie izquierdo."

Un pedazo de jamón de pavo se le cayó de la boca a Christian mientras hablaba. Alfombras corrió rápido y se lo comió.

"Oh, ¿te gusta?" le preguntó Christian. "Debes estar hambriento." Luego fue a la nevera, sacó más jamón de pavo y le dio de comer al perrito. "Haberlo dicho antes. No estarías ahí parado pasando hambre."

Christian pausó y rio solo.

"Mira ahora quién está hablando con un perro. Esta casa sí que esta embrujada."

Christian se agachó para seguir alimentando a Alfombras. El perrito se le trepó en las piernas mientras le daban de comer en la boca.

"Tú sí que saltas pasos en este proceso de ganarse la confianza."

La cabeza de Mr. Mostacho se cayó del bolsillo de Christian al piso y fue como un conmutador para el niño. Alfombras y Christian se quedaron mirando la cabeza mordida. El muchacho no hizo ni un movimiento, esperando a ver qué haría el perrito, diciendo en su mente: *Tú causaste eso.* Alfombras comenzó a olfatear la cabeza de Mr. Mostacho. Luego se fue corriendo rápido, resbalando entre los pasillos.

"¡Perro loco!" dijo Christian, recogió y guardó la cabeza de Mr. Mostacho y luego se puso a recoger el desorden que había hecho en la cocina.

"¿Dónde está Alfombras?" preguntó Marlena, apareciendo a espaldas de su hermano y haciéndolo saltar del susto. Ya se había bañado y cambiado de ropa, llevaba en la cabeza un pañuelo violeta que combinaba con las franjas de su ropa.

"¡No hagas eso! Me asustaste," le dijo él.

"¿Dónde está?" volvió a preguntar ella, un poco molesta.

"No lo sé. Se fue corriendo como un loco."

"¿Qué quieres decir? ¿Qué le hiciste?"

"No he hecho nada," se defendió Christian.

"No lo niegues. Sabes que si le hiciste algo…"

En ese momento regresó Alfombras corriendo a la cocina. Marlena no lo dejó llegar y lo agarró al hombro.

"¡Alfombras!" exclamó la niña contenta. "Pensé que te había perdido."

Pero cuando Marlena levantó al perro, algo se le cayó de la boca a Alfombras. Ella no se percató, pero Christian sí, y éste se acercó un poco más para ver qué era. Se trataba del cuerpo de Mr. Mostacho. Por alguna razón, Alfombras lo había traído de vuelta de donde había caído cuando el niño lo lanzó enojado. Christian se quedó pensativo, sin escuchar las palabras juguetonas de Marlena ni la fatiga del perrito, analizando al animal y sus acciones, llegando a la conclusión de que no se trataba de un perro normal. No, Alfombras era algo más, mucho más que cuatro patas, mucho pelo y una colita inquieta.

CAPÍTULO SIETE
ENTRE LA BRUMA Y LA OSCURIDAD

Ya el sol comenzaba a ocultarse en Ciudad de Ensueños, pero a la gran montaña todavía le quedaba un poquito más de tiempo con luz. Ricardo y María Zaragoza todavía no llegaban y los niños estaban muy preocupados, con sus rostros de mimos tristes y los pensamientos corriendo. Ambos esperaban sentados en el sofá. Christian había logrado encender la chimenea y con mucha fortuna porque tanto él como su hermana ya temblaban de frío. El viento soplaba fuerte en aquella altitud, creando sonidos escalofriantes. Incluso Alfombras buscaba calor y comodidad en la falda de Marlena.

"¿Dónde crees que estén nuestros padres?" preguntó Christian, sus dientes golpeando entre sí por el frío. "Ya llevan mucho tiempo afuera. Deberían estar de vuelta. Ni la escuela está abierta a esta hora."

"No tengo idea," contestó Marlena. "Me tienen más preocupada que nada."

"Yo también estoy preocupado debido a esta casa embrujada. Está a punto de anochecer y no quisiera estar aquí."

"No empieces con eso, Christian, por favor. Es lo menos que necesitamos ahora mismo."

"Fácil para ti decirlo…" *Tú no has visto los espectros,* pensó Christian.

"¿Por qué dirías eso?" se interesó Marlena, acariciando a Alfombras, quien parecía estar dormido.

"Olvídalo… Oye, ¿qué crees que sea Alfombras? ¿Qué tipo de perro? Parece estar entrenado y es un can… raro."

Marlena rio.

"¿Así que ahora te gusta Alfombras?" le preguntó la niña, jugando con el pelo del perrito.

"No es eso… es que… Yo no he dicho que no me guste."

"¿Entonces?" cuestionó ella sin entender.

"Yo creo que Alfombras es un perro cobrador," le dijo Christian, mirando al perrito y recordando cuando trajo el cuerpo del pobre Mr. Mostacho. Christian conocía un poco de perros porque había leído un viejo libro sobre ellos. Tenía un vecino en la otra casa que entrenaba perros y el señor le había regalado ese libro unos años atrás. Por desgracia, Christian no sabía dónde estaba el libro ahora y por lo tanto no lo había traído consigo, no que fuera a ayudar mucho en esos momentos, pues el cuarto estaba cerrado todavía con sus cosas adentros.

"Por lo menos ya lo llamas por su nombre. ¿Pero de qué hablas? ¿A qué te refieres con que crees que es un perro cobrador?" preguntó Marlena, más confundida aún.

"Un perro cobrador," comenzó a explicar Christian como pudo, "ya sabes, de esos perros que los cazadores se llevan con ellos para que busquen sus presas cuando las cazan y cosas así."

"¿Por qué dirías eso?" se alarmó Marlena. "¡Alfombras no mataría ni a una inocente mariposa!"

"No es necesario que sea una caza lo que busque un perro cobrador," aclaró Christian.

"Escucho…" le dijo Marlena, ahora más interesada.

"También puede buscar cosas, ya sabes, con la ayuda de su olfato."

"Alfombras podría hacer eso," exclamó Marlena orgullosa y le dio más caricias al perrito. "¿Verdad que sí, cosita de mamá?"

"Estoy seguro de que sí puede," comentó Christian y le dio una caricia al perrito. Marlena lo miró sorprendida.

"¿Qué sugieres?" preguntó la niña.

"Ya verás." Christian le quitó el pañuelo violeta de la cabeza a su hermana, ésta se asombró.

"¿¡Qué haces!?" exclamó Marlena.

Christian le pasó el pañuelo por el hocico al perrito, quien empezó a mover la colita rápido. Alfombras olfateaba el pañuelo con más intensidad.

"¡Ya lo tienes! ¡Ve y búscalo, chico!" exclamó Christian con una sonrisa y los ojos brillosos.

Alfombras brincó de la falda de Marlena y actuó tan rápido que pasó un momento corriendo en el mismo lugar y luego arrancó como un cohete hasta perderse de vista por los pasillos.

"¿Qué le hiciste?" preguntó Marlena con sus ojos agrandados. "¡Parece loco!"

"Una prueba," respondió Christian un poco ansioso, "pero creo que funcionará."

"No entiendo nada."

"Alfombras olfateó la cabeza de Mr. Mostacho más temprano y luego fue por el cuerpo y lo trajo. Si recuerdas bien, yo tiré el muñeco cuando me enojé. Alfombras me lo trajo de vuelta. Eso me llevó a pensar que era un perro cobrador…"

Alfombras regresó corriendo con una blusa apretada en su boca, arrastrándola por el piso. Iba directo a Christian.

"¡Esa es mi camisa!" señaló Marlena. "¿De dónde la sacó? Yo la dejé en el baño."

"Y Alfombras la buscó y la encontró allá," respondió Christian bien contento, se inclinó y el perrito le entregó la blusa. "¡Buen perro!" Le dio una caricia.

"Supongo que tienes razón. Alfombras es un perro cobrador."

"Y me ayudará a recuperar mis cosas. ¿Verdad que sí, amiguito?"

"¿Cómo?" preguntó Marlena.

"Haré que olfatee a Mr. Mostacho y me lleve al resto de mis juguetes," explicó Christian y sacó el cuerpo sin cabeza de Mr. Mostacho de su bolsillo para que Alfombras lo olfateara. "Vamos, amiguito. Yo sé que tú sabes dónde están mis cosas. Sólo tienes que llevarme a ellas. ¡Anda!"

Alfombras olfateó el muñeco, pero no corrió a ninguna parte y se quedó mirando al niño. Luego comenzó a ladrar.

"Vamos, Alfombras," lo animó Christian. "Tienes que saber a dónde ir. ¡Dirige!"

"No sabe," le dijo Marlena.

"¡Claro que sabe! ¡Tiene que saber! ¡Ve, chico, ve! Enséñame el camino," insistió él.

"Él no sabe, Christian," exclamó Marlena alterada y parándose entre su hermano y Alfombras. "No lo presiones."

Christian iba a comenzar una discusión, pero decidió respirar profundo y evitarla. En su conciencia, creía saber que el perrito sí podía llevarlo a sus cosas, pero también existía la duda. Quizás su hermana tenía razón. No quería comenzar otra cantaleta con ella. Guardaría silencio por el momento.

"¿Qué es eso?" preguntó Marlena, señalando hacia una de las ventanas. Una nube indefinida y espesa parecía estar entrando a la casa. El entorno estaba más frío con cada momento que pasaba.

Christian caminó hasta la ventana y observó hacia afuera. La montaña se estaba comenzando a rodear por neblina y estaba oscureciendo. Ciudad de Ensueños ya no era visible desde la casa en la montaña solitaria.

"Es la neblina," explicó Christian con cara de preocupación. "Tenemos la vista de los ángeles desde aquí. Todo está blanco…"

"Ya pronto anochecerá y no habrá visión de nosotros acá arriba," dijo Marlena asomándose por la ventana también. "He escuchado que la mitad de la montaña se pierde en las noches…"

"Y le pertenece a sus criaturas," añadió Christian. "Yo también lo escuché en la escuela. Ya no se alcanza a ver la ciudad. Me quiero ir a mi cuarto."

"Avancen, papi y mami, por favor," rogó Marlena.

Alfombras comenzó a ladrarle a Christian de repente.

"¿Qué sucede? ¿Qué le hiciste?" le cuestionó Marlena a su hermano.

"Yo no le he hecho nada."

Alfombras salió corriendo otra vez por los pasillos mientras Christian y Marlena se quedaron sorprendidos mirándose entre sí.

"¡Tras él!" exclamó Christian y fue corriendo por el perrito.

"No, espera, Christian," le gritó Marlena y también fue tras él.

Christian y Marlena llegaron corriendo hasta la sala principal. Allí se encontraba Alfombras, detenido frente a la gran puerta principal, sin moverse, como si estuviera disecado. Christian caminó sigiloso hasta el perrito, sin hacer ruido para no desviarle la atención. Le hizo señas a Marlena y ella lo siguió de igual manera.

"¿Qué le sucede?" le susurró Marlena a su hermano.

"No tengo idea," replicó él.

Marlena llegó hasta Alfombras y se agachó para agarrarlo…

"¿Qué pasó Alfombras?" le preguntó la niña al perrito. "¿Por qué saliste corriendo así?"

La gran puerta principal se abrió de un portazo. Los niños gritaron del espanto. Alfombras se fue corriendo y ladrando por toda la casa. Ya estaba oscuro afuera y la neblina esparcida por todas partes. Una silueta apareció en la entrada, sólo sus ojos se podían apreciar porque brillaban como estrellas. Tanto Christian como Marlena habían quedado paralizados allí, con la garganta en la boca y temblando del miedo.

"¡Los espectros!" gritó Christian, señalando hacia la silueta.

Marlena gritó alto. Ahora sí creía que la casa estaba embrujada.

"No seas tonto, Christian," dijo la voz de una muchacha, "Soy yo, Arelys."

Arelys dio un paso al frente y quedó en la luz. Era una joven de 17 años de edad, con cara fina y de cabello claro. Desde hacía unos años, se había ganado la confianza y la amistad de la familia Zaragoza, por lo que siempre se encargaba de cuidar de Christian y Marlena cuando Ricardo y María Zaragoza se lo pedían para poder ocuparse de otros asuntos importantes, la mayoría de las veces relacionados con el trabajo. Arelys llevaba una mochila con sus pertenencias y cargaba con unas bolsas llenas de distintas cosas, las llaves de la casa apretadas en una de las manos.

"¡Arelys!" exclamó Marlena, sorprendida y contenta. Corrió hasta la chica y le dio un abrazo. "¡No sabes cuánto me alegra verte!"

"¿Estás segura?" le cuestionó Arelys. "Eso no es lo que yo noté. Parecía que habías visto un fantasma. ¿Christian con su vasta imaginación otra vez?"

"Es una larga historia," le respondió Marlena entre risas.

Christian abrazó a la chica.

"Yo también los quiero," les dijo Arelys con poco aire. "¿Pero me piensan ayudar o qué?"

"Claro que sí," le respondió Christian y la ayudó con los paquetes.

"¿¡Eso era un perro!?" preguntó Arelys, media sonrisa en su rostro.

"Sí," le confirmó Marlena. "Se llama Alfombras."

"¿Alfombras? ¿Cuándo consiguieron un perro? Nunca han tenido uno."

"Tenemos mucho de qué hablar," le dijo Marlena.

"Por lo menos no es una mascota que coma pajaritos," comentó Arelys.

"¿Por qué?" preguntó Christian interesado.

"Traje a Tonti," respondió Arelys. "Está en mi carro."

Christian ya había olvidado a su vieja cotorra gris. Tonti no había venido en el primer viaje porque María Zaragoza le había dicho a Christian que ella lo traería en el próximo.

"¿Qué haces aquí, Arelys?" preguntó Christian, un poco más serio, intrigado. "¿Dónde están mami y papi?"

Arelys se quedó mirando a ambos hermanos Zaragoza. No sabía cómo reaccionar.

"Apuesto a que deben tener hambre," comentó Arelys. "Yo estoy hambrienta. Traje comida, así que sugiero que comamos primero y luego tengamos una charla."

Se comieron las hamburguesas que trajo la chica en completo silencio, tal así que se podía escuchar cada mordida, la manera en que saboreaban la comida, y hasta cómo se chupaban los dedos. Parecía que había pasado una eternidad desde la última vez que Christian y Marlena se habían comido un par de hamburguesas. El día se les había hecho muy largo y tedioso, y habían agotado muchas energías, más estaban hambrientos.

La noche se apoderó por completó de la montaña solitaria. La neblina se metía adentro del hogar y le daba una sensación de terror que no pasaba desapercibida. Desde adentro de la casa, se podía escuchar el viento soplar fuerte, como si cantara canciones de las historias vividas por toda la eternidad. Tonti se encontraba aborrecido, observando desde su jaula sobre una mesa. Christian lo había buscado al carro de Arelys. Alfombras había regresado al olfatear comida. Fue directo a Christian y el niño le dio de su hamburguesa para que comiera. A Marlena no le agradó la idea, pero no comentó nada. Estaba muy ocupada devorando su propia comida. Arelys terminó primero y comenzó a acariciar el inmenso pelaje del perrito.

"¿Qué bonito eres, amiguito?" le dijo Arelys al animal. "¿Cómo dijiste que se llama?"

"Se llama Alfombras," respondió Marlena y terminó de comer.

"¿Qué raza es? ¿Sabes?"

"No tengo idea," replicó Marlena. "Christian dice que es un perro cobrador."

"¿En serio?" preguntó Arelys y miró al niño.

"Sí, es un perro cobrador, puede recolectar cosas por uno," respondió Christian con poco interés en el tema. "Pero no vamos a hablar de eso ahora. No es por nada malo, pero… ¿Qué haces aquí, Arelys? ¿Dónde están mis padres?"

Arelys no sabía cómo comenzar a explicar. Miró a Marlena, pero la niña asintió con la cabeza, afirmando que quería respuestas a las mismas interrogantes. Arelys también había tenido un día tedioso.

Eran las doce del mediodía, justo cuando el sol estaba en su punto más alto, Arelys comía pizza que había ordenado de una pizzería a unas cuantas cuadras de su casa, también veía televisión o más bien cambiaba los canales buscando algo de interés. Había acabado las clases el día anterior y ahora estaba en sus vacaciones de invierno. No le gustaba mucho esta temporada porque en su casa sólo eran ella y su madre, Elena, y ésta era una mujer trabajadora que algún día se había propuesto darle lo mejor a su única hija con lo que produjera el sudor de su frente y los cayos de sus manos ya que su padre no estaría más. El teléfono celular de Arelys comenzó a sonar, pero estaba lejos y ella ni se molestó en buscarlo. Sin embargo, volvió a sonar y, en esa ocasión, Arelys, curiosa, contestó. Era María Zaragoza, sonaba desesperada y ansiosa. Sin perder mucho tiempo, María Zaragoza le pidió de favor a Arelys que cuidara de sus hijos durante el fin de semana, comenzando ese viernes. Arelys no tenía problema con eso y se dirigiría ahora mismo hacia allá, pero María Zaragoza le indicó que se habían mudado y le pidió que fuera a donde ella primero. Ricardo Zaragoza y ella estaban en un hospital cercano. Habían tenido un accidente de carro, pero no había sucedido nada grave. Arelys se llevó el carro que su madre le había regalado hacía unos seis meses y se encontró con María Zaragoza lo más pronto que pudo. Ricardo y María Zaragoza le explicaron todo lo que necesitaba saber y comenzó su tarea de emergencia.

"Mantengan la calma," les pidió Arelys a los niños. "Sus padres tuvieron un accidente automovilístico."

Christian y Marlena quedaron sorprendidos, agrandando los ojos.

"¿¡Qué!?" exclamó Marlena, quitando su atención de Alfombras.

"¿De qué hablas? ¿Qué sucedió?" preguntó Christian alterado. "¿Dónde están?"

"Cálmense, por favor," les volvió a pedir Arelys. Intentaría explicar todo como mejor pudiera. "Sus padres están bien. No les sucedió nada grave. Me pidieron que cuidara de ustedes en lo que ellos pueden solucionar unos problemas."

"¿Pero qué sucedió?" la cortó Marlena.

"¿Puedes llamarlos?" preguntó Christian.

Arelys sacó su teléfono celular, pero no tenía nada de señal para poder hacer la llamada desde allí. Negó con la cabeza. Christian no dudó que la falta de señal tuviera que ver con la casa. Pensaba que los espectros no permitirían que se hicieran llamadas desde su hogar.

"El carro de sus padres tuvo un fallo en los frenos después de haberlos dejado a ustedes aquí," continuó Arelys. "Sus padres nunca llegaron a la escuela y el carro no se sabe si tendrá arreglo."

"¿Cómo les fallaron los frenos? ¡Ese carro es nuevo!" dijo Marlena sin poder creer lo que había sucedido.

"No me lo explico," confesó Arelys.

"Yo sí," interrumpió Christian. "Es esta casa, está embrujada."

"No empieces, Christian," le dijo Marlena molesta. "Este no es el momento."

"Es la verdad," se defendió él.

"Tu hermana tiene razón, Christian," aseguró Arelys. "Lo que sea que tengas en tu imaginación, este no es el momento de expresarlo."

"¡No me estoy imaginando nada, digo la verdad!" respondió Christian.

"Sólo deja que Arelys nos termine de contar," le pidió Marlena. Su hermano guardó silencio y cruzó los brazos.

"Su madre me pidió que les trajera ciertas cosas, me entregó las llaves de la casa y me explicó cómo llegar acá," continuó Arelys. "¡Y tengo que decir que la casa está muy impresionante! No sé qué le ves de embrujada, Christian."

El niño no dijo nada ni cambió la postura.

"Por eso les traje comida y a Tonti. El pobre se había quedado solo en la otra casa y parece que alguien hasta se olvidó de alimentarlo. Pero lo importante es que ya llegué, no están solos y sus padres se encuentran bien. Con esperanza, ellos llegarán hoy o quizás mañana, pero yo cuidaré de ustedes mientras tanto."

Marlena sonrió aliviada. El saber que no le había sucedido nada a sus padres le quitaba un peso de preocupación de encima. Además, Arelys le caía bien, siempre tenían temas para hablar y, al ser mayor que Marlena, Arelys siempre le daba buenos consejos.

"¿Entonces tienes las llaves de la casa?" preguntó Christian interesado.

"Sí, míralas aquí," respondió Arelys y le mostró las llaves.

"Las voy a necesitar," le dijo Christian y extendió una mano.

"¿Para qué?" le preguntó Arelys.

"Escogió un cuarto y lo cerró por dentro como un tonto," respondió Marlena. A veces, le gustaba molestar a su hermano en presencia de Arelys para lucir indiferente.

"No es cierto," dijo Christian rápido. "La puerta se cerró sola. Tú estás celosa porque encontré la habitación primero que tú."

"Ok, no peleen," se interpuso Arelys y le entregó las llaves al niño. "Aquí tienes."

Christian agarró las llaves para marcharse.

"No olvides llevarte a Tonti también," le recordó Arelys, señalando a la cotorra aborrecida en la jaula.

Christian fue por Tonti y se marchó a su cuarto sin decir otra palabra. Llegó frente a la puerta cerrada, puso la jaula de Tonti en el piso y comenzó a buscar la llave indicada hasta que pudo abrir y entrar a su cuarto. Rápido buscó dónde podría acomodar a Tonti y optó por dejarlo en una de las barandas cerca del balcón.

"Ahí tienes," le dijo a la cotorra. "A ver si cambias esa cara. Por ahí tienen que volar algunos otros pajaritos. Ya veremos en la mañana."

Tonti le dio la espalda y escondió la cabeza bajo una de sus alas.

Christian no se había percatado. Alfombras había venido detrás de él. El perrito estaba trepado sobre la cama.

"¡¿Y tú?!" exclamó Christian al verlo y se le escapó una sonrisa. "Ahora me quieres quitar la cama también. ¡Bájate!"

Alfombras le ladró, luego saltó al suelo y se metió bajo la cama.

"¿Te vas a enojar también?" le dijo el niño y se sentó sobre la cama. "El mundo contra Christian…"

Alfombras salió de repente con un objeto en la boca y saltó sobre la cama.

"¿Qué haces?" le preguntó Christian. "¿Qué llevas en la boca?"

El niño lo verificó y le quitó un juguete de la boca al perrito. Era uno de sus muñecos.

"¿De dónde sacaste esto?" preguntó él, sorprendido. "¡¿Mis cosas están debajo de la cama?!"

Christian se tiró al suelo rápido para mirar debajo de la cama, pero no encontró nada. Se volvió a sentar para pensar mientras acariciaba a Alfombras. Entonces entendió. El perro sí era un cobrador.

"¡Lo tengo!" exclamó Christian y le dio a olfatear el juguete a Alfombras. "Vamos, chico, tienes que dirigirme esta vez."

Alfombras comenzó a menear la cola y salió disparado a correr. Christian lo siguió, pero lo perdió de vista en la oscuridad. Luego se encontró con Marlena en uno de los pasillos. Arelys estaba desempacando sus cosas en uno de los cuartos libres.

"¿Dónde está Alfombras?" preguntó Christian.

"Me acaba de pasar por el lado corriendo como un demente," le respondió Marlena. "¿Qué le hiciste?"

"No le he hecho nada," dijo Christian y salió corriendo.

"¿A dónde vas?" le preguntó Marlena.

"A buscar mis cosas," le gritó Christian y no se detuvo.

Marlena fue corriendo tras él. Los dos llegaron al perrito casi al mismo tiempo. Alfombras se encontraba raspando la puerta trasera de la casa con sus uñas.

"¿Qué está sucediendo?" preguntó Marlena sin entender. Siempre que dejaba a Christian con el perrito, el animal parecía cambiar por completo.

"Me está dirigiendo a mis cosas," explicó Christian.

"¿Cómo?"

"Encontró esto en mi cuarto," respondió Christian y le mostró el juguete. "Lo olfateó y vino hasta acá."

Marlena se quedó sin palabras. Alfombras comenzó a ladrar hacia la puerta trasera y Christian caminó hasta allá para abrirla. Cuando la puerta se abrió, Alfombras salió disparado otra vez, corriendo como centella.

"¡No!" gritó Marlena, pero ya era muy tarde. La niña corrió al patio y observó cómo Alfombras desaparecía entre la bruma y la oscuridad mientras se dirigía hacia el inmenso bosque.

Marlena estaba dispuesta a correr tras el perrito, pero Christian recordó que tenía que protegerla y la agarró para detenerla.

"No, Marlena," le dijo. "Ya se fue."

"Por tu culpa," le gritó ella molesta. "¡Suéltame! ¡Dije que me sueltes!"

"Tranquilízate," le decía Christian. Marlena seguía luchando para liberarse de su agarre.

Entonces ambos se callaron y quedaron paralizados cuando escucharon un aullido de lobo venir desde el bosque, una gran luna iluminando en el cielo.

CAPÍTULO OCHO
EL MENSAJE EN LA PARED

Hermano y hermana quedaron abrazados como muñequitos de jengibres, sus corazones latiendo a montón por minuto. Ninguno parecía percatarse ni responder. Entonces se escuchó otro aullido agudo y Christian se separó de su hermana.

"¡Lobos!" gritó Christian y corrió de vuelta, llevando a Marlena de la mano.

Ambos entraron a la casa, cerraron la puerta de cantazo, se recostaron contra la misma y se deslizaron hasta quedar sentados, gotas de sudor bajándoles por el cuello a cada uno. Marlena estaba tan asustada que sentía que no podía respirar a pesar de jadear fuerte y sin control. Christian la apretó de una mano para tratar de confortarla, sin embargo, no encontraba palabras porque no las tenía. Más aullidos comenzaron a sonar y Marlena empezó a gritar y a llorar desenfrenada.

"Mami, papi," gritaba la niña. "¡Me quiero ir a casa!"

Christian la levantó en un abrazo y se la llevó a la sala principal. Allí se encontraron con Arelys, quien los había estado buscando por toda la casa y ya estaba preocupadísima. Arelys corrió hasta Marlena rápido y la abrazó. Christian soltó a su hermana para que Arelys se encargara.

"Oh, Dios," exclamó Arelys y sentó a Marlena en el sofá. "¿Qué pasó? Los oí gritar."

Christian se quedó callado, pero Marlena pudo hablar.

"Lo… lobos," dijo Marlena titubeando.

Arelys lucía preocupada. Eso no era algo que esperaba, ni tan siquiera se lo imaginaba. Pero tenía que cuidar de los niños y no podía perder el control, no podía lucir débil.

"No se preocupen," les pidió Arelys. "Si son lobos, deben estar muy lejos de aquí. Están a salvo dentro de la casa."

"Deben estar en el bosque aquí en la montaña," opinó Christian.

"Alfombras…" dijo Marlena.

"¿Qué sucede con Alfombras?" preguntó Arelys. Christian no se atrevió a hablar.

"Alfombras se fue corriendo hacia el bosque," respondió Marlena. "¡Lo van a matar!" Marlena se abrazó fuerte con Arelys y escondió su rostro.

Arelys miró hacia Christian preocupada. El niño afirmó con la cabeza para indicarle que era cierto. El pobre perrito se había ido corriendo hacia el bosque, tal vez, a encontrar su destino entre las garras de un lobo feroz. Christian sentía cierto nivel de culpa, pero algo en su consciencia le decía que no había visto lo último de Alfombras todavía.

"Alfombras va a estar bien," dijo Arelys para que Marlena se calmara. "Recuerda que es un perro cobrador. Conoce cómo sobrevivir. ¿Verdad, Christian?"

"Sí," respondió Christian, pensando que pudo haber seguido al perrito y encontrar sus cosas porque estaba seguro de que lo dirigiría, lamentando no haberlo hecho así, pero aceptando que no sabría qué hacer contra los lobos, mucho menos con algún espectro si se encontrara a uno.

"Quizás deberíamos acostarnos ya," sugirió Arelys. "Todos hemos tenido un día largo. Un poco de descanso no vendría mal."

"No quiero… no puedo dormir ahora," dijo Marlena. Estaba muy asustada y no calmaba sus nervios. "Todavía puedo escuchar los aullidos en mi cabeza."

"Tienes que relajarte, Marlena," indicó Arelys. "Ya no hay lobos. Tienes que sacarlos de tu mente. Puedes dormir conmigo esta noche. Respira profundo."

Marlena asintió y comenzó a calmarse. Arelys la abrazaba y le acariciaba el cabello. Luego intentó cambiar el tema para desviar la atención. Los aullidos habían cesado.

"Pareces un desastres, Christian," dijo Arelys. "Tu mamá me contó que te peleaste en el colegio. ¿Te dieron esos golpes?"

A Christian no le gustó la pregunta, no quería hablar de ese tema, pero reconocía que era mejor para que su hermana se calmara escuchando una historia que le desviara los pensamientos. Le contó a Arelys todo lo que le sucedió en la pelea. Marlena se calmó poco a poco y terminó por escuchar la historia y hasta aportar en las partes que Christian no contaba bien, la mayoría de ellas eran situaciones embarazosas y que lo hacían lucir mal a él.

"¿Por qué nunca le has querido contar a tus padre sobre ese abusador, Mando el Bribón?" le preguntó Arelys. "Los adultos pueden ayudarte."

"Porque es un tonto," respondió Marlena y rio otra vez.

Christian se molestó primero, pero luego vio la sonrisa de su hermana y optó por la felicidad de ella a cuenta de su enojo.

"Nunca se suponía que se enteraran de nada," confesó Christian. "Pero, a veces, confío cuando no debo," añadió en un tono resaltante y le dio una leve mirada a su hermana.

"Pues deberías confiar en tu familia, en tus padres," le aconsejó Arelys. "Siempre van a querer lo mejor para ti."

"Quizás," replicó Christian. "Creo que mejor me voy a dormir." Prefería no continuar hablando del tema. Además, ya Marlena se había calmado. Ahora él podía moverse a hacer alguna otra cosa y Arelys que se encargara de ella.

Arelys se quedó en la sala principal hablando con Marlena. Tenían tantos temas por discutir que les tomaría un largo rato platicar. Mientras tanto, Christian se dio un baño y se fue a su cuarto. La recámara parecía estar ubicada dentro de una nube, la neblina se había apoderado de todos los espacios. Christian fue al balcón a observar hacia afuera, a respirar un poco.

"Sabes, no confío en este lugar, Tonti," le dijo Christian a la cotorra en la jaula. "Puedo sentir como un aura extraña desde que llegué. Creo que la casa está embrujada de verdad. Tú puedes estar ahí con tu cara de aborrecido y como si no te importara nada, pero ambos tenemos que reconocer que no nos queda otra cosa que nosotros mismos. Tú eres lo que me queda. Mis muñecos y mis cosas desaparecieron. Tendremos que llevarnos un poco mejor. Quizás a ti te guste aquí. Veremos si algún día vuelves a cantar, como cuando nos conocimos y te llevé a casa. Apuesto a que ni lo recuerdas. Solías ser una mascota feliz."

Tonti caminaba de lado a lado en su jaula, luciendo tan aborrecido como nunca. Odiaba la bruma dentro de su jaula. Era una cotorra africana gris que Christian había recibido como regalo en su sexto cumpleaños. María Zaragoza se la compró en unas vacaciones que la familia tuvo para ese tiempo. Christian había quedado encantando y le dio el nombre de Tonti porque la cotorra lo había dejado tonto cuando cruzaron miradas por primera vez. Christian siempre jugaba y le compraba juguetes distintos a Tonti. Con su imaginación, jugaba al pirata y la cotorra era su fiel acompañante, siempre feliz, cantando. Pero el niño fue creciendo y, poco a poco, fue perdiendo su interés en la mascota porque la comenzaba a notar desanimada y triste sin saber que la cotorra veía lo mismo en él.

Christian contempló Ciudad de Ensueños lo poco que pudo desde el balcón de su cuarto. Entre las muchas luces a través de la niebla debería estar su antiguo hogar, apagado por completo. Desde aquella montaña solitaria se podía observar mucho, sin embargo, era invisible para todos en la oscuridad y la bruma, como si desapareciera hasta el alba. El bosque estaba perdido en la penumbra y la boca del niño se torcía hacia abajo al pensar en el pobre Alfombras, perdido en la inmensidad, solo, tal vez esperando por él.

En un punto dado, todo era silencio, ni los grillos se escuchaban, sólo las ráfagas de viento. El chico comenzó a temblar y decidió abrigarse y acostarse a dormir.

"¡Qué tengas una linda noche!" le deseó a Tonti y se acostó en su nueva cama.

Aunque pensaba que sería lo contrario, no tuvo problemas para dormir. El cansancio que cargaba su cuerpo se encargó de todo. Mantuvo los ojos abiertos por un momento y hasta los aullidos de lobos en su mente se escuchaban muy lejos como para molestarlo. Quedó apagado y tirado bocarriba, sin la sensación de frío ni de calor, dominado por el agotamiento.

Parecía que había acabado de cerrar los ojos. No muy lejos, escuchaba pajaritos cantarle al frío de las mañanas de invierno y una sonrisa se le formaba en el rostro sin que se diera cuenta. Quizás uno de los cantos venía de Tonti. La idea lo animó y lo llenó de energía. Entonces abrió los ojos. El cuarto estaba alumbrado por la luz del día. La brisa de la mañana, al igual que el canto de los pajaritos, venía desde su balcón. Se levantó hasta quedar sentado en su cama y estiró los músculos. Había descansado bien. Caminó hasta el balcón con la visión todavía un poco borrosa. Los rayos de sol ya pronto llegarían directo a su hogar. Ciudad de Ensueños se veía hermosa esa madrugada. Christian respiró profundo el aire puro y regresó a su cuarto, pero perdió ese aire el instante que vio el mensaje en la pared.

"Váyanse de aquí. Este no es hogar suyo."

El mensaje había sido escrito, manchado en la pared con algún tipo de sustancia oscura y pegajosa por dedos delgados, como un ectoplasma. Christian estaba aterrorizado, su mente corría rápido, creando imágenes de espectros rondando a su alrededor mientras dormía, pasando sus dedos fríos por las paredes, dejando el mensaje, dándole una oportunidad para que se marchara del lugar. Estaba seguro de que eso era lo que había ocurrido. Y era eso lo que iba a hacer él, se marcharía ahora mismo de allí. Le diría a

Arelys que se los llevara a él y a su hermana de vuelta a su antiguo hogar, a donde siempre han pertenecido. Se vistió, buscó sus cosas y luego fue por su cotorra.

"Ven, Tonti, nos tenemos que ir," dijo y agarró la jaula, pero, al mirarla una segunda vez, la dejó caer y pegó un grito.

Tonti no estaba en la jaula. En su lugar, había una espantosa rata larga con sus dientes partidos y las uñas amarrillas y sucias. Christian dejó caer el resto de sus cosas al suelo y salió corriendo del cuarto.

"¡Marlena! ¡Arelys!" gritaba por los pasillos, corriendo como si una llama de fuego le pisara los talones.

Marlena y Arelys lo encontraron en la sala principal. Lucían asustadas, cansadas y sin idea de qué estaba ocurriendo. Ninguna de las dos había descansado tan bien como Christian.

"¿Qué sucede? ¿Por qué gritas?" preguntó Arelys. Quería mantener la calma.

"Tenemos que irnos," dijo Christian, agitado, jadeando.

"Yo estoy de acuerdo," indicó Marlena, uniéndose a su hermano.

"¡Esperen!" exclamó Arelys, intentando reaccionar rápido. Nunca había tenido problemas cuidando de los niños, pero en esta ocasión parecían estar poniéndola a prueba. "Tienes que explicarme qué está sucediendo, Christian."

"Los espectros dejaron un mensaje en mi cuarto y se llevaron a Tonti," explicó Christian, el terror de lo vivido todavía plasmado en sus ojos.

"¿Dónde está Tonti?" preguntó Marlena.

"¿Qué mensaje?" cuestionó Arelys, muy interesada y comenzando a asustarse también.

"Tal vez deban ir a verlo por ustedes mismas," les indicó Christian. De la única manera que regresaría a su cuarto era acompañado.

Arelys caminó al frente, seguida por Christian y luego por Marlena. Avanzaban con cautela y temor. Tan pronto llegaron al cuarto, ambas chicas quedaron boquiabiertas y sorprendidas.

"¿Quién escribió eso?" preguntó Arelys. No sabía qué hacer con los niños. Nunca se había visto en una situación similar.

"Estaba así cuando desperté," respondió Christian. "Creo que fueron los espectros, dueños de este lugar."

"No digas tal cosa," le pidió Arelys.

Marlena comenzó a gritar de repente. Había encontrado la jaula de Tonti en el piso, la inmunda rata caminando adentro. Arelys se fijó y rápido corrió hacia la niña para abrazarla y hacer que no viera más. Luego le preguntó a Christian:

"¿Dónde está Tonti?"

"No lo sé," respondió él, preocupado por su mascota. Lo que estaba ocurriendo no era lo que quería para la cotorra.

"Se lo comió la rata," gritó Marlena entre llantos, escondiendo su rostro entre los brazos de Arelys.

Arelys miraba a la jaula. La rata era grande, pero no había rastros de haber atacado a Tonti. Las pocas plumas tiradas dentro de la jaula eran las que la cotorra había mudado y Christian había olvidado limpiar. Tampoco había manchas de sangre.

"La rata no se lo comió," aseguró Arelys. "Tonti sigue vivo. Tal vez esté todavía adentro de la casa."

Christian la miró sin poder creerle. Sabía que era imposible que la cotorra estuviera todavía en el hogar. Lo mejor que pudo haber ocurrido sería que Tonti, de alguna manera, se escapara volando por el balcón y fuera libre al fin. Christian no tendría problema con eso, de hecho, hasta podría hacerlo sentir feliz por su mascota.

"Quiero irme de este lugar," dijo Marlena, separándose de Arelys y caminando hacia afuera del cuarto. "Esta casa está maldita o embrujada."

Christian no perdió el tiempo y siguió a su hermana.

"Yo también quiero irme," dijo él desanimado. "Por favor, llévanos, Arelys. Llévanos a casa."

Arelys no tenía palabras, nunca se había visto en tal situación y no sabía qué les diría a los padres de los niños cuando tuviera que dar alguna explicación. Afirmó con la cabeza, aceptando escapar con ellos, llevarlos de vuelta.

"Ok, los llevaré," indicó Arelys, sin otra opción en mente. "Busquen sus cosas y nos vemos en mi carro afuera." Arelys metió una mano al bolsillo, sacó las llaves de su carro y arrastró los pies por los pasillos hasta la entrada de la casa. Fue a su carro para encenderlo, pero se llevó una sorpresa. Las cuatro gomas del auto estaban desgarradas y destruidas, los pedazos tirados por los alrededores. Arelys pegó un grito y regresó a la casa corriendo. Cerró la puerta principal de cantazo a sus espaldas y sacó el celular para hacer una llamada, pero no tenía nada de señal.

Christian fue el primero en llegar y encontrar a Arelys de rodillas en el suelo, como nunca la había visto, desesperada y asustada. El niño vio en los ojos de ella la expresión propia que mostraba él siempre que se soñaba con los espectros.

"¿Qué sucede?" le preguntó Christian, acercándose y ofreciendo una mano.

"Mi… mi… mi carro," respondió Arelys, titubeando y con problemas. Christian se quedó callado, pensando si sería que se habían llevado el carro de Arelys como se llevaron las cosas de él. "Las gomas…"

Christian abrió la puerta para salir a ver. Arelys intentó detenerlo, casi rogándole, y le gritó:

"¡No!"

El gritó se perdió en un eco por la casa.

Christian le soltó la mano y comoquiera salió para encontrar el carro con las cuatro gomas rotas. Boquiabierto, investigó qué pudo haber sucedido. Las gomas tenían garras marcadas, como si las hubiesen desgarrado de manera salvaje. En el piso, no había rastros ni huellas porque era todo gravilla. Pero Christian podía imaginar una manada de lobos destrozando las gomas en la noche, mientras él dormía y los espectros escribían el mensaje en la pared.

Arelys y Marlena observaban al niño desde la puerta principal, abrazadas, Marlena con lágrimas en los ojos, pues no podía creer que ahora no había forma de regresar a su antiguo hogar y abandonar el nuevo, al menos por el momento. Christian regresó a la casa desanimado. Ambas chicas le echaron un brazo al hombro, si para consolarlo o animarlo, él no sabía, pero el abrazo que les dio era de aceptación de derrota, de rendición.

"¿Qué vamos a hacer ahora?" preguntó Marlena cuando ya estaban adentro.

"No sé," respondió Christian, pensando en alguna solución. "Estamos estancados aquí y sin noticias de nuestros padres."

"Resolveré esto," aseguró Arelys, reconocía la responsabilidad con la que cargaba al estar a cargo de los niños y no se perdonaría si algo les sucediera. "Sólo necesito que se queden aquí en lo que intento obtener algo de señal en mi celular. Es muy sencillo. Pueden hacerse algo de comer en lo que regreso. No se muevan, por favor. Estarán a salvo adentro de la casa."

Arelys dio espacio para quejas por parte de los niños, pero ninguno habló. Afirmó con la cabeza antes de marcharse de la casa y comenzar a caminar por la montaña en búsqueda de señal para su celular.

Christian tenía el ceño fruncido y duda en el rostro. Se volteó hacia su hermana y le dijo:

"Ambos sabemos que no estamos a salvo en esta casa. ¿Por qué no te opusiste?"

"No puedo evitar pensar en Alfombras," respondió Marlena luego de unos segundos. "No podemos dejarlo en este lugar. Está en peligro y debemos rescatarlo, al igual Tonti. Sabes que debes hacer algo por ellos. No los podemos olvidar."

"¿Qué podemos hacer?" cuestionó Christian. "Ambos están perdidos. Alfombras se fue corriendo hacia ese bosque y Tonti… ni tan siquiera sé dónde está Tonti, Marlena. ¿No sé qué podríamos hacer?"

"Yo he estado desarrollando una idea," confesó Marlena, lenta, poco segura de lo que estaba a punto de decir.

"¿Qué?"

"Iremos al bosque juntos a buscar a Alfombras," propuso Marlena.

"No puedes estar hablando en serio." Christian la observaba con los ojos agrandados.

"Por supuesto que sí."

"¡Hay lobos allá afuera!" señaló Christian. "Habría que estar loco."

"Iremos antes de que anochezca. Yo llevaré mi pañuelo puesto. Estoy segura de que Alfombras podrá detectar el olor y vendrá a nosotros."

Christian lo pensó. Quizás si el perrito lograba aparecer rápido al olfatear el pañuelo de Marlena, el intento no sería tan peligroso. Por otra parte, no había nada garantizado.

"Arelys nunca nos permitiría ir allá," dijo él, "no ahora que ha sido víctima."

"Es por eso que no le diremos ni esperaremos por ella. Nos haré algo de comer para poder ir rápido y estar de vuelta antes de que llegue Arelys."

Una decisión tan apresurada no le gustaba al muchacho, pero sabía que tampoco era el momento de ponerse a discutir con su hermana. No le ganaría ni mucho menos iba a poder evitar que lo hiciera. Recordó que era el hombre de la casa y tenía que proteger a su hermana en todo momento. Christian afirmó en silencio y Marlena no perdió tiempo en cambiarse de ropa, preparar algo leve de comer y salir al patio. El sol alumbraba con fuerza, sin nubes en el cielo y el bosque parecía más grande de lo que se lo imaginaban los dos hermanos.

CAPÍTULO NUEVE
BOSQUE ADENTRO

Christian observaba el bosque sin idea de cómo podrían él y su hermana encontrar a Alfombras en aquella arboleda, aquella montaña gigantesca. Empezaba a mostrar preocupación en el rostro. Marlena se le paró al lado y se recogió el cabello para amarrarlo con su pañuelo violeta.

"Tenemos que hacer esto," dijo ella. "No podemos irnos de aquí y tener la conciencia libre de cargo si no intentamos rescatar a Alfombras."

"No sé ni cómo comenzar," confesó Christian. "No sé si podamos…"

"Podemos hacer esto," lo cortó Marlena y le puso una mano sobre un hombro. "Será divertido."

"No lo sé, Marlena. Tengo un mal presentimiento. Ese mensaje en la pared de mi cuarto está muy claro. No somos bienvenidos en este lugar. Tal vez, deberíamos irnos."

"Míralo como una aventura. A ti te gustan las aventuras, te gustan más que a mí. Yo iría por mi parte a buscar a Alfombras sola, hermanito, pero te necesito. Creo que sin ti no sería posible encontrarlo." Marlena sonó sincera y su hermano lo podía notar.

"¿Por qué piensas eso?" preguntó Christian sin entender.

"Tú entiendes mejor a Alfombras que yo. Tú sabías que era un perro cobrador y sabes cómo poner en movimiento ese instinto en él. De alguna manera, conectas muy bien con Alfombras y sé que se te ocurrirá alguna idea para salvarlo cuando se presenté la oportunidad."

Christian se quedó en silencio, analizando las palabras de su hermana. Se colmó de aliento. Sí le gustaban las aventuras, lo llenaba de vida ese tipo de adrenalina que experimentaba en ellas.

"Lo haremos," dijo él. "Lo rescataremos. Sólo necesito saber cómo empezar."

"Sugiero que empieces por lo que ya conoces y te gusta," le dijo Marlena. Pero Christian se quedó dudoso y pensativo. Marlena le apuntó a la cabeza. "Siempre te ha gustado jugar al cazador. Yo lo sé, te he escuchado cuando juegas."

Christian se sonrojó al imaginarse a su hermana espiándolo mientras él juega con sus muñecos en el cuarto, donde pensaba que gozaba de un poco de privacidad.

"¿Qué habilidad tiene todo buen cazador?" le preguntó Marlena. "Piensa. Solías ser un explorador hace un tiempo. No puedes haber olvidado el instinto."

Christian lo pensó por un momento, queriendo entender qué era lo que quería su hermana de él en ese momento que pudiera ayudarlos a comenzar. Miró de la casa al bosque, recordando cuando Alfombras escapó corriendo, y entendió.

"Todo buen cazador necesita tener la habilidad de rastrear," contestó él. Marlena afirmó con la cabeza, sonriente.

Y así, hermano y hermana se encaminaron a lo que tenían en mente como una aventura positiva y necesaria. Bosque adentro fueron, Christian liderando, Marlena rogando por dentro para que todo acabara rápido, ninguno atreviéndose a mencionar sus respectivos miedos. Para el niño era el temor de fallar; para su hermana, no regresar.

Adentrados en el bosque, ninguno hablaba. Christian buscaba rastros en el suelo mientras su hermana lo observaba, pero era difícil encontrar alguno porque la maleza estaba alta. Comoquiera, él no perdía las esperanzas. El bosque parecía más grande desde adentro. Tenía un ambiente húmedo con árboles frondosos y fructíferos, y el mero hecho de caminar por allí le daba la impresión a Christian de entrar en un nuevo mundo. Por ese momento, estar en el bosque era una experiencia relajante, escuchar los sonidos de los pajaritos que se escondían allí en alguna parte, quizás observándolos a ellos, sentir la suave brisa que entraba por la zona como la mano de una madre sobre el rostro de su inocente bebo, todo eso era placentero.

"¿Cómo vas, Christian?" preguntó Marlena en un momento dado. Pensaba que ya habían pasado mucho tiempo en silencio y comenzaba a dudar.

"Voy bien," respondió él, sonriendo, relajado. Había expulsado de su ser toda preocupación y ganaba confianza mientras el bosque lo dirigía más adentro. Marlena mostró alegría y se sintió confiada en su hermano, sabía que los llevaría por el buen camino.

Entonces Christian detectó una pequeña huella clara y fresca sobre el fango. Se le formó una sonrisa en el rostro mientras se agachaba para confirmar que el rastro era del perrito.

"Es por acá," dijo él y dirigió. Marlena no dudó ni preguntó, lo seguiría hasta rescatar a Alfombras.

Christian tuvo facilidad rastreando, podía detectar las huellas con más sencillez porque ya caminaban sobre tierra limpia. La casa se había perdido de vista, la cadena de árboles y piedras inmensas impedían alcanzarla a ver. Llegaron a una pequeña charca donde Alfombras parecía haber tomado agua. Marlena vio las cuatro patas marcadas en la tierra y se emocionó.

"Nos llevas bien, hermanito," le dijo ella a Christian. "Sigue así."

"Creo que Alfombras cruzó esta charca," explicó Christian. "Podríamos mojarnos y cruzarla también o dar la vuelta alrededor y recuperar el rastro al otro lado."

"No hay problema conmigo," aseguró Marlena, quitándose las zapatillas para no mojarlas. "Podemos cruzar."

Pero en ese momento, salieron del agua dos extraños lagartos oscuros, peleándose con sus bocas abiertas, intentando morderse, saltando el uno sobre el otro. El acto los tomó por sorpresa y los hizo gritar, pero los lagartos no les prestaron atención. Los hermanos quedaron callados otra vez.

"Mejor le damos la vuelta a la charca," dijo Marlena, atemorizada.

"Shh, no hagas ruido," le susurró Christian.

Uno de los lagartos le pegó al otro con la cola y lo sacó por completo del agua. Continuaron su pelea hasta que se separaron y cada uno se fue por su camino, uno regresó al agua mientras el otro se desapareció en el bosque.

"¡Vamos ahora!" indicó Christian.

Marlena se puso de vuelta las zapatillas y ambos salieron corriendo alrededor de la charca. Christian iba a intentar recuperar el rastro desde la orilla, pero el lagarto del agua salió de repente con su boca abierta y amenazando con atacar. Asustados y gritando, Christian y Marlena corrieron sin mirar atrás hasta que terminaron con las manos en las rodillas y jadeando, lejos del cuerpo de agua.

"¿Crees que esos lagartos se hayan comido a Alfombras?" preguntó Marlena preocupada.

"No, él está bien," le aseguró Christian. Tenía ese presentimiento de estar cerca de encontrar al perrito. O por lo menos, lo había tenido, ahora tendría que recuperar el rastro otra vez. Mientras tanto, estaba de vuelta al primer paso. A su alrededor, no había pista alguna y el niño mostró preocupación en el rostro. Marlena se percató.

"¿Qué sucede?" preguntó ella.

"Perdí el rastro y no puedo recuperarlo," respondió Christian sin levantar la cabeza, no quería ver la expresión de defraudación en su hermana.

"No te preocupes," le pidió Marlena y le levantó la cabeza con una mano en el mentón. "Todo está bien, hermanito. Lo encontrarás otra vez."

Christian afirmó con la cabeza y continuó buscando. Se encaminaron por un largo rato sin encontrar nada hasta que el niño detectó una huella rara que le llamó la atención. El rastro era muy grande para ser de Alfombras, pero era lo único que Christian había encontrado en mucho tiempo desde que habían dejado la charca atrás.

"Por aquí," indicó Christian y comenzó a seguir el nuevo rastro.

"¿No nos estás desviando?" le cuestionó Marlena luego de unos minutos. Se había dado cuenta de que Christian los estaba guiando hacia otro lugar distinto por completo al que Alfombras parecía haberse dirigido. En vez de estar bajando la montaña, habían comenzado a subir de nuevo.

"Creo que vamos bien," respondió Christian. "No he perdido el rastro." Y tenía razón. El nuevo rastro era muy difícil de perder.

Pero sólo los llevó a una muralla de tierra mucho más alta que ellos. El terreno de aquella parte del bosque en la montaña parecía haber cedido en algún momento, separando la tierra y dejando cráteres inmensos. El rastro acababa allí.

"¿Qué sucede? ¿Por qué nos detenemos aquí?" preguntó Marlena frunciendo el ceño.

"Tenemos que escalar," respondió Christian, observando la muralla de tierra, analizando cómo podría subir.

"¿Hablas en serio? No se ve seguro."

"Lo sé, pero hay que ver qué hay al otro lado," susurró Christian más para sí mismo que para su hermana.

"¿Cómo vamos a hacerlo? Yo no sé escalar."

"Yo te ayudaré," le aseguró Christian y comenzó a trepar. El niño iba bien, ya a mitad de camino, hasta que agarró un pedazo de tierra que se vino abajo con él.

"¿Estás bien, Christian?" le preguntó Marlena, mirándolo al revés, como un murciélago.

Christian comenzó a reír a carcajadas y afirmó con la cabeza.

"Estoy bien," dijo él y se puso de pie.

"¿De qué te ríes?" cuestionó Marlena, para ella la caída había sido algo serio. "Pudiste haberte lastimado."

"¿Por qué me mudé?" le preguntó Christian. Marlena no entendía por qué venía al caso la pregunta.

"¿De qué estás hablando?" le preguntó ella, algo preocupada.

"¡Anda! ¡Adivina! Tú sabes la respuesta. Tú me diste la razón."

Marlena seguía sin entender y ahora estaba consternada.

"¿Te pegaste en la cabeza?" preguntó Marlena. "No quiero que te vuelvas a desmayar. Ya has pasado por muchas cosas estos últimos días."

"No," respondió Christian riendo. "Accedí a mudarnos para divertirme y eso intento. Me he caído tantas veces que comienza a divertirme."

"¡¿Te divierte caer?!" le preguntó Marlena, asombrada. Pensaba que los golpes le estaban haciendo un daño mental a Christian, uno que no se podía ver.

"No, hermanita. No me divierte caer, sino la facilidad que obtengo en cada experiencia para levantarme."

Christian se levantó y comenzó a escalar de nuevo. Evitó acercarse al lugar donde había resbalado. Estiró un brazo y ayudó a su hermana a trepar. Con toda la confianza del mundo, continuó hasta llegar al terreno más alto. No soltó a su hermana hasta dejarla segura del todo.

"Veamos qué encontramos," indicó él, emocionado.

Había muchos pajaritos volando por la zona y Christian no podía evitar buscar con la mirada, pensando que quizás se cruzaría con Tonti y éste estaría feliz de volar libre junto a otras aves. Pero no fue así. La flora era más exquisita y con presencia de distintos tipos de frutas. Muchos animales iban por aquella parte para alimentarse. Había tantos árboles juntos que la brisa del viento casi no entraba entre ellos y las viejas hojas caídas permanecían sobre el suelo. Por algunos años, hojas verdes, amarillas, marrones y oscuras habían creado una inmensa alfombra en toda la zona. Esto no sólo impresionó a Christian, también lo llevó a una cruda realidad. Después de algunas horas caminando, cuando el sol ya comenzaba a descender otra vez, había llegado a un estanque. Los rastros desaparecieron por completo y el niño no tenía la más mínima idea de dónde estaba ni hacia dónde dirigirse.

Christian se tiró al suelo de rodillas para remover las hojas con sus manos, pero eran demasiadas. Cada vez que movía una montaña de hojas a un lado, otra caía y ocupaba el puesto. Era imposible continuar rastreando.

Pero él no quería aceptarlo. Marlena, sin embargo, pensaba distinto. Hacía más de una hora que se había fijado de las extrañas huellas que su hermano parecía estar rastreando. No le parecían para nada a las huellas de Alfombras, no tenía que ser algún tipo de cazadora para saber eso. No obstante, prefirió guardar silencio y confiar en Christian, sería él quien los guiaría, como ella misma se lo había pedido. Pero, ahora que veía a su hermano en el piso, desesperado por continuar, sabía que hasta allí serían guiados, mas no conocía todo sobre la gravedad del problema en el que se encontraban.

"¿Qué sucede, Christian?" preguntó Marlena, preocupada, imaginando la respuesta. "¿No puedes encontrar el rastro? ¿Estamos perdidos?"

"Tiene que estar por aquí en alguna parte," respondió Christian, moviendo las hojas, irritado. Pero era inútil, no había forma de ver el suelo en aquel mar de pétalos y láminas de la naturaleza.

"Christian… Christian, detente," le pidió Marlena.

"Puedo encontrar el rastro," dijo él, más desesperado aún. "¡Nos sacaré de aquí!"

"¡Detente! ¡Es inútil!"

"¡Déjame!" gritó Christian y continuó. "Puedo hacer esto."

"¡Dije que pares!" exclamó Marlena y lo detuvo agarrándolo por los hombros y tirándolo de espalda al suelo.

Christian quedó enterrado bajo las hojas, moviéndose como un topo hasta salir a la superficie otra vez y escupir las que tenía en la boca.

"¿Estamos perdidos?" le preguntó Marlena, no podía ocultar la rabia en su rostro.

"¿Qué haces?" le cuestionó Christian, intentando ponerse de pie, pero Marlena no lo permitió y lo volvió a tirar al suelo.

"Pregunté… ¿estamos perdidos?"

Christian reconocía la seriedad de su hermana esta vez y el problema en el que los había metido. Parecía que el tiempo se había detenido mientras los dos se miraban a los ojos sin pestañar, hermano y hermana, uno sin querer decir, la otra sin querer escuchar. Christian afirmó con la cabeza, lento, y vio cómo decepcionaba a Marlena, lo vio en sus ojos, en su propio reflejo.

"¿Por qué estamos aquí?" preguntó Marlena, no sabía cómo contener y ocultar el enojo.

Christian se quedó callado y desvió la mirada hacia el suelo.

"¡Contéstame!" le exclamó Marlena, sus puños cerrados por la rabia.

"Estamos aquí porque tú quieres buscar un perro que tal vez ya está muerto," dijo Christian, para él, la cruda realidad.

"¿Por qué estamos aquí? ¿Cuál es la verdadera razón?" preguntó Marlena en un susurro. "Quiero escuchar la verdad."

Christian se quedó en silencio unos segundos, pero luego contestó:

"Estamos aquí porque seguí el rastro que no era…"

"Eres un egoísta." Marlena le dio la espalda molesta, aguantando las lágrimas porque no quería llorar en ese momento.

"¿Por qué soy un egoísta?" cuestionó Christian, levantándose del piso, enojado. "Tú eres la razón por la que vinimos al bosque, detrás de un perro que ni tan siquiera te pertenece."

"Es culpa tuya que Alfombras se haya escapado hacia acá. De no ser por ti, ya estaríamos de vuelta a casa con nuestros padres y Alfombras."

"Oh, no. No lo desvíes todo hacia mí. Es *tú* culpa el hecho de que nuestros padres ni tan siquiera estén aquí para cuidarnos." Christian nunca había estado tan enojado con su hermana, recordaba que ella lo había delatado a sus padres, le había contado sobre la pelea en el colegio con Mando el Bribón.

"¿De qué hablas?" preguntó Marlena sin entender, volteándose hacia su hermano. "No es culpa mía que hayan tenido que ir al colegio a resolver tus problemas. Eso también cayó en ti."

"¡Fueron al colegio porque tú así lo decidiste al abrir la boca! Me metí en problemas por defenderte. Y la realidad es que estamos aquí perdidos porque tengo que protegerte, justo como lo pide mami porque eres débil, siempre lo has sido."

Los ojos se le aguaron a Marlena, pero aguantó, con la frente todavía en alto.

"Yo no necesito protección," dijo ella, más calmada. "¡Mírate! Todavía sangras por la frente, justo donde te pegaron. No puedes protegerte a ti mismo, mucho menos a mí. Eso enseña quién es el débil y lleva las cicatrices como recuerdo de la realidad."

Marlena dio la espalda y comenzó a marcharse. Christian se quedó en silencio, observando, inmóvil, con el corazón latiendo muy rápido, incómodo en las entrañas. Marlena primero caminó lento, con las manos temblantes y descontroladas, con poca fuerza en las piernas, pero, sin mirar atrás, fue ganando velocidad en sus pasos. Las lágrimas comenzaron a bajarle por el rostro cuando sintió que ya estaba fuera del alcance visual de su hermano. Se dejó caer de rodillas y por largos minutos no pudo aguantar el llanto. Era necesario para poder botar de su sistema toda la energía negativa que sentía. En ese momento, no había algo que deseara más en el mundo que el abrazo de su madre. Quería preguntarle si de verdad pensaba que ella era débil, saber qué había dicho para que se fueran de su soñado hogar tan pronto habían llegado todos como familia por primera vez. Sabía lo importante que era este hogar para su familia, en especial para su padre. Era todo un sueño para él. Marlena cerró los ojos y escondió el rostro en sus manos mientras volvió a caer en otro llanto. Sentía un enorme peso de culpabilidad encima, percibía la soledad observándola en silencio, sin permitir el sonido del viento o de las aves, ni el ruido de los animales o las hojas al moverse.

Al fin se puso de pie y respiró profundo. El aire puro del misterioso bosque le vino bien, la calmó, la llenó de fuerza y energía para continuar. Desde allí no podía ver el cielo, ni mucho menos la casa en la cima de la montaña solitaria, la cadena de árboles lo impedía. Tampoco veía a Christian, ni pensaba que lo fuera a ver después de la discusión, además, podía pasar un tiempo libre de su hermano. No sabía rastrear ni tenía idea de dónde estaba o qué camino tomar para regresar a la casa antes de que anocheciera. Sin embargo, sí tenía algo bien claro en su corazón, no se perdonaría jamás si no encontraba a Alfombras y lo regresaba a salvo. Tenía que encontrarlo. Marlena reorganizó sus fuerzas y estableció su objetivo. No miró atrás, no se preocupó por Christian. Estaba sola y en un lugar desconocido, rodeada por la incertidumbre, pero no sería débil, no más. Caminó hasta encontrar la muralla que su hermano le había ayudado a escalar. Se cayó intentando bajarla y se golpeó contra la tierra. Allí, desde el suelo, mirando hacia arriba, no pudo evitar pensar en la realidad que había dicho Christian. "No divierte caer, sino la facilidad que se obtiene en cada experiencia para levantarse." Marlena se puso de pie. Se había pegado un golpe y sería tan sólo uno de otros muchos, pero de una cosa estaba segura, siempre estaría de pie.

CAPÍTULO DIEZ
EL ESLABÓN DÉBIL

Estaba solo, Christian estaba solo por completo. Lo había estado por un largo rato, allí, parado entre la montaña de hojas caídas. Nunca hubiese pensado que su hermana no regresaría por él, pero así era y ahora se encontraba por su propia cuenta. Desde que tenía recuerdos, se había estado peleando con Marlena, pero no como en esta ocasión y jamás llegó a pensar que tendría tal colisión. Recordaba la primera vez que su madre, María Zaragoza, le explicó por qué no podían andarse peleando.

Era algunos cinco años atrás, Christian estaba ansioso y asustado porque era su primer día de clases en el colegio. No sólo había escuchado a Marlena hablar de lo espantoso que había sido el primer día de clases de ella y cómo se quería ir tan pronto había llegado, sino que él también había sido testigo porque acompañó a sus padres para llevarla al colegio y podía recordar el llanto y la cara de tristeza de su hermana al observarlos alejarse. La maestra encargada corrió para atender y consolar a Marlena, pero la niña le pegó una patada en una canilla y se fue corriendo. Marlena nunca entró al salón de clases y la directora del colegio llamó a María Zaragoza luego de encontrarla llorando sola en uno de los pasillos porque quería irse a su casa ya que no tenía amigos y lo único que tenía era un hermanito para compartir, hablar, y hasta pelear. Eso le gritó Marlena a la directora cuando ésta le preguntó.

"Tienes un temperamento fuerte, jovencita," le dijo la directora Arjona con una leve sonrisa. No era su primer día en el trabajo. Llevaba unos veinte años como directora del colegio y había visto de todo, desde estudiantes haciéndose pasar por empleados del comedor a otros encerrados dentro de los zafacones volteados al revés para que no los encontraran.

"Mi papá me ha enseñado que tengo que ser fuerte," replicó Marlena, secando las lágrimas de su rostro con la camisa.

"No dudo que sea un buen hombre, tu padre," indicó la directora Arjona, sacó un pañuelo y se lo entregó a Marlena para que se limpiara la cara. "Pero estoy segura de que no le gritas a tu papá, ¿verdad?"

"¡No!" exclamó la niña y se secó las lágrimas con el pañuelo. "Jamás lo haría."

"¿Por qué?" le preguntó la directora Arjona, su sonrisa no desaparecía.

Marlena abrió la boca, pero, luego de pensarlo, no sabía qué responder y dijo con duda:

"Porque sí…"

"No, no es tan simple como un porque sí," le explicó la directora Arjona. "No le gritas a tu papá por respeto. Lo respetas como padre y como persona mayor. Toda persona mayor merece respeto. Algún día lo entenderás y tal vez hasta lo exijas o lo expliques a quien le haga falta saberlo."

"Lo siento, señora," dijo Marlena, bajando la cabeza y mirando al suelo.

"Oh… ¿por qué?" le preguntó la directora Arjona, sobándole el suave cabello.

"Porque le grité y le falté el respeto."

La directora volvió a sonreír y le levantó la frente a la niña.

"¿Cómo te llamas, angelito?"

"Me llamo Marlena Zaragoza."

"¡Lindo nombre, Marlena! El mío es Elín Arjona. No necesitas disculparte," le explicó la directora. "Yo sé que no era tu intención. Puedo ver que eres una niña buena."

Marlena afirmó rápido con la cabeza. Era una niña buena, siempre lo había sido, así le decían todos sus familiares.

"Bueno," continuó la directora Arjona. "Entonces es hora. ¿Estás lista para ir a clases?"

La niña cabeceó rápido de lado a lado y volvió a bajar la mirada. Tenía miedo.

"Está bien, Marlena," le dijo la directora Arjona y le levantó la cabeza otra vez. "No tienes por qué temer. Todo está bien. Podrás regresar a clases cuando estés y te sientas preparada. Llamaré a tus padres para que vengan por ti."

"Se enojarán conmigo," indicó Marlena, su tono de voz con la inocencia de su edad.

"Me encargaré de que no sea así," le aseguró la directora. "Tú eres una niña muy bonita, educada y fuerte. Estoy muy segura de que harás sentir orgullosos a tus padres cuando te hayas acostumbrado al colegio."

Marlena sonrió y dejó de temer, cambió el miedo por confianza. Ese día se fue a su casa, pero, en la mañana siguiente, fue la primera estudiante en llegar y entrar al salón de clases. Parecía otra persona, sin temor, sin obstáculos. Desde ese momento, siempre era decidida y cuando disponía no mirar atrás, así lo hacía. Nunca más miró atrás en el colegio.

Pero con Christian siempre era una historia distinta. Allí se encontraba el niño, casi por llorar, sin querer ir al colegio a pesar de todo lo bueno que le había contado Marlena: los amigos que haría, las experiencias que viviría y lo bien que lo pasaría porque sería divertido. Al igual que su hermana cuando llegó al primer grado escolar, Christian no tenía amigos, y su única manera de pasarla bien y divertirse era con sus juguetes, encerrado en el cuarto, dejando la imaginación poner sus propios límites. El niño no podía creer que fuera a existir alguna vez un cambio en su manera de ser, su modus operandi.

"¿Vas a estar bien?" le preguntó María Zaragoza, ambas manos sobre los hombros del niño y su expresión y aura maternal presente en todo momento. Ricardo Zaragoza esperaba desde el carro mientras Marlena estaba al lado de su hermano.

"Supongo," respondió él, con mucho miedo por no saber ni conocer lo que pudiera ocurrir durante el transcurso del día. No le gustaba la incertidumbre.

"Vas a estar bien," le aseguró la madre. "Marlena estará cerca para cuidar de ti. Ella te protegerá."

"¿Es cierto?" preguntó Christian volteándose hacia su hermana.

"Por supuesto que sí, hermanito," le aseguró Marlena, formándole una sonrisa en el rostro puro y suave.

"Te amamos, cariño," dijo María Zaragoza. "Todo va a estar bien, ¿ok? Nos vemos en poco tiempo."

Christian afirmó con la cabeza y María Zaragoza se despidió con un beso para luego regresar a su carro, donde Ricardo Zaragoza esperaba mostrando media sonrisa.

Marlena se llevó a su hermano de la mano para presentarle a algunos de sus amigos y profesores que había conocido, mencionándolos por sus respectivos apellidos y la materia que enseñaban. Las amigas de Marlena se tapaban las bocas con sus manos para que no escucharan sus risitas tontas al ver a la niña llevar a su hermano como si fuera su mascota, protegiéndolo y hasta asegurándose de que no se despeinara. Para ese tiempo, Christian llevaba el cabello hacia atrás, pegado a la cabeza de manera perfecta, como si fuera algún casco protector para el ciclismo.

"¿Quién es este hombrecito tan guapo?" le preguntó la directora Arjona a Marlena cuando la vio pasar agarrada de manos con Christian, éste no se atrevía a soltarla porque pensaba que se quedaría solo y no le gustaba la manera en que la gente lo miraba.

"¡Hola, directora!" saludó Marlena. Christian se escondió detrás de ella, se sentía inseguro. "¡Buenos días! Este es mi hermanito menor, Christian."

"¡Hola! ¡Buenos días, Christian!" saludó al niño la directora Arjona con una mano y sonriente.

Christian se quedó callado e intentó mantenerse escondido detrás de su hermana, pero Marlena se lo impedía.

"Discúlpelo, directora," indicó Marlena, moviéndose para que Christian no se escondiera. "Mi hermanito es un poco tímido. Saluda, Christian."

"No te preocupes," le pidió la directora Arjona y se agachó hasta quedar al nivel de Christian. "No es nada que no pueda cambiar en este colegio. Tú lo sabes, Marlena."

Marlena afirmó rápido con la cabeza.

"Hola, Christian," saludó la directora. "Pareces un niño bueno. ¿Lo eres?"

Christian primero miró a su hermana, quien le indicó que contestara. Luego señaló que sí con la cabeza, sus manos en la boca.

"Eso está bien," le dijo la directora Arjona, sonriendo. "¿Eres bueno con tu hermana? Por lo visto, ella lo es contigo. Nunca cambien lo que son ahora, ese es el concepto de los buenos hermanos y muchas veces se pierde en las sendas por las que nos lleva la vida."

"A veces es bueno conmigo," contestó Marlena.

"¿A veces?" cuestionó la directora Arjona, frunciendo el ceño. "Estoy segura de que es bueno contigo, incluso cuando no sientas que tú lo estás siendo con él, ¿verdad, Christian?"

Christian volvió a afirmar, todavía con miedo y las manos en la boca.

"Te ves más bonito sin las manos en la boca," le indicó la directora Arjona. Christian no sabía qué hacer.

"Pero hay veces que es un travieso," dijo Marlena.

"¿No lo somos todos?" replicó la directora Arjona. "A ver, ¿qué te gusta, Christian?" Le hizo señas para que se removiera las manos de la boca y contestara.

Christian bajó las manos y respondió:

"Imaginar…"

La directora quedó sorprendida, agrandando los ojos, luego los cerró con intriga, reconociendo el potencial de Christian.

"¿Te gusta pensar, usar la imaginación?" dijo la directora Arjona y se enderezó. "Eso es bueno."

"¿Por qué?" preguntó Marlena.

"Porque sin esas mentes creativas a través de la historia no estaríamos aquí hoy," explicó la directora Arjona. "No existirían computadoras, escuelas, televisores ni muchas de las cosas que nos gustan. ¿Saben por qué?"

Ambos hermanitos se quedaron callados, escuchando interesados,

"Porque todo comienza con una idea hasta que se convierte en una realidad," añadió la directora y justo sonó el timbre para que los estudiantes fueran a sus salones de clases. "Aquí aprenderás a pensar más de lo que crees, Christian. Cuando acabes tu estadía, tu imaginación no conocerá límites. ¡Qué ambos tengan un bonito día!" Sacó una paleta de su bolsillo, se la entregó al niño y empezó a caminar hacia su oficina.

Christian sonrió y agrandó los ojos, ambas manos sobre la paleta.

"Vamos, Christian," le dijo Marlena y lo agarró por una mano. "Vamos a llegar tarde."

Pero Christian se zafó de su hermana y corrió hasta la directora. La tocó por una mano hasta que obtuvo su atención. Entonces le dijo:

"¡Gracias!"

Luego regresó corriendo hasta su hermana, quien lo esperaba un poco avergonzada porque no sabía lo que había ocurrido. La directora Arjona estaba sorprendida y sonriente.

"¿Qué haces?" le cuestionó Marlena y lo volvió agarrar de la mano. "Vamos a llegar tarde."

Christian se metió la paleta en la boca y se dejó llevar hasta que al fin su hermana lo dejó en el salón de clases.

"Sólo pórtate bien y trata de hacer nuevas amistades," le dijo Marlena antes de marcharse. "Ya verás que será divertido."

Christian entró al salón de clase y fue el último estudiante en hacerlo porque ya todos habían llegado y lo observaban. Caminó hasta el final sin mirar a nadie y se sentó en un pupitre. No se percató cuando otro niño se le acercó por la espalda y dio un leve salto por el susto al escucharlo.

"¿Tienes otra paleta?" preguntó Alvin, su nariz roja y los ojos llorosos. Se sentó junto a Christian.

"No, esta es la única," señaló Christian.

"¿Algún dulce? Mi mamá no me deja traer dulces al colegio. Dice que el azúcar me hará daño a la larga como a uno de mis abuelos. Pero mi abuelo está viejo y demacrado, eso dice mi abuela. Y si fuera por mí, comería dulces todo el tiempo. ¡Me encantan!"

"No tengo dulces," le indicó Christian. Le parecía que el otro niño era muy insistente.

Alvin se puso triste y bajó la cabeza. "No importa," dijo.

"Me llamo Christian," se presentó Christian, recordando que su hermana le pidió que hiciera amistades. "¿Y tú?"

"Alvin," respondió el otro niño levantando la mirada.

"¡Hola, jóvenes!" saludó la profesora Aponte, una señora bajita, de pelo corto y espejuelos rectangulares. "¡Buenos días a todos! Comenzaremos hoy por presentarnos y aprender a escribir sus nombres completos."

Christian sacó su lápiz y una libreta, pero se fijó que Alvin había bajado y recostado la cabeza sobre el pupitre otra vez mientras dejaba caer un par de lágrimas y respiraba fuerte por la nariz.

"¿Qué sucede? ¿Por qué lloras?" le preguntó Christian en un susurro, preocupado.

"Porque rompí mi único lápiz sin querer hace unos minutos," respondió Alvin sin levantar la cabeza.

"Yo te daré uno," le dijo Christian, sacó otro lápiz y se lo entregó a Alvin, causándole una sonrisa y deteniendo las lágrimas.

Christian tuvo un excelente primer día en la escuela. Hizo un nuevo amigo y con él compartió y la pasó tan bien que las horas volaron. Había empezado a conocer sobre nuevas materias como: las matemáticas y las ciencias. Pero sobretodo, se había divertido. El colegio no era tan difícil como él había esperado.

En la tarde, cuando ya las clases habían acabado, Christian y Marlena esperaban en el campus en lo que María Zaragoza los fuera a recoger. Marlena compartía con sus amigas, contenta de ver a su hermano correr tan alegre por los alrededores. En realidad, Christian jugaba con Alvin, lo retaba a que hiciera cosas como correr y tirarse de rodillas para deslizarse por el piso de los pasillos, a hacer muecas mientras se tocaba la nariz con un dedo pulgar y meneaba la mano como la vela de un barco. También hasta jugaban de mano intentando ser el gladiador que derrumbaba al otro hacia el fango.

Alvin había acabado de conocer a su mejor amigo, el único que tenía. Ese día era la experiencia más vívida que había tenido en su corta vida, gozaba de lo bien que se llevaba con Christian. Podía reírse y hasta actuar tonto sin dejar de ser él, sin pretender, nunca había sabido qué se sentía ser él mismo y obtener aceptación. Pero lo más que lo alegraba era saber que causaba lo mismo en Christian. Entonces conocía la definición de una verdadera amistad.

"Anda, invéntate algo más difícil," retó Alvin a Christian. "No más tonterías."

"¿Quieres hacer algo difícil entonces?" Christian miraba a su alrededor, con la mente corriendo, pensando en algún buen reto para su amigo. Podía: retarlo a caminar por el borde de un muro, pero no, eso sería muy fácil debido a que el muro que había cerca era bastante ancho para caminar; podía retarlo a saltar por un grupo de estudiantes que estaban recostados sobre el piso de uno de los pasillos del colegio, pero desconocía cómo irían a reaccionar los estudiante, o… Fue ahí cuando se le ocurrió una idea.

"¿Te gustaría volar?" le preguntó Christian.

"¿Volar?" cuestionó Alvin sin entender.

"Sí, como los súper héroes, pero sin la capa ni las alas."

"¿Cómo? Yo no sé volar," dijo Alvin riendo.

"Con la imaginación, tienes que imaginar que puedes volar. Es el primer paso."

"No lo sé…" Alvin lucía dudoso.

"¿Puedes trepar ese muro?" le preguntó Christian, señalando a un muro de algunos tres metros de alto.

"Supongo que sí," replicó Alvin.

"Ese es el próximo paso. Entonces será no temer." Christian lo invitó a que caminara hasta el muro.

Hesitando por un momento, Alvin parecía que diría algo, pero optó por ir a la muralla y subirla sin ayuda. Desde allí podía ver a muchos estudiantes, ninguno se había percatado de él. Christian se acercó sin creer que su amigo hubiese trepado.

"¿Qué ahora?" preguntó Alvin, una sonrisita en su rostro.

"Tienes que perder el miedo," le indicó Christian, en su mente estaba viendo un par de súper héroes entrenando, pero sin tan siquiera tener la malicia para entender el peligro en lo que estaban haciendo.

Pero fue la palabra miedo lo que pareció hacer recapacitar a Alvin. Ahora que miraba hacia abajo, cómo las personas parecían diminutas, sintió temor. No quería volar, no era un súper héroe y esa altura lo asustaba. Las piernas comenzaron a temblarle y los nervios se le alteraron.

"¡Anda! ¿Qué esperas?" le preguntó Christian.

Marlena escuchó la voz de su hermano, lejos. Lo había perdido de vista hacía unos minutos cuando fue a comprar un refresco. María Zaragoza llegó en el carro y no encontró a sus hijos donde los esperaba ver.

"No quiero brincar," indicó Alvin. "Tengo miedo, Christian."

"Llevas mucho rato, pierde el miedo," le pidió Christian, atento a su amigo.

"¡No sé cómo volar!"

"Sólo abre las manos." Christian extendió sus manos y Marlena apareció por su espalda para aguantarlo.

"¿Qué haces?" le cuestionó ella. "Se supone que esperemos al frente."

"Alvin va a volar," indicó Christian y señaló hacia su amigo.

"¿Qué?" preguntó Marlena, su ceño fruncido. Luego miró hacia arriba y vio al amigo de su hermano trepado sobre la muralla. "Oh, Dios…"

"¡Vuela!" exclamó Christian.

"¡No me atrevo!" replicó Alvin. "Yo no sé volar."

"¡No! ¡Bájate de ahí ahora mismo!" le indicó Marlena a Alvin. "¿Por qué estás allá arriba?"

"Christian me dijo que volara," replicó Alvin, mirando hacia abajo, el temor bien marcado en sus ojos.

"¿Tú hiciste esto?" preguntó Marlena, volteándose hacia Christian, sorprendida y defraudada. Luego le pidió a Alvin, "Por favor, bájate. No tienes que hacer lo que te diga mi hermano."

Alvin asintió y comenzó a bajarse, las piernas y las manos temblantes.

"¿Qué haces?" le cuestionó Christian en un susurro a su hermana. "Se supone que estés de mi parte."

"Cierra la boca, Christian," le dijo Marlena enojada. "No tienes idea de lo que estás haciendo. Ve al frente y espera a que yo llegue."

Christian se enojó con su hermana y se marchó, pasándole por el lado a Alvin.

"Lo siento," le dijo Alvin a su amigo al verlo enojado, pero Christian no le dijo nada.

"¿Estás bien?" le preguntó Marlena a Alvin.

"Creo que sí," replicó Alvin, mirando cómo su amigo se iba sin mirar atrás. "¿Qué le pasa a Christian?"

"Está siendo un tonto," respondió Marlena, mirando a los alrededores por si alguien más había visto lo que acababa de suceder. "Por favor, no menciones nada sobre esto. No quiero decepcionar a nadie."

La niña pensaba en la directora Arjona y en sus padres, pues podía ver que el amigo de su hermano estaba tan decepcionado como ella.

"No quise molestarlo," dijo Alvin. "Dile que lo siento."

"Créeme que ya se le quitará," le aseguró Marlena y comenzó a marcharse, luego se volteó hacia Alvin y añadió, "No tienes culpa de nada, no te preocupes."

Marlena regresó y se encontró a Christian de camino, todavía de brazos cruzados. No perdió tiempo con él. Rápido le cuestionó:

"¿Qué crees que estás haciendo?"

"Estábamos jugando, déjame en paz," le dijo Christian.

"¿Qué clase de juegos son esos? Ustedes no pueden volar y tu amigo pudo haber sufrido un golpe."

"Se supone que estés de mi lado, que me apoyes," le gritó Christian.

"Te equivocas, se supone que te proteja y tú… me has decepcionado."

Christian miró mal a Marlena. No entendía por qué tenían que terminar peleando siempre, él sólo intentaba jugar y entretenerse.

"¿Me quieren explicar qué está sucediendo aquí?" preguntó María Zaragoza, apareciendo sin que se dieran cuenta. Los había estado buscando durante unos minutos cuando no los encontró donde los esperaba.

Marlena y Christian se quedaron callados, pero sin dejar de cruzar las miradas.

"Los he estado esperando en el carro," indicó la madre. "Vamos allá."

Durante el viaje de regreso a casa, todo fue silencio, Marlena con mala cara y Christian de brazos cruzados. María Zaragoza aprovechó en un punto dado para intentar resolver lo que estuviera sucediendo porque le era claro que había algún problema.

"¿Por qué se pelean?" preguntó la madre, pero ninguno quiso contestar y tuvo que repetir la pregunta.

"La estúpida Marlena siempre está en mi contra," gritó Christian, casi explotando.

"¡Christian! No le hables así a tu hermana," lo regañó María Zaragoza, sorprendida y un poco enojada.

"¡Tú eres el estúpido!" se defendió Marlena. "Siempre haciéndome pasar vergüenzas."

"¿Por qué siempre tienes que estar en mi contra?" le cuestionó Christian.

"¿Por qué tienes que decirle a otras personas que intenten volar?" le ripostó Marlena. "Siempre andas espaciado en tu mente."

"¡Por el amor de Dios, cálmense, niños!" exclamó María Zaragoza en voz alta y detuvo la discordia entre sus hijos, quienes no conocían ni pizca del dolor que le causaban a la madre al pelearse como lo estaban haciendo.

Por unos minutos, reinó la calma y la paz. Los nervios se calmaron un poco gracias a la música clásica de la que gustaba escuchar María Zaragoza. Los violines y las escalas de piano revivían el corazón más triste y solitario, sedaban la mente del inquieto.

Al llegar a su hogar, María Zaragoza aprovechó el momento para dejarles saber que no le diría nada de lo ocurrido a Ricardo Zaragoza porque lo creía una tontería. Sin embargo, luego fue al cuarto de Marlena para hablar con ella en privado.

"¿Qué pasó hoy, querida?" preguntó María Zaragoza, su expresión maternal de vuelta a la normalidad. "¿Fue un primer día de clases pesado?"

"No lo sé, mamá," respondió Marlena, exhalando por la boca y recostándose de pecho sobre la cama. "Todo estaba bien. Christian tuvo un excelente primer día de clases, incluso muchísimo mejor que el mío cuando estuve en su sitio. ¡Le regalaron una paleta!"

María Zaragoza sonrió y su hija no pudo evitar hacer lo mismo.

"Eso es bueno," dijo la madre.

"¡Sí! A mí nunca me regalaron nada ese día, mucho menos la directora."

"¿La directora?" preguntó María Zaragoza, un poco sorprendida.

"Sí, la directora Arjona," aseguró la niña.

"¿Entonces qué fue lo que sucedió? Parece que tuvieron un excelente día. ¿Por qué se pelearon tú y Christian?" preguntó María Zaragoza y le agarró una mano a su hija entre las suyas. "Tienes que recordar que ustedes son hermano y hermana. Tienen que estar siempre para cuidar el uno del otro porque, quizás algún día, eso sea todo lo que tengan y serán esas experiencias las que definirán el resultado de los momentos difíciles."

"No sé qué fue lo que sucedió, mamá. Pensé que tenía todo bajo control y, luego de acabar el día de clases, perdí de vista a Christian. Lo próximo que sé es que él está casi obligando a volar a un nuevo amigo que conoció."

"¿Volar?" preguntó la madre sin entender.

"Sí, lo hizo treparse en un muro para que se lanzara y tratara de volar. En ese momento, lo vi y pude intervenir. Christian se molestó porque no lo apoyé. ¡Pero el amigo se pudo haber lastimado! ¿Cómo iba yo a estar del lado de Christian? Estaba mal, así sea mi hermano..."

Marlena se quedó callada, su corazón se había alterado un poco al contar lo que había sucedido.

"Tienes toda la razón, querida," le dijo María Zaragoza, un poco decepcionada con su hijo porque no lo había educado de esa manera, pero tenía una idea de que todo era producto de la imaginación del niño y se culpaba a sí misma por no hablar de ese tema con Christian, por no explicarle dónde estaba la línea entre la fantasía y la realidad. "Hiciste bien. Es lo mismo que yo hubiera hecho."

"¿Entonces por qué Christian se molestó?" preguntó Marlena. Esa era la duda que la estaba matando. "Sé que siempre estamos peleando, pero parece que se me hace imposible evitarlo."

"Y quizás les será imposible," le indicó la madre, una sonrisa en el rostro. "Es parte de las pequeñas cositas de las que está compuesta la vida. Como hermanos, ustedes se pelean de manera distinta, pero, una cosa siempre les será segura al final, lo hacen con amor. Christian se molestó porque, para él, era natural contar contigo, sin pensar que podría estar mal. Muchas veces el amor de hermanos nace de esa manera. Algún día, esas peleas constantes tomarán un rumbo y ustedes tendrán que elegir entre senderos, aquel del odio, o aquel del amor. Yo los amo con toda mi alma y los he criado con mi corazón, donde estoy segura de la decisión que tomarán."

María Zaragoza le dio un beso en la frente a su sonriente hija y se marchó para hablar con Christian, éste estaba encerrado en su cuarto y todavía estaba un poco enojado y frustrado. Pensaba que había perdido un buen amigo muy rápido. María Zaragoza tocó varias veces a la puerta antes de entrar.

"¿Se puede?" preguntó la madre.

"Tú sabes que sí, mamá," respondió Christian, jugaba con sus juguetes, golpeándolos entre sí.

María Zaragoza se sentó junto a él y dijo:

"Marlena me contó lo que pasó."

Christian dejó de jugar y se quedó callado.

"¿Me quieres contar tu punto de vista?" le preguntó María Zaragoza, de igual manera escucharía a su hijo, no sólo para corroborar información, sino porque era lo correcto, lo que tenía que hacer como madre en ese tipo de situaciones.

"Hice un nuevo amigo en el colegio," comenzó Christian. "Su nombre es Alvin y es muy simpático."

"Me alegro," dijo María Zaragoza, sonriente.

"Pero creo que ya lo perdí." Christian se entristeció.

"¿Por qué dices eso? Un verdadero amigo estará siempre."

"Porque estábamos divirtiéndonos cuando acabamos las clases. Íbamos a jugar a los súper héroes y yo estaba explicándole a Alvin cómo volar."

"Pero tú no puedes volar," le indicó la madre.

"Puedo en mi mente," señaló el niño, muy inocente. "Siempre lo hago."

"En tu mente no hay problema, mi amor. Pero hay cosas que primero hay que entender para no perder nuestra perspectiva de la realidad. Nosotros, como seres humanos, no podemos volar, es imposible. Sin embargo, lo logramos con la mente, pero de manera distinta. Una vez en nuestra historia, el ser humano quiso volar, pero reconoció que jamás podríamos hacerlo como las aves. ¿Qué hicimos? Creamos aviones. Para mantenernos debajo del agua tenemos submarinos y tanques de oxígeno. La imaginación nos distingue de los animales, nos permite ser creadores. Creamos cosas que nos facilitan la vida y nos resuelven las necesidades. Luego hablaremos más sobre el tema. Continúa contándome de tu lindo día."

Madre e hijo sonrieron. El peso de enojo del niño parecía disminuir.

"Alvin trepó sobre una muralla, listo para lanzarse," continuó Christian. "Y en ese momento apareció Marlena a regañarme y a ponerse del lado de Alvin porque le dio miedo volar."

"¿Y ahora entiendes por qué le dio miedo?" preguntó María Zaragoza.

"Porque no se puede volar de esa manera, es imposible," respondió Christian, bajando la mirada. "Se pudo haber lastimado."

María Zaragoza le levantó la frente con una mano.

"No tienes por qué sentirte mal. No ocurrió nada lamentable," dijo ella.

"Pero Marlena se molestó conmigo. Creía que ella cuidaría de mí y estaría de mi parte."

"Lo sé, cariño, y eso fue lo que hizo tu hermana muy bien. Ella sólo te protegía, a ti y a tu amigo, porque todavía es tu amigo. Marlena no te regañó por querer pelear contigo ni por llevarte la contraria. Es tu hermana mayor y te está protegiendo."

"¿Por qué me tiene que proteger ella a mí y no yo a ella?" preguntó Christian.

"Porque es un comienzo y tal vez no siempre será así," respondió la madre, poniéndole una mano sobre la espalda.

"¿Es por qué soy débil?" le preguntó el niño, mirándola a los ojos.

"No. Tú eres fuerte, cariño, y, en tu momento, tendrás que demostrarlo. Cuando estés listo y sea necesario, tendrás que proteger de tu hermana y, si la vida nos regala bendiciones, también protegerás de nosotros, tus padres, de todos tus seres queridos."

"Estaré listo cuando llegue el momento, mamá, lo prometo. Los protegeré hasta con mi vida."

"Y nunca lo dudaría, mi héroe," le aseguró María Zaragoza, besándolo en la frente y marchándose.

Las palabras se le quedaron en la mente a Christian. En la mañana siguiente, iría a disculparse con Marlena y su amigo Alvin y comenzaría una nueva meta, mejorar, convertirse en lo que esperan de él, ser el protector de sus seres queridos y nunca más ser débil.

CAPÍTULO ONCE
CARGOS DE RESPONSABILIDAD

Lamentado estaba Christian de no haber cumplido su promesa, de no haber entendido cuándo había llegado su momento, incluso cuando se lo habían indicado. No pudo proteger a un ser querido, no pudo cuidar de su hermana, mantenerla a su lado, indiferente de sus líneas de pensamientos, tal como lo había hecho ella con él. Llevaba años queriendo ser fuerte y ahora entendía que siempre había sido el eslabón débil. Marlena tenía razón, él no podía protegerse a sí mismo, ¿cómo podría protegerla a ella? Esperó tanto tiempo por la oportunidad… sólo para dejarla pasar y esta vez su madre no estaba cerca para consolarlo, para besarlo en la frente y decirle que todo iba a estar bien. No, ahora no había nadie con él allí en aquel montón de hojas caídas, ni un poco de viento lo acompañaba, sólo sus pensamientos, donde tenía a Marlena. Hacía minutos que esperaba su presencia de vuelta.

Fue entonces cuando Christian escuchó un movimiento a su alrededor, entre las hojas.

"¿Marlena?" Su voz entrecortada cargaba duda.

El ruido cesó. Christian buscó con la mirada, pero no había nada a la vista. Estaba empezando a oscurecer y sería mejor que regresara a la casa. Esperaba encontrar a su hermana allí para disculparse. Pero justo en el momento que se volteó para regresar, un animal grande salió de entre las montañas de hojas caídas, creando una lluvia de éstas como si fuera confeti. Era un peludo animal gris y negro de cuatro patas, con un extraño hocico largo en forma de cono. Sus ojos eran pequeños para su cuerpo, al igual que la cara y las orejas; su rabo, largo y de pelaje negro. El animal se levantó en sus patas traseras, mostrando las garras largas y fuertes, capaces de arrancar las cortezas de los árboles. Luego se dejó caer de nuevo en cuatro patas, haciendo eco por el bosque, bañándose con las hojas que regaban sobre él, mirando muerto a los ojos de Christian.

Paralizado por lo que parecía ser una eternidad, Christian no podía creer lo que estaba mirando. La reacción de su cuerpo era como si se estuviera derritiendo en una hoguera, sentía todo venirse abajo, las rodillas temblándole. Pero no podía quedarse allí para cocinarse de miedo. Dejó escapar un grito que también hizo eco por el bosque y luego corrió por el río de hojas caídas. El animal no perdió tiempo y corrió tras él. Christian no miraba atrás, no se atrevía, sólo pensaba en su mamá, en su papá, en su hermana, en sus seres queridos y lo mucho que los amaba. Deseaba una oportunidad más para poder decírselos, para reivindicar todos sus fallos. Sólo otra oportunidad le pedía a la vida. Comenzaba a cansarse y el montón de hojas caídas no parecía tener fin. Todavía escuchaba al animal correr detrás, lo alcanzaba lento. Su cuerpo comenzó a ceder y, de forma natural, Christian quedó con las manos en las rodillas, jadeando, atemorizado.

El animal ya estaba casi sobre Christian y él no podía reunir las energías para moverse, pero si no lo hacía, tal vez no haría otra cosa más en su vida. Se volteó y vio a la bestia ya sobre él. Intentó moverse, las piernas no respondieron. Levantó los brazos como pudo y ambos se empujaron, Christian con la fuerza de un grillo y el animal con toda la suya. Abajo se iba Christian, el terror en su expresión, caía mientras cruzaba miradas con el animal. Se lo tragaba la tierra, las hojas cayendo sobre él, haciendo que todo se oscureciera poco a poco. Su cuerpo pegó contra el suelo y se deslizó por la tierra durante un rato hasta que frenó, sintió un dolor inmenso y todo se apagó.

"Quizás deberíamos irnos ya," sugirió la voz gruñona de un joven. Sonaba un poco indeciso y atemorizado.

"¿Por qué?" preguntó otro, alterado.

"Porque pronto oscurecerá."

"¿Y qué le hace?"

"Sí, ¿qué le hace? Por la noche es más divertido," añadió un tercero.

"Por favor, no, no hoy," pidió el primero.

"¿Por qué? ¿Acaso tienes algo mejor que hacer?" le cuestionó el segundo.

"Tiene que estar en casa con su mamita antes de que se oculte el sol," dijo el tercero y se burló a carcajadas junto al segundo.

"No es eso," contestó el primero. "Tengo que recoger a mi hermano ya pronto. Lo haremos mañana sin falta."

"Al diablo, yo quiero hacerlo hoy," exclamó el segundo.

"¡No!" dijo el primero.

"¿Por qué no?" le preguntó el tercero, ya impaciente. "Lo haremos rápido y no tendrás que ensuciarte las manos."

Los Ojos de la Montaña Solitaria

"Porque yo quiero estar," replicó el primero.

"¿Estás seguro?" le cuestionó el segundo.

"Sí, quizás quiera ensuciarme las manos. No me lo perdería por nada. No me gusta dejar las cosas a mitad."

"Mañana en la noche habrá fuegos artificiales, gente. ¡Vengan de fiesta!" exclamó el tercero y se rio a carcajadas.

Christian escuchaba la conversación muy cerca de él. Todavía estaba mareado y adolorido, en el piso, enterrado en un matorral. Se empezaba a recuperar y ya era capaz de moverse un poco, pero como sabía que aún podía estar en peligro, intentó no hacer ruido. Le dolía la espalda, había caído directo sobre ella. Se levantó al fin. Todavía escuchaba la conversación, pero no podía concentrarse y no le prestó atención. No sabía qué había ocurrido ni cómo estaba vivo. Buscaba al extraño animal por los alrededores, pero no estaba. Entonces encontró hoyos en la tierra de la montaña, túneles, varios de ellos. Se había caído a través de uno para llegar hasta allí. Se encontraba cerca de la carretera y podía ver su nueva casa desde allí. Decidió regresar a su hogar para que no lo agarrara la noche y con la esperanza de reunirse con su familia.

Caminó de vuelta entre la vía y el bosque, intentando pasar desapercibido, pero, por alguna razón, sentía un par de ojos observándolo en todo momento desde alguna parte de aquel lugar que lucía gris y espeso por la neblina. Tenía ese presentimiento desde que había recuperado la conciencia luego de la aparatosa caída. Llevaba dos ojos fríos en su nuca, de eso estaba seguro, pero no averiguaría si se trataba de algún espectro o de otra cosa. Llegó de vuelta a la casa justo cuando el último rayo de sol desapareció. La chimenea estaba encendida y eso lo alegró porque le hacía falta un poco de calor ante el frío que estaba haciendo durante ese invierno. Pensó que ya sus padres estarían de vuelta. Afuera estaba el carro de Arelys, todavía fuera de uso, con las gomas desgarradas. Al fin, abrió la gran puerta frontal y entró. Caminó directo y desgastado hacia la sala principal con la idea de dejarse caer sobre el sofá. Así lo hizo y cerró los ojos, sintiendo dolor y malestar en todo el cuerpo, tratando de despejar la mente. Se tomaría unos minutos y luego buscaría a Marlena para disculparse, pero primero tenía que descansar, que recuperar energía y…

"¡Oh, gracias a Dios que apareciste, Christian! Estás hecho un desastre."

Christian estaba lleno de tierra y con un par de hojas hasta en el cabello. Dio un salto del susto, quedando sentando en el sofá y quejándose del dolor en su cuerpo. Frente a él, estaba su amigo con cara de preocupación.

"¿Alvin?" pronunció Christian sorprendido. "¿Qué haces aquí?"

"¿Dónde han estado?" preguntó Arelys, muy alarmada y nerviosa. "Me tenían loca de preocupada. No sabía qué le diría a sus padres. Pensé… lo peor. ¿Dónde está Marlena?"

Christian se sentía bombardeado, las palabras sonaban en su cabeza como cohetes de festejos. Pero cuando escuchó el nombre de su hermana, toda la jaqueca se detuvo como por efecto de un conmutador.

"¿A qué te refieres? ¡¿Marlena no está aquí?!" preguntó Christian en voz alta. Se puso de pie, su cuerpo corriendo con un segundo aire. "Se supone que ya hubiese regresado."

Alvin observaba en silencio, sin idea de qué estaba pasando.

"¿Christian, me quieres decir qué está ocurriendo, por favor?" le pidió Arelys. "¿Dónde han estado?"

"Fuimos al bosque," comenzó a explicar Christian, quedando Arelys con los ojos agrandados.

"¿Al bosque?" interrumpió Arelys, más alterada todavía. "¿Por qué irían al bosque sabiendo que hay lobos rondando por ahí?"

"¡¿Lobos!?" exclamó Alvin, quedando boquiabierto y con un miedo terrible. "Nadie mencionó nada sobre lobos."

"Y fantasmas, entre otras cosas raras," añadió Christian, logrando que la expresión de su amigo fuera cada vez más distinguida.

"¿Fa-fa-fantasmas?" preguntó Alvin, su tono de voz aumentando.

"No estamos seguros de eso todavía," indicó Arelys, ya había comenzado a creer que la casa sí estaba embrujada.

"Yo sí," aseguró Christian. "Aun así, fuimos al bosque en búsqueda de Alfombras."

"¿Alfombras?" cuestionó Alvin sin comprender. "¿Quién va al bosque a buscar alfombras? ¿Hay algún tipo de tienda allá o qué? ¿Algún descuentillo?"

"Alfombras es un perro," le aclaró Arelys a Alvin para que no siguiera haciendo el papel de tonto.

"Es un perrito nuevo que tenemos," explicó Christian. "Marlena se encariñó con él y luego lo perdimos cuando se fue corriendo hacia el bosque.

Por eso fuimos allá. Arelys, lo siento, sé que fue una decisión tonta y abusamos de tu confianza."

"No le hace. Lo importante es Marlena. ¿Dónde está ella?" preguntó Arelys. Necesitaba saber sobre la niña porque era su responsabilidad y había prometido que estaba segura en la casa, pero sin tener conocimiento de los acontecimientos del día. Ahora no sólo había perdido el control, sino a una de las personas que tenía el compromiso de cuidar. Nunca pensó que sucedería algo así.

"Tuvimos una gran… tuvimos problemas y nos separamos," respondió Christian. "Yo pensaba que ella ya estaba acá en la casa, pues yo tuve otras complicaciones y me demoré. Pero si ella no está acá, entonces supongo que debe de estar en el bosque todavía."

La preocupación en el rostro de Christian era una que los otros dos nunca habían visto, él sabía lo que había en el bosque, el peligro en el que se encontraba su hermana, en especial de noche, bajo completa oscuridad, rodeada por la espesa neblina. Miró hacia afuera por una ventana, era poca la luz de las estrellas y no había luna. La bruma ya cubría la montaña y comenzaba a infiltrarse en el hogar.

"¡Tenemos que hacer algo por Marlena!" exclamó Christian. "No sobrevivirá allá en el bosque. Hay un animal, una bestia allá afuera. Yo la vi."

Alvin estaba atemorizado, agarrándose fuerte del sofá con las dos manos.

"No… no sé," dijo Arelys, titubeando. No tenía idea de qué podría hacer en ese caso. Nunca había estado en una situación similar. "Quizás deberíamos esperar."

"¡No hay tiempo!" le dijo Christian. "Confía en mí. Sé lo que estoy hablando." Christian buscó con la mirada, parecía un desquiciado. "¿Dónde están mami y papi? ¿Te has podido comunicar con ellos?"

"Sí," respondió Arelys. "Cuando te dejé a ti y a Marlena acá en la mañana, tuve que caminar por un largo rato hasta poder ganar un poco de señal para mi celular. Llamé a tus padres y les expliqué lo que había sucedido. El Sr. Zaragoza estaba muy enojado y dijo que iría ahora mismo a buscar al vendedor de la casa, pero no para pagarle, sino para cancelar la compra. Pero primero tenía otras cosas que hacer porque anda sin transportación. Tu mamá me aseguró que vendrían esta noche. Estaba preocupada, yo nunca la había escuchado de esa manera. Podía descifrar en su voz que estaba llorando y la puedo entender. Conozco lo mucho que significa para tus padres este nuevo hogar. Es lamentable que no haya sido lo esperado, pues todos ustedes merecen su paraíso."

Christian lo lamentó también. Bajó la cabeza y estuvo a punto de colapsar a llorar, pero se aguantó, sería fuerte, tenía que serlo.

"Por eso pienso que sería mejor esperar," explicó Arelys. "Una vez lleguen tus padres, podemos ir a buscar a Marlena con la ayuda de ellos. ¿Está bien?"

Christian lo pensó un momento y luego afirmó con la cabeza.

"Estoy hambriento," dijo él y lo estaba. Ya no sentía energías y las tripas le rugían.

"Me lo imaginé," dijo Arelys con una leve sonrisa. "Veré qué puedo hacer para comer."

"Si imaginaste que puedes hacer comida para otro más, serías la mejor," manifestó Alvin, una mano sobre su barriga.

"No fue así, pero no te dejaría morir de hambre," dijo Arelys.

"Más le vale, mujer," replicó Alvin, riendo hacia Christian.

"A los lobos de por aquí les gustan los niños bien alimentaditos como tú," añadió Arelys y se marchó.

Alvin quedó asustado, apretando el sofá otra vez y Christian no pudo evitar una buena carcajada.

"¿Está hablando en serio ella?" preguntó Alvin con temor.

"Lo lamento, pero creo que sí," respondió Christian.

"Me parece que ya no tengo hambre."

Christian esperó hasta que Arelys estuviera fuera de vista por completo y de alcance de audición. Entonces se volteó hacia Alvin con pura determinación en el rostro.

"Ok, necesitamos un plan en estos momentos," indicó Christian.

"¿Un plan? ¿De qué hablas?" le preguntó Alvin, sin entender un divino de lo que le estaba hablando.

"Tenemos que ir por mi hermana, Alvin. No podemos dejarla allá afuera. *Yo* no puedo dejarla allá fuera."

"Ya escuchaste a Arelys. Mejor esperamos. Tus padres ya están de camino."

"¿Y qué te hace pensar que llegarán hoy?" le preguntó Christian mirándolo directo a los ojos. "¿Sabes por qué no están aquí para empezar? Tuvieron un accidente por una falla en un carro nuevo, justo cuando nos dejaron en esta casa. ¿Mucha coincidencia, no? Pero eso no importa ahora. Estoy muy seguro de que mis padres no llegarán a tiempo. Y Marlena no sobrevivirá una noche en el bosque. Créeme, amigo. Hay lobos y bestias allá afuera. Tenemos que rescatarla, Alvin… por favor."

El pobre Alvin no sabía qué decir, sólo había venido a visitar a su mejor amigo, a ver cómo estaba después de la paliza a manos de Mando el Bribón. Pero toda esta situación era mucho para él.

"Le… tengo… miedo a esas bestias de las que hablas, Christian," confesó Alvin, titubeando. "No soy tan valiente como tú."

"Tú estarás bien, te lo prometo. Encontraremos a Marlena y regresaremos lo antes posible. Pero no te obligaré a que vayas conmigo."

Para Alvin era tiempo de tomar una dura decisión. Siempre estaba ahí para su mejor amigo, en todo momento, bueno o difícil. Y Marlena le agradaba, lo dejaba triste pensar por lo que podía estar pasando ella en ese momento. Alvin siempre había sido agradecido hacia ella, desde el día que lo salvó de su tonto intento de volar en el colegio. Tal vez era momento de devolver el favor ahora que era ella la que necesitaba que la salvaran.

"Está bien, te ayudaré, amigo. Iremos por tu hermana," le dijo a Christian, sacándole una sonrisa de júbilo y un abrazo de gratitud.

"Ok, esto es lo que haremos," comenzó a explicar Christian. "No podemos dejar que la noche siga entrando. Créeme, la bruma se pone descomunal. Tampoco podemos decirle a Arelys ni levantar sospechas."

Alvin afirmaba a todo lo que decía su amigo, pero la realidad era que intentaría seguirlo y evitaría dirigir. Si analizaba mucho, de seguro se confundía por los nervios que estaba sintiendo.

"Primero comeremos," continuó Christian. Sin importar qué plan llevaran a cabo, comenzarían por ahí. "Me hace falta la energía. Luego, tendremos que crear una distracción para quitarnos a Arelys de encima. Lo siento por ella, pero no podemos perder más tiempo, es la vida de Marlena lo que está en peligro. Una vez la distracción esté en juego, nos lanzamos directo al bosque. Creo tener una linterna en la mochila que me queda. ¿Por lo tanto, qué sugieres para crear la distracción?"

Alvin se quedó paralizado con los ojos agrandados. No sabía ni tenía una respuesta.

"La verdad… no sé," respondió.

"¡Anda! ¡Piensa y ayúdame! Tiene que haber alguna forma."

Christian intentaba encontrar alguna idea, olvidando todo el dolor en su cuerpo para poder concentrarse, analizando muchas cosas a la vez.

"Oye, ¿y qué haces aquí?" preguntó Christian. A veces, las mejores ideas le llegaban sin presionarla, hablando sobre otras cosas.

"¿Qué quieres decir?" le preguntó Alvin, confundido.

"¿Qué haces aquí, en este lugar? No pensé que fueras a venir."

"Oh… iba a venir a visitarte hoy. ¿No te lo dijo tu padre?" le preguntó Alvin, seguro de que su amigo sabía de su visita.

"No… ¿Por qué?" preguntó Christian. Su padre no había tan siquiera hablado con él desde que se enteró de la pelea con Mando el Bribón. Desde entonces, no había escuchado ni un "hola" de Ricardo Zaragoza. Christian pensaba que su papá estaba tan enojado que no lo quería ni ver. "¿Cuándo hablaste con él?"

"Hace dos días," respondió Alvin, extrañando que su amigo no supiera nada. "Llamé a tu casa preocupado por ti y hablé con tu padre. Le pregunté por ti y me dijo que estabas en tu cuarto, pero, cuando le pregunté si estabas bien, cambió de tono y me empezó a interrogar."

"¿Interrogar? ¿A qué te refieres?" preguntó Christian interesado.

"Bueno… él quería saber por qué yo me preocupaba y qué te había sucedido para que yo llamara a preguntar por tu estado. De ahí en adelante, la conversación se fue cuesta arriba y tuve que decirle sobre lo que ocurrió en el colegio, sobre tu pelea con Mando el Bribón."

"¡¿Qué!? ¡¡Fuiste tú quien le dijo a mi padre!?" preguntó Christian, sorprendido. Jamás habría pensado que Alvin lo delataría y todo ese tiempo pensaba que había sido su propia hermana, Marlena. Ahora el sentimiento de culpa por ella era más pesado. No podía evitar la imagen de su hermana entre las garras de la bestia del bosque por él no estar ahí para protegerla, por haberla alejado.

"Lo siento, no era mi intención," comenzó a explicar Alvin.

"¿Cómo pudiste?" lo cortó Christian. "Confiaba en ti para que lo mantuvieras callado."

"Tu papá me presionó, Christian. Me interrogó y me sacó toda la información. De verdad lo siento."

Alvin lucía consternado. Christian mantuvo silencio y se quedó pensativo. No tenía tiempo para discusiones. Tendría que evitar el enojo de alguna manera, desviar su atención.

"Está bien, mi amigo, ya no importa de todas formas. Ya se supo y ya está hecho," le dijo Christian, dispuesto a olvidar, pues tenía cosas más importantes por las que preocuparse. "¿Cómo llegaste hasta acá?"

"En mi bici," respondió Alvin.

"¡Es una distancia larguísima!" le exclamó Christian, no podía creer que su mejor amigo llegara hasta allá corriendo bicicletas sólo por visitarlo. Eso significaba mucho para él.

"¡Sí, me tomó unas cuantas horas! Y no vuelvo a hacerlo. Me enganché hasta del camión de la basura para llegar hasta acá. Tuve que terminar de subir la montaña a pie porque ya no aguantaba mis piernas. Guardé mi bici acá adentro porque Arelys me dijo que no sería buena idea dejarla afuera. Parece que su carro sufrió algunos daños."

Entonces apareció Arelys con la comida, unos taquitos de carne molida que había aprendido a preparar de su mamá. Christian le hizo una seña a su amigo y le indicó sin que lo escuchara Arelys:

"Ya me ingeniaré algo. Por ahora, a comer."

Christian intentó comer rápido para luego enfocarse en alguna distracción para Arelys. En un punto dado, dejó a Alvin y a la chica comiendo mientras pretendía marcharse.

"¿A dónde vas?" le preguntó Arelys.

"Regreso enseguida," respondió Christian, casual. "Sólo voy a mi cuarto un momento."

Arelys le dejó saber que estaba bien y Christian cruzó miradas con Alvin antes de irse a su cuarto. Una vez en su recámara, Christian fue por su kit de explorador. Encontró un *apestosín,* una pequeña sustancia babosa y color trasparente que de explotarse contagia de una peste insoportable lo que toque por un largo tiempo o hasta que se enjuague con alcohol. Hacía unos meses que Christian había comprado dos sustancias de apestosín en una pequeña tienda de dulces y juguetes cerca de su casa. El primero lo había usado en Marlena una vez que ella iba a salir con sus amigas para ir al cine y no lo quiso invitar a él. En esa ocasión, Christian era ignorante a los efectos del apestosín y se lo explotó directo en el cabello a su hermana. Marlena no pudo ir al cine ese día ni a la escuela por otros dos días porque sentía que la peste no se le iba de encima. A Christian se le castigó por todo un mes sin juguetes ni tiempo para compartir con Alvin, con cero diversión porque ya se había divertido lo suficiente.

Christian apretó los dientes al leer el mensaje en la pared: «Váyanse de aquí. Este no es hogar suyo.» Esas palabras tenían un significado más allá de lo que se podía leer. Tenían cierto poder de convencimiento, pues, así como todo comprador antes que ellos, ahora la familia Zaragoza también renunciaba al sueño de su hogar y Ricardo Zaragoza ya de seguro había cancelado la compra. Y de no ser así, lo haría tan pronto leyera el mensaje en la pared. De todos modos, Christian sabía que esa sería su última noche allí, el mensajero lograría su objetivo. Era esa otra razón para rescatar a su hermana lo antes posible.

"No hay más tiempo para pensar, no hay más tiempo para perder. Tengo que hacer esto," dijo Christian, motivado, con nuevas fuerzas.

Christian se encontró a Alvin y a Arelys en la sala principal. La chica se terminaba de comer un último taco a pesar de sentirse muy llena y a punto de reventar. Christian comenzó a actuar adolorido de la espalda, sin mucho trabajo, antes de que lo vieran, quejándose y agarrándose por atrás con una de las manos.

"¿Ya llegaron mis padres?" preguntó Christian con tono de sufrimiento, conociendo la respuesta.

Alvin negó con la cabeza, cada vez se preocupaba más. Empezaba a pensar que llegar hasta allá nunca había sido una buena idea.

"No," respondió Arelys. "Pero pronto llegarán. Ya verás. No te preocupes. ¿Qué te sucede? ¿Te duele la espalda, Christian?" Arelys se veía algo intranquila.

"Sí, me duele muchísimo," le indicó Christian y se acercó quejándose hasta uno de los muebles para sentarse con dificultad. "El dolor me está matando. ¿Puedes hacer algo, Arelys? Me caí y me pegué en la espalda."

"Creo que sí," dijo Arelys, como a quien le llega una idea de momento. "Tengo pastillas para el dolor ahí. Te buscaré un par."

"No, no," le exclamó Christian rápido. Lo menos que quería era alguna píldora que le fuera a causar sueño. "No lo creo necesario. Me parece que es un dolor muscular. Un leve masaje debe de hacer el trabajo."

"¿Un masaje?" preguntó Arelys, algo sorprendida.

Alvin lucía perdido en la conversación y se dedicó a escuchar callado para no lucir como tal.

"Sí, he visto en la televisión que los masajes vienen bien para espasmos musculares y esas cosas," dijo Christian.

"Pero yo no sé nada de dar masajes," advirtió Arelys.

"No importa," le aseguró Christian, quejándose más de la espalda. "Es sólo para calmar un poco el dolor."

"Ok, que conste que te lo advertí y hay testigo," indicó Arelys, volteándose hacia Alvin para que éste afirmara con la cabeza.

Fue ese el momento que Christian aprovechó para sacar el apestosín de su bolsillo y acomodarlo de manera perfecta en uno de los cojines del espaldar del sofá en el que estaba sentado sin que nadie se percatara.

"Veamos qué puedo hacer," dijo Arelys, insegura de cómo comenzar.

"Siéntate a mi lado," le pidió Christian. Arelys así lo hizo y él se recostó de pecho sobre su falda para indicarle por dónde le dolía. "Es un poco por aquí. Intenta apretar con moderación."

Arelys comenzó a darle el masaje con miedo, era una clara inexperta y desconocía de los dolores de Christian y cómo tratarlos.

"¿Voy bien?" le preguntó Arelys a Christian.

"Súper," le respondió él, con expresión de dolor y quejándose de la espalda.

De momento, una peste repugnante comenzó a rondar el área. A pesar de esperarla en algún momento, Christian fue el primero en percibirla y parecía haber recibido un bofetón en toda la boca, su cara una mueca con los ojos cerrados, los dientes apretados y los labios separados en una señal de asco. Arelys percibió la peste y tuvo que olfatear otra vez porque le parecía que era ella la que olía mal. Se sonrojó ante la vergüenza. Alvin no tardó en percatarse de la peste ni en dejarlo saber, dijo:

"Guaaa, ¡qué peste! ¿Qué pasó?"

Ese era el momento que estaba esperando Christian. Se levantó de la falda de Arelys, con la mala expresión en su cara todavía, para indicar que apestaba a taco podrido.

"¿Se habrá comido un taco algún espectro?" añadió Christian, todo un inocente.

"No-no creo," dijo Alvin, comenzando a asustarse. "Nosotros nos comimos los que quedaban en lo que tú regresabas."

"¿Fuiste tú, Alvin?" le preguntó Christian, como quien actúa a que no sabe nada.

"Oh, no, yo no fui," se defendió Alvin y se alejó de donde venía la peste, de Arelys. "Reconozco los míos cuando los veo."

"O en este caso, cuando los hueles," dijo Christian y luego llevó despacio la mirada hacia Arelys. Alvin hizo lo mismo.

Arelys se sentía arrinconada contra la pared, pero en pleno espacio abierto. No se había sentido así desde que tuvo su primer novio. En aquella ocasión, andaba en una pequeña fiesta de fin de curso escolar, Arelys estaba en octavo grado. La niña que hacía la fiesta en su casa, Anidia, vivía en la misma vecindad que ella, a unos tres minutos caminando. La fiesta inició un poco sosa y apagada, hasta que comenzó a sonar la música y los presentes se enteraron de que Anidia también estaba celebrando su cumpleaños ese día. De ahí en adelante, todos empezaron a bailar y a cantar logrando que el ambiente mejorara. Pero Arelys era muy tímida para ese tiempo. Se pasó la mayoría de la fiesta recostada contra una pared mirando a los demás pasarla bien, su refresquito en una mano y un pastelillo en la otra. En un momento dado, un chico de ojos claros y al que llamaban Mark se le acercó. Ambos estudiaban juntos, pero nunca se habían hablado. Sin embargo, esa noche, Mark habló con ella y hasta la invitó a bailar. A mitad de un baile le confesó lo mucho que le gustaba. Arelys se quedó sin palabras, sonrojada en la oscuridad, ocultando su rostro. Al cabo de unos minutos, Mark le pidió que hablara, quería saber si a ella le gustaba algo de él. En un ambiente oscuro y romántico, Arelys le dijo que le gustaban sus ojos y el chico le pidió que fueran novios. Arelys no sabía qué decir y Mark parecía no querer perder tiempo, la agarró suave por la espalda y por detrás de la cabeza. Se fue acercando poco a poco al rostro de ella. Arelys estaba paralizada, cerró los ojos y dejó que el momento se encargara de todo. Cuando Arelys abrió los ojos otra vez y vio a Mark mientras la besaba, encontró que la mamá de Anidia había encendido la luz y todos estaban observándolos besarse, sorprendidos y boquiabiertos.

Arelys sentía lo mismo esta vez, esa vergüenza del momento, pero, aunque creía no tener razón para sentirse así, porque ella no había hecho nada asqueroso, podía sentir que la peste sí venía de ella y se intensificaba cada vez más. Ya le era insoportable oler, imposible no hacer muecas con la boca y la nariz al sentir cómo el mal olor le entraba por las fosas nasales.

"Quizás me cayó mal la comida," dijo ella como pudo, aguantando la respiración y agarrándose la barriga.

"Creo que sí," le indicó Christian.

"¡Qué asco!" exclamó Alvin.

Christian se tapó la nariz y actuó como si perdiera el aire, como si la sala se llenara completa de agua y no era posible respirar.

"Voy al baño," dijo Arelys y se fue corriendo hasta desaparecer de vista.

"¿Qué habrá pasado, loco?" preguntó Alvin. "Los tacos estaban riquísimos. ¿Cómo algo tan exquisito puede ser tan apestoso? ¿Habrá sido el pique?"

Christian se aseguró de que Arelys se había marchado ya y dijo:

"Esa es nuestra señal."

"¿Qué señal? ¿De qué hablas?" le preguntó Alvin.

"La señal para ir a rescatar a mi hermana," respondió Christian y mostró el kit de explorador al sacarlo de uno de sus bolsillos. "Ven, sígueme."

Alvin se quedó sin palabras y no tuvo de otra que ir tras Christian cuando éste lo dirigió de camino al bosque por la puerta trasera de la casa. Llegaron al patio, la bruma cada vez más espesa, Christian sacó su linterna y dio un suspiro. Conocía sobre el peligro que estaba a punto de encarar. Pero ya estaba decidido.

"Ven, Alvin," dijo Christian. "Creo tener una leve idea de dónde comenzar." Recordaba cuando rastreó a Alfombras en lo que parecía haber sido hace mucho tiempo, pero en realidad fue apenas unas horas atrás.

"Ok, Christian, yo sólo te seguiré," dijo Alvin, mirando a su alrededor. La neblina que los rodeaba, lo inflaba de miedo.

"No te preocupes. Iremos directo por Marlena dondequiera que esté," indicó Christian, alumbrando con la linterna y caminando despacio.

"¿Y cómo sabremos dónde está ella?"

"No lo sé," admitió Christian. "Tendremos que encontrarla."

"¿No lo sabes? Marlena podría estar en cualquier parte. ¿Cuán grande es este bosque?"

"Enorme."

"¡¿Enorme?!" exclamó Alvin, ya seguro de que haber venido a visitar a su amigo había sido una mala decisión. "Quizás sea mejor esperar por tus padres…"

"Tenemos que encontrarla," le cortó Christian, alzando la voz. "Tú no entiendes. Tengo que encontrarla. Y no hay tiempo que perder. Este bosque es grande y muy peligroso, hay bestias, Alvin, bestias. No puedo dejar a mi hermana en ese peligro."

"¿Qué hay de Arelys?" preguntó Alvin. ¿Por qué no le pedimos su ayuda también?"

"Porque ella no vendría. Su responsabilidad es cuidar de mí y de mi hermana y yo estoy haciendo que falle justo en eso."

"Entonces vendrá por nosotros cuando se entere."

"Arelys no tendrá tiempo para alcanzarnos," aseguró Christian.

"¿Por qué estás tan seguro?"

"¿Recuerdas cuando usé apestosín en Marlena?" preguntó Christian. Alvin afirmó que lo recordaba. "Eran dos los que yo había comprado, ¿lo recuerdas? El segundo lo acabo de usar con Arelys. Ella no saldrá del baño hasta que se le vaya la peste y eso le tomará bastante tiempo."

Alvin rio sin poder evitarlo y exclamó:

"En otras circunstancias, diría que eres un genio."

Ambos compartieron una carcajada que fue interrumpida por un aullido de lobo que les ahogó sus risas hasta dejarlos en silencio. Apenas se habían adentrado al bosque, pero, desde allí, todavía la luz de la noche los delataba en la oscuridad. El aullido fue contestado por otro.

"¿Qué fue eso?" preguntó Alvin, inmóvil por completo.

"Lobos," respondió Christian, alumbrando con su linterna para todas partes. "Parece que salen por las noches."

"Apa-paga eso," titubeó Alvin. "Deshazte de la luz."

"¿Para qué? Los lobos pueden oler tu miedo," le explicó Christian. "Así que será mejor que no temas."

Sólo en la subconsciencia, Christian sabía por qué dijo esas palabras. Tenía que rescatar a su hermana lo más pronto posible y no podía permitir que nada lo detuviera. Pero el mensaje pareció funcionar. Alvin agarró coraje y no temió tanto al darse cuenta de que le podía costar la vida a ambos. Continuaron la búsqueda, Christian liderando, escuchando los aullidos de vez en cuando, cada vez un poco más cerca. Llegaron a la pequeña charca que Marlena y su hermano habían encontrado más temprano. Alvin se agachó para intentar tomar un poco de agua, pero Christian lo detuvo enseguida, haciéndole señas para que no lo hiciera.

"No es una buena idea," susurró Christian, recordando los lagartos que se habían peleado allí.

Alvin afirmó rápido con su cabeza sin decir una palabra. De momento, escucharon un leve ruido a sus espaldas, entre los arbustos. Christian bajó la luz de su linterna para no alumbrar mucho. Ambos quedaron como sombras.

"¿Marlena?" preguntó Alvin en voz baja.

Nadie contestó. Los arbustos comenzaron a moverse y los niños escucharon pasos.

"No es ella," indicó Christian y luego exclamó, "¡Corre!"

Los dos salieron corriendo, Christian al frente, alumbrando con la linterna. Corrían rápido, ramas pegándoles en los rostros, sus pies chocando con rocas. Alvin tropezó y cayó de cara sobre la tierra. Todavía había movimiento entre los arbustos y no se podía ver de qué se trataba.

"¡Levántate, campeón!" dijo Christian y le extendió una mano a su amigo para ayudarlo a ponerse de pie.

Volvieron a correr hasta que Christian decidió esconderse detrás de un gran árbol porque se sentía seguro. Le señaló a Alvin que no hiciera ruido y apagó la linterna. El movimiento en los arbustos cesó al fin.

"Tengo miedo, Christian," confesó Alvin al cabo de unos segundos de silencio.

"Lo sé, amigo, lo sé," respondió Christian, sintiendo mucha pena por Alvin.

"¿Qué es este lugar? Tan precioso que parece y tiene… un aura… Creo que en realidad la casa está embrujada. No, no sólo la casa, todo este lugar está embrujado."

"Te puedo asegurar una cosa," dijo Christian, "alguien vigila esta montaña. Desde que estuve aquí más temprano, presiento que me están observando, desde las sombras, todos mis movimientos. No sé cómo, pero lo sé. Es como si sintiera la quemadura en mi cuello por una mirada tan intensa como los rayos de sol. Incluso ahora puedo sentir que alguien nos vigila."

"¿Sabes qué? Te creo…" dijo Alvin, luego se tapó la cara con las manos, desesperado, casi en llantos. "No sé qué hago aquí. Mi madre debe estar muy preocupada por mí."

"¿Por qué?" preguntó Christian, interesado y preocupado.

"Ella no sabe que vine a visitarte," replicó Alvin.

"¿Ella no sabe? ¿Y por qué viniste, loco?"

"Porque pensaba que podía venir un ratito y luego regresarme en la tarde."

"Oh, Dios, esto no está bien," exclamó Christian. Por su mente pasaban mil preocupaciones. Desconocía el detalle que Alvin le acababa de confesar y no podía continuar arriesgando su vida. Tenía que tomar una decisión difícil en ese momento, una decisión lejos del egoísmo. "Alvin, tenemos que regresar a la casa. Tienes que ir con tus padres en la primera oportunidad que se presente…"

"¡Me tocó una pierna!" gritó Alvin y salió corriendo, dejando a Christian sorprendido y sin idea.

Christian escuchó el movimiento de rápidos pasos otra vez y reaccionó. Fuera lo que fuera, iba tras Alvin. Christian también corrió tras su amigo.

"¡Alvin!" gritaba Christian. "¡Espera!"

Pero Alvin había reaccionado sin control, con los nervios alterados, corría por su vida, sus brazos de lado a lado por el aire. Entonces tropezó y cayó de cara al suelo. Christian lo venía siguiendo bajo la poca luz de la noche, pero, de repente, lo perdió de vista cuando lo vio caer al suelo.

"¿Alvin?" preguntó Christian, encendiendo su linterna otra vez y alumbrando hacia abajo. Allí lo encontró de rodillas y codos, cruzando miradas de frente con un lobo que mostraba todos sus dientes con las babas bajándole por la boca inquieta. "¡No!"

Alvin se levantó enseguida para correr. Christian fue a pegarle al animal con la linterna, pero apareció otro lobo brincando y pegándole con las dos patas delanteras por la espalda, enviándolo a rodar por un túnel oscuro en la tierra mientras escuchaba gritar de horror a su amigo.

"¡Aaaaahhhhh! Me tienen, Christian. ¡Me atraparon!"

CAPÍTULO DOCE
RASTROS SUBTERRÁNEOS

Todo estaba oscuro. Los angustiosos gritos de Alvin habían cesado. Entonces Christian se pegó duro contra el suelo, su linterna cayendo a unos cuantos pies de distancia. Se encontraba en algún lugar húmedo y subterráneo. Había una pequeña fogata lejos en alguna parte proveyendo poca iluminación. Christian sentía dolor en todo el cuerpo y todavía no recuperaba el oxígeno.

"¿Alvin?" decía Christian, con poca fuerza para pronunciar, casi sin voz. "¿Alvin, estás ahí?"

Silencio.

Comenzó a buscar con sus manos por el suelo a su alrededor. Encontró la linterna, pero, cuando intentó agarrarla, alguien le pisó la mano y lo pinchó. Christian gritó de dolor antes de mirar hacia arriba. No podía mover los huesos de la mano. Lo arropaba una sombra, pero él no podía distinguir de quién se trataba. Entonces miró hacia el lado y se encontró a la bestia peluda que lo había perseguido en la tarde. Sacó fuerzas al momento y se liberó del pisotón, arrastrándose hacia atrás y tirando golpes como un demente hasta que quedó arrinconado contra una pared de tierra dura, atemorizado. Sólo podía ver la sombra de la bestia y la silueta de la persona que lo había pisado, ésta todavía no se movía. El corazón le latía como nunca, a ritmo de tambor de rumba. No podía ni decir una palabra, sentía su garganta cerrada por completo. De repente, vio la silueta de un lobo acercarse hasta pasarle por al frente y dejarlo petrificado con la imagen. El lobo arrastraba el cuerpo inmóvil de Alvin por una pierna hasta que se lo llevó a la oscuridad, fuera de vista.

Las lágrimas le bajaron solas a Christian mientras todavía tenía la boca abierta. No encontraba el coraje para afrontar lo que había causado. Dos lobos más aparecieron y se detuvieron al lado de la bestia. La persona que lo vigilaba dio la espalda y se fue de vista. Christian estiró un brazo en dirección a su amigo por ninguna razón en lo absoluto, sólo por puro instinto. Intentó arrastrarse hacia allá y los dos lobos se interpusieron, saliendo de las sombras y mostrando sus colmillos. Christian se arrastró de vuelta hasta la pared, su rostro cubierto de tierra, puro terror en sus ojos. Al fin, contempló su alrededor en búsqueda de una vía escapatoria, parecía estar en algún tipo de socavón subterráneo. Lucía bastante grande y Christian no alcanzaba a ver todo, pero sí distinguía la pequeña fogata a lo lejos. La tierra que formaba las paredes era húmeda, Christian las tocó y las sintió para estar seguro de que se encontraba subterráneo, enterrado bajo su nuevo hogar, el que ya ni pizca de gracia le daba. Aquella recámara bajo tierra estaba decorada con algunos cuadros colgando de las paredes. Había túneles oscuros que llevaban a distintos lugares. En otro escenario, el lugar sería una obra maestra, un tesoro, pero no en esta ocasión. Para Christian, no era otra cosa que su propia tumba en vida mientras miraba a sus parcas a los ojos, un par de lobos y una bestia.

Christian vio su linterna en el suelo y se atrevió a agarrarla, los animales ni se movieron, tampoco le quitaron los ojos de encima. El valiente niño los alumbró, sin pensar en los riesgos, pues ya había perdido mucho y sólo pensaba en su mejor amigo. ¿Estaría muerto? ¿A dónde se habían llevado su cuerpo? ¿Por qué no le había sucedido a Christian en vez de a Alvin? Nunca debió haberlo traído con él, lo había guiado a su muerte y ahora no había vuelta atrás. Alumbraba a los animales a los ojos, ellos no se movían para nada; parecían estatuas de carne y hueso. Christian estaba seguro de que los lobos olían todo su miedo, lo disfrutaban. Pero si el niño iba a caer, lo haría peleando, como los súper héroes que siempre había admirado. Respiró profundo y calmó sus temblantes manos. Dio un paso al frente, pensando en qué haría primero, a quién atacaría. Pero, en ese instante, apareció la silueta de la persona otra vez, caminando con calma hasta detenerse junto a los animales. Christian hesitó, apagó la linterna y no hizo nada. Esta vez, podía ver mejor y la silueta no parecía ser más grande que él, pero, con poca iluminación, no podía estar seguro de nada. La misteriosa persona comenzó a acariciar a la bestia con una mano y a un lobo con la otra.

Una criatura pequeña bajó por el brazo de la persona y luego por el cuerpo de la bestia hasta llegar al piso, se acercó a Christian y el niño pudo ver que se trataba de un topo del tamaño de su mano, cubierto con pelos oscuros, sus garras afiladas y un rabo corto. Christian no entendía. Ya lo tenían de espalda contra la pared, sin escapatoria, él solo contra varios. No permitiría que se burlaran de él. Nadie lo humillaría.

"¿Qué quieres de mí?" le preguntó Christian a la persona que observaba desde las sombras. Pero no obtuvo respuesta. "No tengo forma de salir, ¿por qué no me acabas? Ahorrarás tiempo."

La persona no respondió ni se movió. Respiraba con calma, en total control.

"¡Contéstame!" gritó Christian, haciendo eco por todo el lugar.

Los animales se alteraron y tensionaron los músculos. La persona dio un paso al frente, otra vez calmándolos, pero manteniendo el silencio.

"¿Quién eres? ¿Qué quieres?" preguntó Christian, enojado, frustrado, con la ira en su forma de hablar, agarrándose un costado y con dolor en todo el cuerpo.

La persona guardó silencio y siguió acariciando a los animales.

"¿No vas a hablar?" dijo Christian, molesto. "Ok. No tendré problemas con eso."

Christian apretó la linterna en su puño, la encendió y apuntó directo al rostro de la persona. Los ojos se le agrandaron y la boca se le estiró al presenciar la figura de una hermosa niña de ojos grandes y un largo cabello escarlata. Vestía un traje que parecía haber sido hecho de la corteza de un árbol, con tela sólo sobre la cintura, los costados y sus hombros. El rostro de la misteriosa niña no tenía expresión, su mirada era fría y directa a los ojos del muchacho, como si llevara tiempo esperando el momento de tenerlo acorralado. Pero, por otro lado, a Christian, la niña le parecía angelical, entonces sí que no entendía nada de lo que estaba ocurriendo.

"¿Quién eres?" le volvió a preguntar Christian, mirándola a los ojos, con un tono de voz más bajo.

La chica apenas pestañaba. El pequeño topo regresó corriendo y se le enganchó a través de la ropa hasta llegar a los hombros.

"Por favor, tienes que dejarnos ir de aquí," continuó Christian. "Aleja a tus mascotas. No les haré ningún tipo de daño. Lo prometo. No estoy aquí para eso."

Pero no pasó nada, ni un cambio de expresión.

"¡Por favor!" gritó Christian, desesperándose aún más. "No hagas esto. Mi amigo, ¿dónde está? ¿Está muerto? Habla, por favor."

La niña les dio unas palmadas a los animales y todos se fueron entre los túneles, incluyendo el topo que llevaba sobre sus hombros. Entonces caminó sola hacia Christian, con calma, sin quitarle la mirada de encima. Al igual que los lobos, podía presenciar su miedo.

"No me hagas daño," le pidió Christian, poniendo la linterna encendida sobre el piso para que alumbrara hacia arriba. "Por favor, tengo que rescatar a mi hermana. Está en peligro. Me tienes que dejar ir. Tenemos que regresar a casa y yo debo encontrarla. No puedo estar aquí…"

"¿Entonces qué haces aquí todavía?" dijo la misteriosa niña al fin, virando un poco la cara y mirando a los ojos de Christian como si se tratara de un extraño animal.

"Tengo que encontrar a mi hermana," respondió Christian con temor.

"No entiendes. ¿Qué hacen todos aquí todavía? Les pedí que se fueran, este lugar no es *su* hogar," dijo ella, sin titubear, sin perder el tono, sin miedo.

"¿Tú eres el espectro?" le acusó Christian, señalándola.

"¿Me acabas de llamar fantasma?" le cuestionó ella, cambiando al fin la expresión de su rostro.

"¡No!" respondió Christian rápido. "Bueno, sí, pero no en realidad."

"¿Sí, pero no?," dijo ella y rio un poco. "Ya veo por qué no te has ido todavía, se te hace difícil comprender las cosas fáciles y ordinarias que te presenta la vida. O te vas o te quedas, o me dices fantasma o no. No hay un punto medio."

"¿Entonces no eres un espectro?" preguntó Christian luego de unos segundos de haberse quedado bruto.

"Por supuesto que no," respondió ella y volvió a reír un poco. "¿Por qué dirías eso? ¿Te parezco un fantasma?"

"No, no," le aseguró Christian de inmediato. "No lo pareces. Es sólo que pensaba que un espectro había escrito el mensaje en la pared."

"Eso es estúpido, niño," le dijo ella directo a la cara y lo dejó pensando.

"Sí, me parece que sí lo es."

"¿Qué hacían tú y el otro en el bosque?" preguntó ella, muy interesada.

"Estoy aquí para rescatar a mi hermana. Ha estado perdida en este bosque desde la tarde. Alvin… mi amigo sólo me acompañaba por capricho. Él… él está aquí por ser un buen amigo, por mi culpa. Por favor, no le hagas daño."

"Eso tiene mucho valor de tu parte," lo elogió ella, Christian quedó sorprendido. "Eres muy valiente viniendo al bosque en la oscuridad. ¿No sientes temor?"

"Me muero de miedo," confesó Christian, bajando la mirada. "Pero es la vida de mi hermana corriendo peligro, mi responsabilidad. No puedo abandonarla. Yo la…" Se quedó callado de momento y en su cara se plasmó el esfuerzo por aguantar las lágrimas.

"Puedo verlo… ¿Cómo se llama? Tu hermana…"

Christian subió la mirada otra vez, hasta llegar a los ojos de la misteriosa chica, y luego le contestó:

"Marlena. Es un año mayor que yo, bueno, por unos meses, y del mismo tamaño mío. Su cabello es castaño y llevaba un pañuelo violeta. ¿La has visto?"

La niña se quedó inmóvil, sin contestar.

"¿Y tú? ¿Cuál es tu nombre?" preguntó ella.

"Yo me llamo Christian Zaragoza."

"Ok. Christian, Marlena y… Alvin, ¿dijiste?"

Christian afirmó con la cabeza.

"Tienes razón," indicó ella. "Corren peligro, todas sus vidas. No deberían estar aquí. Te daré mi espalda y tú me seguirás. Ven."

Como indicado, lo hizo ella. Christian no sabía cómo reaccionar. ¿Estaba en peligro o qué? ¿Qué estaba sucediendo?

"Espera un momento," dijo él. "¿No piensas decirme tu nombre?"

Pero la niña no se detuvo ni habló, alejándose cada vez más. Christian arrancó y aceleró el paso para alcanzarla. Entraron por uno de los túneles y Christian encendió su linterna. De una de las paredes de tierra colgaba un cuadro con una pintura que mostraba un horizonte que el niño parecía reconocer, un panorama de sueños ocultos.

"¿Qué es este lugar?" preguntó Christian, pero no consiguió una respuesta.

"Debes tener sed," presumió ella y buscó un envase de madera para entregárselo. Luego señaló a un pequeño pozo con agua clara que había en el cuarto a donde lo había llevado. "Puedes beber de ahí. Es agua de manantial, pero intenta no ensuciarla, por favor. Puedes sacar otra poca para limpiarte la cara."

Christian dudó al principio, pero la niña tenía razón, él estaba extenuado y moría de sed. Un poco de agua le ayudaría a recuperar energías y hasta a calmarse. Tomó y se hidrató como si hubiese corrido un maratón en el desierto. Encontró el agua divina, su pureza era incomparable, muy refrescante. También se mojó el cabelló e intentó levantarlo como le gustaba llevarlo, pero el pelo estaba muy sucio y sólo lo hacía lucir como el extraño demente que le parecía a la chica.

"Agradezco tu hospitalidad, pero tengo que…" comenzó Christian, pero, en ese momento, apareció un animal que nunca imaginó ver allí. "¡¿Alfombras!? ¿Qué haces aquí?"

La niña lo observaba con el ceño fruncido. Christian le hizo señas al perrito para que fuera a donde él y lo agarró en sus brazos, un poco contento de verlo, sus nervios comenzando a calmar.

"Pensé que nunca te encontraría," le dijo Christian al perrito. "¿Dónde está Marlena? Si tú estás vivo, eso significa que ella también puede estarlo. ¿La has visto?"

"¿Puedes hablar con los animales?" le preguntó la niña, un poco interesada.

"No," respondió Christian, sonriente.

"¿Con los perros?"

"Tampoco. No puedo hablar con ellos. Es sólo que Alfombras es mi perrito y estaba perdido también."

"¿Tú perrito?" le cuestionó ella, esperando escuchar la respuesta.

"Sí," respondió Christian, lento, poniendo al perrito de vuelta sobre el suelo y con la mirada en la niña. "Bueno, más de mi hermana que mío…"

La chica se movió a otro cuarto sin decir nada.

"Espera," le pidió Christian. "¿A dónde vas? Necesito ver a mi amigo." La siguió hasta el otro cuarto. "¿Dónde está Alvin? ¿Está aquí?"

En la habitación había una mesa con varias cosas encima, una silla y una enorme cama tipo hamaca colgando de una esquina. Por el suelo, había varias cosas tiradas, entre ellas, una mochila que le llamó la atención a Christian en el mismísimo instante que le pasó la mirada por encima.

"¡Esas son mis cosas!" señaló Christian. "¿Cómo llegaron hasta acá?"

La niña no contestó nada y se sentó en la silla. Alfombras saltó sobre su falda y ella comenzó a sobarle el cabello.

"¡Contéstame!" le exclamó Christian en voz alta, luego aguantó sus ánimos un poco, recordando que no estaba seguro de estar a salvo del todo.

"Su nombre no es Alfombras," dijo ella con una mueca en el rostro. "¿Qué tipo de nombre es ese?"

"¿De qué hablas?" preguntó Christian, un poco perdido.

"El perro, su nombre no es Alfombras. Se llama Dofy. Y vino directo por lo que tú reclamas como tuyo." La niña no perdía la calma.

"¡Esos son mis juguetes! Y por supuesto que venía por ellos. Yo lo envié por mis cosas. Alfombras es un perro cobrador y estaba rastreando lo que me robaron antes de perderse en el bosque. Espera, ¿cómo dijiste que se llama?"

"¿Alguna vez has estado más equivocado?" exclamó ella. "Dofy nunca se perdió en el bosque. Es muy perezoso y se quedó atrás cuando no debió."

"¿Qué sabes tú?" le cuestionó Christian. Sabía que Alfombras era todo menos un perro perezoso.

"Sé lo suficiente, es mi perro," respondió ella.

"Es tu... ¡¿qué?! Pero pensé que era el perro de la casa. No tiene collar." Christian se quedó pensativo, "Entonces eres tú la ladrona."

La chica cambió su expresión y bajó el perro al suelo.

"¿*Tú* me acusas a *mí* de ladrona?" Lo cruzó frío con los ojos, sin pestañar por un segundo.

"Bueno... esas parecen ser mis cosas," dijo Christian con problema. Mirando a la chica en todo momento, caminó hasta la mochila para abrirla. Sus juguetes estaban adentro. "¿Cómo llegó esto aquí?"

"¿Me preguntas a mí o a tu perro?" le dijo ella.

Christian se quedó mirando al perrito. ¿Podría ser? Pero él confiaba en Alfombras, o Dofy, como fuera que se llamara. Mas éste tenía dos nombres, doble identidad. *El tonto perro me engañó*, pensó.

"¿Quién eres?" le preguntó Christian a la chica, perdiendo el poco júbilo que había estado ganando sin darse cuenta.

"Me llamo Frances Leroux y soy la verdadera dueña de la casa en la montaña solitaria."

CAPÍTULO TRECE
PELIGRO DESPREVENIDO

Otra sorpresa para Christian, ya su corazón no sabía cómo podía agitarse más y su rostro no cambiaba la expresión de asombro. ¿Cómo podía esta chica, esta Frances Leroux ser la dueña de la casa en la montaña solitaria? Era sólo una niña, no mucho mayor que el propio Christian. Además, Ricardo Zaragoza había comprado la casa, pero la realidad era que Christian no sabía por qué la misma había estado a la venta o qué había sucedido con los dueños originales.

"Yo soy el dueño de la casa," indicó Christian, duda en su voz. "Bueno, le pertenece a mi familia."

"¡Mentiras!" exclamó Frances, mostrando un poco de ira en su expresión.

"Cálmate, no tienes por qué alterarte," le dijo Christian, levantando las manos como para indicarle a la chica que se detuviera.

"Todo lo que reclamas como tuyo, no te pertenece, excepto la mochila con los muñecos y los juegos. Tienes buenos juguetes, pero eso es todo lo que tienes. La casa es mía, Dofy es mío y todo lo que has visto desde que llegaste acá es producto de nosotros, le pertenece a mi familia."

Christian se quedó callado, analizando. Tal vez, Frances tenía razón. Su apellido era el mismo que María Zaragoza había mencionado cuando contó la estupenda historia de cómo se construyó la casa en la montaña más grande de Ciudad de Ensueños.

"¿Cómo puede ser tu casa?" le preguntó Christian. "Nosotros la compramos."

"Nunca estuvo a la venta," le aseguró ella.

"¿Tienes familia?" Christian pensaba que la familia de Frances tenía que conocer algo al respecto en cuanto a la venta de la casa. Ellos tenían que haber llegado a un acuerdo, ellos tendrían respuestas.

Por primera vez, Frances lució vulnerable. Bajó la cara, desvió la mirada y se quedó callada.

"¿Dónde están tus padres, Frances?" le preguntó Christian, con un tono de preocupación.

"Ustedes debieron haberse ido con la primera advertencia," dijo ella. "¿Por qué no se han ido?"

Christian guardó silencio por unos segundos, luego, contestó:

"Eso es lo que haremos tan pronto yo encuentre a mi hermana y regresemos a la casa. Pero primero tienes que dejarme ir. ¿Dónde está Alvin? ¿Necesito saber cómo está? Creo que... creo que tus lobos lo han matado."

"¡Tonterías!" exclamó Frances y hubo silencio. Luego se marchó por otro túnel.

Christian se quedó sin palabras, no sabía cómo actuar. Dofy se fue tras Frances, y Christian decidió hacer lo mismo. Llegaron a otra cámara vacía, circular y con una sola entrada y salida. En el centro estaba tirado el cuerpo inmóvil de Alvin. Christian lo vio y rápido se le aguaron los ojos. La imagen de su mejor amigo apagado y tirado le devastaba el alma. Tres lobos y la bestia vigilaban sobre el cuerpo.

"¡Alvin!" exclamó Christian y corrió sin temor hacia su amigo, ignorando los animales salvajes. "No, por favor, no me hagas esto." Le verificó las piernas, por donde uno de los lobos lo había arrastrado hacía un rato, pero no encontró heridas, sólo el pantalón que llevaba un poco desgarrado y roto.

Frances se acercó para acariciar a todos los animales.

"¿Qué le han hecho?" preguntó Christian, sus manos en el rostro de su amigo.

"Nada," respondió Frances.

"¿Está muerto?"

"Creo que es claro que no," dijo ella.

"¿Entonces?"

"Tu amigo todavía está inconsciente," explicó Frances. "Debe haber sido por el espanto."

"¡¿Espanto?!" exclamó Christian. "¡Por poco lo matan!"

"Jamás lo haríamos. No somos asesinos."

Christian llevó una mano al cuello de Alvin, era verdad, estaba vivo, podía sentir el calmado pulso de su corazón. Pero parecía dormir en la eternidad.

"Necesito llevarlo de vuelta a mi casa," dijo Christian, "a tu casa. Por favor, él no merece nada de esto. Todo es mi culpa. Su familia debe estar muy preocupada. Ni tan siquiera conocen de su paradero. Por favor, déjalo ir."

"Creo que puedo ayudar," indicó Frances. Luego desapareció por un minuto, llevándose a la bestia con ella. Cuando regresó, el animal tenía un sillín como carro de bancada amarrado en su lomo. Frances se agachó sobre Alvin para levantarlo.

"¿Me vas a ayudar?" le preguntó Frances a Christian, quien la observaba sin idea.

"¿Qué vas a hacer?" cuestionó Christian y la ayudó a levantar a Alvin.

"Tu amigo estará en casa la antes posible." Frances recostó a Alvin sobre el animal y lo amarró bien para asegurarlo.

"¿Lo vas a llevar sobre esa bestia?" exclamó Christian.

"No es ninguna bestia, se llama Trumpas," le dijo ella. "Es un oso hormiguero y llevará a tu amigo sano y salvo."

"¿Cómo?" preguntó Christian. Le era imposible imaginar en ese momento cómo un oso hormiguero podría llevar a Alvin hasta la casa. "¿Nosotros no vamos?"

"No hará falta que vayamos," aseguró Frances. Se acercó al oso hormiguero y le susurró algo al oído. El animal salió corriendo con Alvin sobre su lomo. Uno de los lobos lo fue a acompañar cuando la chica le dio la señal. "No debemos estar afuera en la noche."

"¿Qué rayos está pasando?" preguntó Christian, anonadado con lo que presenciaba. "¿A dónde lo llevan?"

"De vuelta a casa, como pedido, sano y salvo."

"¿Cómo sabes que estará bien?"

"Sólo lo sé," contestó Frances y sonrió.

Por alguna razón, Christian se sintió confiado. Por otro lado, sentía hasta un poco de envidia por su amigo porque iba correr por el bosque montando un oso hormiguero. Jamás lo hubiese imaginado. Entonces comenzó a reírse sin poder aguantarse.

"¿Qué sucede?" le preguntó Frances.

"Puedo ver," comenzó a explicar Christian entre risas, "puedo ver la cara de Alvin cuando despierte y se encuentre amarrado encima de ese animal." Explotó en carcajadas.

Frances se le unió con una leve risa que fue aumentado poco a poco. Sus dientes parecían perfectos y la sonrisa la hacía lucir preciosa a los extremos. Las carcajadas hicieron eco por todo el lugar hasta que murieron en el silencio.

"La sopa debe de estar lista ya," dijo France. "Ven, te caerá bien." Llevó a Christian a una mesa de trozos de leña y luego le sirvió un poco de sopa de una cacerola que tenía calentando en otra fogata.

"¿Por qué haces esto?" le preguntó Christian cuando ya estaban comiendo y se dio el primer sorbo de sopa que contenía distintos vegetales y estaba hirviendo. A pesar de quemarse la boca y de no gustarle comer vegetales, Christian encontró la sopa exquisita. "¿Por qué ayudas? ¿Por qué te preocupas por Alvin?"

"Al principio, estaba confundida y no sabía quién era él," respondió Frances.

"¿Qué quieres decir? ¿Entonces sabías quién soy yo?"

Frances no contestó, siguió comiendo.

"¿Por qué nunca contestas a mis preguntas?" le cuestionó Christian un poco molesto. Quería respuestas y sólo se sentía más perdido. "¿Con quién confundiste a Alvin?"

"Con el enemigo," dijo Frances, su rostro tenso.

"¿Con el enemigo? ¿Y por qué confundiste a Alvin y no a mí?" comenzó Christian y se calló.

Frances lo miró a los ojos. Christian comprendió.

"Pero yo no soy tu enemigo," dijo Christian. Frances afirmó leve con la cabeza. "¿Cómo sabes eso? Yo sé que te lo dije, pero ¿cómo puedes estar tan segura?"

"Tú eres sólo un tonto niño que se lanzó al bosque detrás de un perro al que ni conoces," respondió ella sin pretextos.

"Bueno…"

"¿Qué te pasó en la cara?" preguntó Frances. "Los golpes…"

"Tuve una pelea," respondió él, bajando la mirada.

"¿Por qué? ¿Te gusta pelear?"

"La realidad, no me gusta pelear para nada. Fue en el colegio."

"¿Por qué irías a pelear al colegio?" le cuestionó ella. "Desperdicias la sabiduría que está a tu alcance."

"Intentaba proteger a mi hermana de un abusador y… me sucedió lo que ocurrió," explicó Christian, ocultando el labio superior con el inferior.

"Te pegaron…"

"Por todas partes… Estoy lleno de moretones."

"¿Cómo está el colegio?" preguntó Frances interesada, con brillo de excitación en los ojos.

"Está bien... supongo," respondió él.

"¿Tienes muchos amigos allí?" El tema parecía llenar a Frances de vida. Echó el plato de sopa a un lado y aparentaba querer escuchar a Christian como si le fuera a leer un buen libro de aventuras.

"Bueno... hablo con mucha gente, pero mi mejor amigo es Alvin y es... súper," indicó Christian, deseando que su amigo llegara bien a la casa. Estaba confiando en esos animales por puro instinto.

"¿Qué se siente tener un mejor amigo?" preguntó Frances, sus manos y codos sobre la mesa, no iría a ninguna parte.

Christian sonrió un poco al principio, creyendo que era algún chiste la pregunta, pero luego se puso más serio y contestó:

"No sé qué responder. No creo que haya una palabra específica para describirlo. Cuando puedes confiar en alguien sin importar las circunstancias, cuando puedes contar con esa persona, fiarle tu vida, perderte en el camino y, al intentar regresar, sabes que será esa persona la que te encontrará quizás arrastrándote y te brindará una mano para que te levantes otra vez, el sentimiento de amistad verdadera no desaparece, es infinito."

Christian se percató de la mucha atención que le prestaba Frances, del extraño brillo en los ojos al escucharlo. Le parecía una buena chica después de todo, quizás un poco rara, pero no mala.

"¿Tú no tienes un mejor amigo?" preguntó Christian, despacio. Parecía saber la respuesta y por un momento no la quería escuchar.

"No," confesó Frances, sus ojos apagados.

Christian iba a hablar, pero no pudo. Sintió que el corazón se le rompía al escuchar la contestación de la chica.

"¿Te vas a burlar?" preguntó ella, bajando la mirada.

"Jamás lo haría," le aseguró Christian. "Eso es de cobardes."

"Sé que tú no eres uno de ellos," indicó Frances, levantando la mirada. Christian negó con la cabeza.

"¿Tú vas al colegio?" le preguntó Christian.

"No," respondió Frances.

La intriga y la duda se apoderaron de Christian. No podía entender el caso peculiar de la misteriosa figura de Frances. Había tantas cosas que quería preguntarle, pero no sabía cómo hacerlo, si tenía tiempo o si debía del todo. Sentía clemencia por ella, no enfado ni molestia.

"Por qué..." iba a preguntar él, pero Frances lo cortó.

"Todo me fue arrebatado."

Frances se ahogó en silencio, viviendo duros recuerdos en su mente.

"¿Por qué dices eso?" se interesó Christian, frunciendo el entrecejo.

Frances cruzó miradas con él, pero no contestó.

"Puedes decirme," le aseguró Christian. "Puedes confiar en mí. Yo seré tu amigo."

"No creo que puedas ir por tu hermana esta noche," indicó Frances, cambiando el tema.

Christian se llevó una mano a la cara y suspiró:

"No soy tu enemigo, y aun así no confías en mí."

"Tendrás que regresar a la casa," le sugirió ella, levantándose para recoger los envases. "A ver cómo podrás hacerlo."

"¡Pero no puedo ir a casa todavía!" exclamó Christian. "Tengo que encontrar a Marlena. Ella es mi responsabilidad."

"Entonces tendrás que pasar la noche aquí," decidió Frances, como si no quedara de otra. Christian se ahorró las palabras. "Confía en mí cuando digo que no hay forma de encontrar a tu hermana en esta oscuridad. Ya debe de haber regresado a la casa o… peor."

"Pero tengo una linterna," señaló Christian, mostrando su linterna.

"Ese juguete no te ayudará de mucho. Hay un verdadero peligro allá afuera. Te encontraría con facilidad. Yo sólo te hice un favor al encontrarte primero."

"¿De qué peligro hablas?" preguntó Christian, ahora sí estaba preocupado por salir a buscar a su hermana en la noche.

"Puedes dormir en mi cuarto," le dijo ella.

Frances se iba a marchar, pero Christian la detuvo por un brazo.

"Es la vida de mi hermana," le dijo él con seriedad y seguridad en sus palabras. "Esta pregunta tienes que responderla. ¿De qué peligro hablas?"

"Te lo diré, pero no cambiará nada. De igual manera te quedarás aquí." Frances se marchó de vuelta al cuarto y Christian la siguió sin decir otra palabra, esperando que la chica le contara sobre el peligro y aceptando que no había forma de ir por su hermana esa noche.

A Christian no sólo le impacientaba su hermana, sus padres ya tenían que haber regresado a la casa y deberían estar preocupadísimos por él. Se preguntaba si Alvin llegaría bien y cómo el oso hormiguero podría cargarlo hasta la casa y no a otro lugar. *¿Y qué si Frances tiene razón? No había pensado que tal vez Marlena ya haya regresado. En ese caso, el perdido sería yo. Pero estoy bien, me siento a salvo,* pensó.

Llegaron al cuarto y Frances se sentó en su cama tipo hamaca. Luego se disculpó:

"Perdona, pero sólo hay una cama. Tendrás que dormir en el suelo."

"No le hace. ¿Puedo ir por mis cosas?" preguntó Christian.

Frances le dijo que sí con la cabeza. Christian agarró su mochila del suelo, sacó unos cuantos juguetes, se recostó sobre el piso y se puso a jugar como solía hacerlo en su antiguo hogar. No tenía sueño en el momento y, las veces que tenía problemas para quedarse dormido, le gustaba jugar un poco, poner a correr su imaginación y rara la vez se daba cuenta de cuándo abandonaba el mundo real y se adentraba al suyo propio a protagonizar sus mejores aventuras. Comenzó a jugar y parecía que estaba solo en el lugar. Imitaba voces y efectos de sonidos, tiraba y jalaba, reía a carcajadas. Frances lo observaba en silencio, su boca flexionada en una sonrisa, escuchando la historia que el niño contaba con sus juguetes y las expresiones de dolores de Christian, quien se retorcía de vez en cuando por la molestia de los machucones que cargaba. Y la realidad era que al calmarse, comenzaba a sentir de nuevo los golpes que había recibido en los últimos días. Pero Frances no sabía nada de eso, pensaba que él era muy bueno en lo que estaba haciendo, dando vida con su imaginación. Entonces llegó el pequeño topo al cuarto. Frances lo agarró y se fue al suelo, recostándose junto a Christian.

"¿A qué juegas?" preguntó Frances, interesada.

"A los súper héroes," respondió él sin mirar, entregado por completo. "Es algo que siempre juego con mis juguetes."

"¿Puedo jugar contigo?" le preguntó Frances con toda la inocencia del mundo.

Christian se quedó sorprendido. Cambió su mirada hacia ella y vio que Frances hablaba en serio. Se preguntó si ella tenía juguetes para jugar, si alguna vez había tenido uno tan siquiera. Independiente de eso, creía que la vida le había sido injusta a la niña.

"Por supuesto que sí, mi amiga," le dijo Christian y la invitó a que se acercara sacándole una sonrisa de alegría.

"Ven, Topy, juguemos un poco," le dijo Frances al topo y lo puso en el suelo para que jugara también.

"¿Sabes hacer de mala?" le preguntó Christian.

"Prefiero ser buena."

Ninguno de los dos se dio cuenta, pero en ese momento habían creado un lazo, el comienzo de una amistad que tenía muchas cosas en común aún por descubrirse. Ambos tenían la facilidad de imaginar las mismas cosas, completar las secuencias de acción y las oraciones que utilizaban. Incluso, Topy el topo llegó a ser parte de una escena con una motora voladora en la que él era la motora. Así pasaron unas horas como si fueran minutos y hubiesen pasado otras más de no ser por lo que ocurrió luego.

Unos aullidos de dolor y un alboroto hicieron eco por todo al albergue subterráneo. Frances quedó de pie al momento, asustada. Topy corrió para esconderse en la oscuridad. Christian se quedó quieto, sin entender, pero un poco atemorizado. La agonía en los aullidos era alarmante.

¿Qué fue eso?" preguntó Christian, poniendo los juguetes que tenía en las manos de vuelta en su mochila.

Frances le hizo señas con un dedo para que guardara silencio.

"No te muevas," le pidió ella. "Vengo ahora." Frances se movió rápida y sigilosa.

Los aullidos se fueron intensificando más, expresaban agonía y desesperación. Christian no pudo quedarse de brazos cruzados esperando y se fue tras Frances. La situación lo tensionaba y ya estaba muy nervioso. ¿Qué estaba ocurriendo? Le parecía que lo que escuchaba era un lobo o un cachorro. Encontrar a Frances no le fue difícil, sólo siguió los aullidos hasta que al fin la localizó y deseó no haberlo hecho.

Frances se encontraba de rodillas sobre el piso, llorando, uno de los lobos sobre su falda, herido, agonizando, aullando en sufrimiento y lamento.

"¡Christian!" le exclamó ella, mostrando las manos ensangrentadas. "Ayúdame, por favor."

Christian miraba de lado a lado, queriendo ayudar, pero sin idea de cómo hacerlo.

"¿Qué hago?" preguntó él. Frances estaba tan nerviosa y temblante que ni le contestó, se quedó hablándole al pobre lobo, abrazándolo, uniendo las cabezas.

"¿Colmillos, qué te han hecho?" le decía Frances al lobo. "Vas a estar bien. Aguanta, mi héroe, aguanta."

Christian corrió por los pasillos hasta llegar al pozo de agua manantial, agarró un envase que había cerca, lo llenó con agua y regresó a Frances, pero, cuando llegó, ya era tarde. Ella se encontraba en lamentos sobre el lobo, los aullidos habían cesado y el pobre animalito ya no se movía. Los otros dos lobos llegaron a la escena y observaban al suyo caído. No tardaron en regalar sus propios llantos. Christian se acercó y mantuvo el silencio. Todo lo había tomado por sorpresa y no sabía qué hacer. Así que optó por lo que salía de él, lo más humano.

Abrazó a Frances con fuerzas, con apoyo, con consuelo. Frances aguantó por un momento, pero luego aceptó el abrazo y Christian podía descifrar que hacía mucho tiempo le hacía falta uno. Podía sentirlo en su fuerza, en la manera que le latía el corazón y comenzaba a calmarse. Colmillos, el lobo, tenía varías mordidas en su cuerpo y una de ellas en el cuello que parecía haber sido la fatal.

Frances levantó su mirada llorosa y dijo:

"Este es el peligro del que te quiero proteger."

CAPÍTULO CATORCE
LA TRAGEDIA EN LA MONTAÑA

El abrazo duró unos minutos, ninguno dijo una palabra. Los otros dos lobos se fueron al bosque y continuaron su llanto. Christian observaba el cuerpo de Colmillos, las heridas, el manto de sangre. Su preocupación por Marlena seguía aumentando. Podría haber sido su hermana la que yaciese en el suelo, inmóvil y destrozada. ¿Dónde estaba ella? ¿Estaría bien? Si le sucediera algo similar, tan sólo un leve daño, Christian jamás se perdonaría a sí mismo y cargaría con el peso en su consciencia hasta su propia muerte. Incluso, ese podía ser él mismo. Christian miraba a Frances y no sabía cómo agradecerle, sólo la abrazaba con más fuerza. Al fin comprendía que ella lo había estado protegiendo.

"Mi hermana…" comenzó Christian.

"Ella está bien," lo cortó Frances en seco y con seguridad.

Christian la miró a los ojos y no presionó el tema, le creía, confiaba en sus palabras por alguna extraña razón. Frances agarró fuerzas y se puso de pie. No sabía qué hacer con el lobo, por dónde comenzar. El animalito la había ayudado en muchas cosas y había sido un fiel acompañante en momentos difíciles de verdad. Ese instante era uno de esos y Frances lamentaba no poder haberlo evitado.

"No entiendo," indicó Christian. "¿Qué sucedió?"

"Colmillos escoltaba a tu amigo de vuelta a casa," comenzó a explicar Frances.

"¡¿A Alvin?!" exclamó Christian, mil pensamientos y escenarios le corrían por la mente.

"Sí, pero él…"

"¿Dónde está Alvin?" la interrumpió Christian, muy preocupado.

"Debe estar bien," dedujo Frances, un poco insegura. "Trumpas lo cargaba."

"¿El oso hormiguero?" le preguntó Christian, desesperándose. Frances afirmó. "¿Dónde está?"

"No ha regresado todavía."

Christian se agarró el cabello y comenzó a caminar de lado a lado. Quería salir de allí, tenía que ir a buscar respuestas y seguridad, pero estaba consciente de que no era la mejor idea, en especial cuando miraba al lobo tieso en el suelo. No obstante, reconocía que Frances también necesitaba apoyo.

"¿Qué crees que sucedió?" preguntó él.

"Tengo una clara idea de lo que pasó," replicó ella. "Envié a Colmillos como escolta de tu amigo con Trumpas para que los protegiera. El camino no sería un problema, pues ya muchas veces lo han recorrido y han regresado sin inconvenientes. Pero hay un peligro allá afuera, sale en las noches, a buscarme a mí en específico. Yo lo he visto a los ojos, su único objetivo es acabar conmigo. Pero no le ha ido bien, a ninguna de las dos partes. Él solía ser un alfa, pero ahora es un líder sin grupo ni familia. Eso lo hace más peligroso. Ya no tiene nada que perder. Colmillos no es la primera pérdida de mi parte tampoco. Hubo otros valientes como él que también cayeron, pero hoy fue su turno, encontró el peligro en la oscuridad."

"¿De qué peligro hablas?" le preguntó Christian para tener una idea más clara.

"Es una enorme hiena de colores claros y un pelaje oscuro sobre su lomo. Se la pasa escaramuzando en las noches, buscando agarrarme por sorpresa."

"Por eso te escondes aquí," dedujo Christian. "Pero pensé que podías hablar con los animales, que te llevabas bien con ellos."

"Este animal es distinto," le aseguró Frances. "Es un depredador, un cazador en misión y nunca se detiene. Es un destructor de huesos, siempre vigilando desde la oscuridad, como un cobarde, esperando agarrarte en tu punto más vulnerable. Sale en las noches para esconderse con facilidad. Llevamos luchando con él hace más de un año."

"¿Siempre ha estado en este bosque?" El temor en el rostro de Christian era evidente.

"No," respondió Frances con toda seguridad. "No pertenece aquí. Pero hace tiempo que fue dejado en el bosque junto a una pequeña manada de hienas por un enemigo mayor cuyo objetivo en su vida es desaparecerme de la historia por completo. Desde entonces, siempre ha sido una constante guerra por supervivencia para mí. La enorme hiena ha eliminado a unos cuantos animales y también ha perdido a toda su manada. Pero no se detendrá hasta que me apriete entre sus dientes filosos. Esa es su encomienda. Hoy atacó de nuevo, pero Colmillos se sacrificó para evitar mayores daños. Estoy segura de que su muerte no fue en vano. Tú amigo, Alvin, está bien."

Christian asintió, su mirada fija y segura. Luego se marchó para dar espacio a Frances. Podía ver que lo necesitaba.

"Te ayudaré a encontrar a tu hermana en las primeras horas de la madrugada," le indicó Frances antes de marcharse, "lo prometo."

De camino, Christian vio a Alfombras, o Dofy, caminar por un pasillo y lo siguió. Jugar un poco con el perrito lo ayudaría a despejar la mente para poder dormir, pero, de seguro, habría muchas pesadillas esa noche de todos modos, todavía tenía la imagen de Colmillos tirado sobre su propia sangre. Llamó al perrito, pero no logró detenerlo. Le siguió el paso y lo encontró en un cuarto iluminado por antorchas con varios cuadros y retratos enganchados de las paredes de piedra. El aire que se respiraba allí se sentía distinto, limpio y puro.

"¿Qué haces aquí, amiguito?" le preguntó Christian al perrito cuando al fin se agachó para acariciarlo. "Me tienes que ayudar a buscar a Marlena en unas horas. Quizás quieras descansar primero."

Christian agarró a Dofy al hombro y comenzó a observar los cuadros que decoraban la cámara, quedando asombrado con el buen arte, las pinceladas, el sombrado y las líneas bien marcadas. Había una nube rojiza con lluvia cayendo de ella en forma de garfio en una de las esquinas de los cuadros, dando la forma de una J mayúscula. Varias de las pinturas trataban sobre la casa en la montaña, desde distintos ángulos y había una foto antigua de la misma en la que se podía apreciar los cambios por los que había pasado la estructura. Los otros cuadros eran de personas, un hombre fuerte de cabello largo y barba junto a una mujer preciosa. Uno de los cuadros llamó la atención de Christian, mostraba una familia de tres miembros, un caballero de cabello escarlata y una dama rubia y elegante de ojos claros. Ambos le agarraban un brazo cada uno a una niña que se encontraba en el medio, contenta y sonriente, como un angelito.

"Esa es Frances," se susurró Christian a sí mismo. "Ella es la verdadera dueña de la casa, Alfombras… digo, Dofy. Tenía razón, no nos pertenece. La pintura en el pasillo, su punto de vista es desde el balcón, desde mi cuarto. Sabía que lo podía reconocer. Me siento terrible." Fijó la mirada en la pareja que sostenía a la niña, no podían lucir más felices ni menos amorosos. "Esos deben ser sus padres. ¿Dónde están?"

Christian continuó mirando a su alrededor, el cuarto en completo silencio. Entonces encontró una pequeña caja atractiva cerrada sobre una mesa. Intentó ignorarla, pero más pudo la curiosidad. Soltó al perrito y abrió la caja. Tenía unos cuantos documentos adentros. No era algo que le llamara la atención, así que cerraría la pequeña caja y la pondría de vuelta según la encontró. Sin embargo, antes de hacerlo, leyó de reojo un titular que decía "La tragedia en la montaña". Christian agarró el artículo de periódico y comenzó a leer:

"La tragedia en la montaña, por Tomás Stockton para el Diario de Ensueño. Será una navidad fría y silenciosa en la montaña solitaria. En la madrugada de diciembre 23 se declararon muertos a los únicos vecinos de dicho lugar en un extraño incidente que todavía no tiene explicación. Jacques Leroux, 34, y su esposa, Jessica, 33, fueron encontrados sin vida en la sala enorme de su hermosa casa en la famosa montaña solitaria. Viniendo de una familia distinguida por la fomentación del amor, y con una de las mejores historias jamás documentadas en Ciudad de Ensueños, la pareja de casados no pareció perder la fe nunca en el mayor poder que alegaban poseer, el amor, pues se les halló sonrientes, agarrados de manos y con sus rostros puros, como si no hubieran sentido ningún tipo de dolor o agonía al morir. Como todos los años, la familia Leroux se encontraba en preparativos para el importante y magno festejo que de costumbre llevaban a cabo en su hogar, invitando a todo el pueblo para disfrutar y regalarles amor. Pero este año, la tragedia volvió a tocar sus puertas. Recordemos la pérdida del padrote de dicha familia, Louis Leroux, quien murió a principios de año en un extraño accidente mientras disfrutaba en su bote con su esposa, Mildred, a quien la pérdida le afectó tanto que acompañó a su amado sólo tres días después de su partida."

"Pero lo más importante, Jacques y Jessica tenían una hija de nueve años, Frances Leroux, la niña también fue declarada muerta a pesar de nunca haberse hallado su cuerpo. La policía sí encontró una carta en la que la niña admite haber envenenado a sus padres porque, según ella, no pertenecían allí y toda su vida había sido una falacia desde el principio. En la carta, Frances indica que se privaría la vida y no dejaría su impuro cuerpo atrás. De hecho, la policía investigó, pero nunca encontró el cadáver de la menor. Se pudo corroborar sin problemas que la carta estaba escrita con la letra de la niña de nueve años. Pero no mucha gente cree que la menor fuera capaz de hacer algo similar. "Esa niña era el tesoro de la familia. Sus padres nunca se separaban de ella," indicó doña Antonia, amiga de la familia por muchos años y vecina de Ciudad de Ensueños. "Esto es una verdadera tragedia, pero más trágico es que tan siquiera se piense que Frances, la princesita de la familia haya hecho tal cosa. ¡Es absurdo! Esa niña fue criada con amor y eso es todo lo que conoce," aseguró Guillermo Bravo, quien conocía a la familia hace más de una década y nunca se perdía la gran fiesta de navidad en la montaña solitaria. La autopsia reveló que la pareja murió a causa de un veneno, pero no se tienen más detalles al momento."

"El extraño suceso acabó con el linaje de la familia Leroux por completo, pero también dejó muchas interrogantes y a un pueblo muy entristecido. Todos esperamos que el tiempo nos aclaré toda esta situación mientras se nos une el mundo en llantos por esta gran pérdida."

Christian se quedó sorprendido y sin palabras. No podía creer lo que había acabado de leer. Jamás le hubiese pasado por la mente los sucesos acontecidos. Guardó el documento en la caja y la puso de vuelta en su sitio. Cuando se volteó, se encontró a Frances observándolo en silencio, su mirada fija en él.

"Supongo que ya tienes una idea de dónde están mis padres," indicó Frances.

"Tú…" comenzó Christian, pero no podía terminar de decir lo que tenía en la mente. No sabía cómo.

"Tú…" dijo otra vez.

"¿Yo qué?" le preguntó ella.

"¿Tú los mataste… a tus padres?" preguntó Christian con dolor en el alma.

Frances se quedó callada por un momento. Christian estaba quieto, sólo escuchando lo que ella fuera a responder.

"¿Me crees capaz?" preguntó la chica, en tono bajo, de tristeza.

Christian fue quien se quedó callado esta vez. Pensaba muchas cosas. Si Frances era una asesina, hace tiempo lo pudo haber matado a él, en una de las muchas oportunidades que había tenido; no lo hubiera ayudado con Alvin, no se preocuparía por su hermana Marlena y no estuviera como estaba ahora, con su rostro y alma destrozados por la pérdida de uno de sus lobitos, por estar un poco más cerca de la soledad que la había arropado cuando perdió a sus padres.

"Yo nunca pensaría algo similar," respondió Christian al fin. "Tú eres mi amiga, no una asesina."

"Son honorables tus palabras," le dijo ella, intentando ser fuerte y no quebrantar en llantos otra vez. "No mucha gente piensa igual que tú. Muchos creen que soy un monstruo, que soy una asesina. Yo nunca tomaría la vida de mis padres, los amo."

"¿Qué sucedió? ¿Cuál es la verdadera historia detrás de la muerte de tus padres?" le preguntó Christian con un poco de temor a la respuesta, pero confiando por completo en Frances.

"Eso fue hace tres años. Todo es parte de un plan malevo de una vil persona en este mundo," reveló Frances. "Adolphe Barbier."

Christian no tenía idea de quién podría ser ese hombre, pero estaba interesado en escuchar más.

"Pero esta conversación puede esperar," continuó Frances, dejando al niño con ansiedad. "Necesito descansar, desconectarme de muchas cosas. Te prometo que te contaré el resto."

"Ok," dijo Christian sin problema, afirmando con un gesto.

Esa noche, Christian no deseaba dormir, pero no podía esperar a que se acabara ya. Estaba acostado en el suelo y no le importaba. Estaba muy seguro de que tenía que haber un buen lugar para dormir, quizás otra de esas camas extrañas en la que Frances estaba durmiendo. Pero eso era un asunto más de confianza, o así lo veía él. Tenía que demostrarle a ella que podía confiar en él. No había problemas. Además, ambos sentían la seguridad de pensar que no estaban solos. Christian observaba el techo de tierra y movía los pies de lado a lado. Era mucha la ansiedad que tenía. Dofy estaba cerca y el niño le hizo señas para que se acercara. Acarició al perrito hasta que sintió que los ojos se le iban a cerrar. Cuando los abrió otra vez, ya era hora. Tenía que estar enfocado para encontrar a su hermana.

No perdieron tiempo esa madrugada. Todavía estaba medio oscuro el bosque cuando Christian y Frances se lanzaron a la búsqueda de Marlena, Dofy detrás de ellos. Parecía que ambos habían abandonado el desespero, dejándolo atrás con el sueño. Andaban enfocados, muy pendientes a todo movimiento, escuchando sonidos, mirando hacia todas partes. Christian intentaba hallar algún rastro de su hermana, una huella o lo que fuera, pero no encontraba nada.

"Creo que te debo una explicación," indicó Frances, rompiendo el silencio de mucho rato. "¿Qué quieres escuchar?"

Christian no había querido mencionarle nada porque no sabía si era el momento adecuado. Pero el tiempo había llegado, era hora de conocer más sobre su misteriosa nueva amiga.

"Todo," respondió él. "Quiero escucharlo todo."

"Ok," estuvo de acuerdo Frances, para sorpresa de él. "¿Por dónde quieres que empiece?"

"¿Alguien sabe que estás viva?" preguntó Christian.

"No. Nadie me ha visto desde la tragedia de mis padres."

"¿Cómo has sobrevivido estos últimos tres años por ti misma?" Esa interrogante intrigaba a Christian. Sin conocer la respuesta, admiraba a Frances.

"Al principio fue difícil," comenzó a explicar ella, sus ojos siempre en la búsqueda de algo que pudiera indicar que Marlena había estado por allí. "No podía regresar a mi casa porque siempre había policías y mucha gente. Luego me enteré de que se me acusaba por la muerte de mis padres y de haberme suicidado o desaparecido y tuve que hacerme invisible a los demás. Aprendí a sobrevivir en el bosque con el tiempo. Había conocido a Colmillos y a su manada de lobos desde que eran cachorros. Mi padre los había encontrados moribundos y los ayudó a alimentarse. Luego se encariñaron. Esos fueron y han sido mis compañeros todo este tiempo."

"¿Tú hiciste todo ese refugio subterráneo por ti sola?" continuó preguntando Christian.

"¡No!" exclamó Frances. "No sabría por dónde comenzar. Mis ancestros construyeron el lugar con el fin de ir a despejar la mente, como una fortaleza de relajación. Era una tradición para nosotros ir allá algunas veces al mes, a guardar nuestros buenos recuerdos para que nunca dejaran de existir. A mí siempre me encantaba ir con mi madre. Nadie conoce sobre el lugar. Tú eres el primero en verlo y será como nuestro secretito."

Christian afirmó. No tenía ningún problema con eso. Para él, era un honor.

"Me encantó el lugar," confesó Christian. "Es como tener tu propia cueva subterránea. Eso es como el sueño de todo niño. Te envidio un poco, sabes." Le sacó una sonrisa a Frances. "¿Cómo es que lograste robar, bueno, adquirir mis cosas y escribir el mensaje en la pared sin que te viéramos? No creo que sea la primera vez que lo haces."

"Siento mucho haberte robado. No me agradó hacerlo. Sólo lo hice porque llevaba mucho tiempo sin jugar con juguetes. Ya había olvidado lo que se sentía. Por ese poquito tiempo que jugué contigo anoche, pude llenar un vacío que llevaba por dentro." Las palabras de Frances cargaban cierto nivel de tristeza. Intentaba luchar, pero no podía ocultar. "Es mi casa de toda la vida. Mi familia la construyó y yo soy la última que queda viva.

Conozco todas las entradas y salidas, cada pasadizo secreto que se oculta en ese hogar. Puedo hacerme una sombra en la oscuridad y asegurarme de que nunca me vean. De esa manera he podido sobrevivir todo este tiempo. Ha habido veces en las que llega gente para intentar comprar y vivir en la casa y yo estoy adentro. En ocasiones así, tengo que salir desapercibida, cruzar en silencio, escuchar como el viento. Tú estabas durmiendo cuando escribí el mensaje. Parecías buena persona, pero no tenías que estar allí y menos en mi cuarto."

"¡¿Ese es tu cuarto?!" exclamó Christian.

"Como lo has escuchado."

"Es lo mejor de la casa. Yo tenía que tenerlo."

"Bueno, además del mensaje," continuó Frances, "también te llevaba una sorpresa para espantarte más rápido, pero tu mascota en la jaula comenzó a aletear y pitar cuando la vio. Así que no tuve otro remedio que meterla en la jaula y largarme."

Christian recordaba…

"¡La rata! ¿Tú metiste la rata en la jaula? ¡¿Cómo te atreves?!" dijo Christian, un poco alterado y recordó otra cosa. "Espera… ¡Tonti! ¿Dónde está mi cotorra?"

Frances siguió caminando mientras Christian seguía con su cantaleta, enojándose más y más. Entonces la chica se detuvo y le invitó a mirar. Christian se calló la boca al quedar sorprendido por lo que presenciaba. Se trataba de un río manantial que cruzaba la montaña. Todas las mañanas, las distintas aves que habitaban allí se reunían para volar y cantar juntos sobre el cuerpo de agua. Entre ellos, se encontraba Tonti cantando y volando como no lo había hecho hacía muchísimo tiempo.

"¡Tonti!" exclamó Christian con felicidad. "¡Estás vivo!"

"Por supuesto que sí," indicó Frances. "Ya te he dicho que no soy una asesina. Nunca le haría daño a un animalito tan bello."

Frances hizo una señal y Tonti voló hasta pararse en uno de sus brazos, dejando a Christian con la quijada en el suelo.

"¿Cómo has hecho eso?" preguntó Christian. Nunca había visto algo similar y jamás se imaginaría poder lograr que Tonti volara hasta sus propios brazos.

Frances le pareció susurrar algo de cerca a la cotorra y ésta voló hasta uno de los hombros del niño.

"¡Tonti! ¡Amiguito, cómo te he extrañado!" Los ojos de Christian estaban aguados de la felicidad, como cuando era más pequeño y la cotorra lo hacía reír al jugar con él.

"Ya lo tienes otra vez," le dijo Frances. "Puedes llevarlo de vuelta contigo si lo deseas."

Christian hesitó, miró a Tonti y luego a su alrededor. Sentía en sí que sería injusto quitarle esa felicidad perdida a su mascota. De vuelta con él en su jaula, jamás sería igual.

"Tú mereces esto, amiguito, te voy a extrañar. Tonti, eres libre," le dijo el niño a la cotorra, su voz entrecortada, aguantando las lágrimas. "Que sea un hasta luego, ok..." Miró a Tonti directo a los ojos y tuvo la extraña sensación de haberse comunicado con éxito. Envió a la cotorra a volar para que regresara con sus nuevos amigos.

"Te aseguro que así será, Christian," le indicó Frances y le dio unas palmaditas en la espalda.

Christian sonrió y afirmó, pero su mirada captó algo al borde del río. Sin perder tiempo y a toda prisa, corrió hasta allá.

"Es el pañuelo de Marlena," señaló y mostró el pedazo de tela sucio que levantó del suelo. La preocupación le cayó en el rostro. No quería pensar lo peor. "¿Qué significa esto?"

Frances podía ver el temor de Christian en sus ojos. Analizó la escena antes de responder:

"Tu hermana debe haber venido hasta acá por un poco de agua, sedienta por el cansancio de tanto caminar. En un descuido, puede haber perdido el pañuelo."

"Marlena nunca dejaría su pañuelo atrás," dijo Christian, un poco más calmado, observando el suelo, donde había una silueta peculiar, la forma de una persona en posición fetal. Pero no había rastro para seguir.

"Quizás sea una señal," opinó Frances. "La encontraremos, no te preocupes."

"No lo estoy," aseguró Christian, sonriente. "Dofy, ven aquí. Olfatea, amiguito."

Christian le dio a olfatear el pañuelo al perrito mientras Frances observaba con el entrecejo fruncido.

"¿Qué haces?" preguntó ella.

"Yo no puedo rastrear a mi hermana, pero tu perro puede encontrarla," explicó Christian. "Ya conoce este pañuelo."

Dofy comenzó a mover la cola con rapidez, excitado y energético.

"Preparada," indicó Christian, pendiente a lo que fuera a hacer el perro.

De repente, Dofy saltó hacia el rio y comenzó a cruzarlo. Christian y Frances se miraron entre sí, hesitando.

"¡Vamos!" exclamó Christian y luego saltó hacia el río para comenzar a cruzarlo también. Frances lo siguió sin pensarlo mucho.

Cruzaron el río y, al otro lado, el perrito comenzó a dirigirlos un poco más lento, olfateando por todas partes, tomándose su tiempo.

"¡Anda, amigo!" alentó Christian. "Espero que funcione."

"La encontrará," le aseguró Frances y compartieron una sonrisa.

Dofy comenzó a avanzar la búsqueda poco a poco, incluso Christian pudo detectar rastros de huellas por el camino que los llevaba el perrito y decidió que lo seguiría sin dudar más.

"Frances…" llamó Christian.

"¿Sí?" respondió ella.

"¿Podemos seguir nuestra conversación?" El niño todavía estaba interesado en escuchar más, tenía otras interrogantes. Frances no tuvo problema y accedió. "¿Quién es Adolphe Barbier? ¿Qué pasó con tus padres aquel difícil día?"

"Adolphe Barbier es un psicópata," acusó y comenzó a explicar Frances, recordando la historia que le había contado su preocupado padre un mes antes de su muerte, cuando sospechaba que algo le podría suceder. "Es un hombre que vino de Francia, de donde eran mis ancestros. Carga con una vendetta hacia el linaje de mi familia. Cuenta la historia que mi tatarabuelo, Sébastien Leroux, debió haberse casado con la princesa Isabelle Barbier, ancestral de Adolphe Barbier. Pero Sébastien no la quería y nunca la quiso. Una noche, Sébastien le confesó que no podía amar a una persona por capricho ni obligación de sus padres, rompiendo las esperanzas de una boda de blanco para Isabelle Barbier, quien entró en un ataque de ira, destrozando todo a su alrededor y maldiciendo a Sébastien Leroux hasta la extinción de su legado. El príncipe Gaston Barbier, hermano de Isabelle, se enojó muchísimo al enterarse unos meses después, cuando regresó de una guerra que sostenía en aquel entonces, y juró cumplir los deseos de su hermana de acabar con todo el legado de la familia Leroux. Para entonces ya era tarde. Sébastien ya se había lanzado en un viaje por el océano con su verdadero amor, Maryse. De todas formas, Gaston Barbier logró eliminar a los tres hermanos de Sébastien con el tiempo, cazándolos sin misericordia, como si se tratara de animales, dando comienzo así a la extinción del linaje Leroux. Tomó décadas, pero la familia Barbier logró su cometido, eliminando a todo familiar de Sébastien en Francia. Sin embargo, por mucho dinero y tiempo que se utilizó, nadie supo sobre el paradero de Sébastien y la venganza nunca produjo gloria para Isabelle y su hermano. Ambos murieron con la inquietud de un trabajo incompleto. El nuevo linaje Leroux vivía en Ciudad de Ensueños, llevando una vida plena de paz y amor. Así fue por varias generaciones hasta que apareció Adolphe Barbier con su inquietud y maldad en la sangre, deseando cumplir el trabajo de sus ancestros, jurando acabar con toda mi familia y haciéndolo muy bien." Frances cerró los ojos y suspiró. Las últimas palabras cargaban tristeza y desaliento.

"No lo ha hecho tan bien," le dijo Christian, apoyándola con una mano en su espalda. "Tú estás viva. Y yo no dejaría que un tirano así arruinara tu legado familiar."

Frances sonrió, agarrando aliento para continuar, disfrutando de su amistad con Christian. Era justo lo que necesitaba para levantarse otra vez. Le agradeció y continuó:

"Adolphe Barbier es un asesino sin escrúpulos, experto en todo tipo de venenos. Le ha causado mucho daño a mi familia, demasiado... Primero, localizó a mis abuelos durante unas pequeñas vacaciones que siempre tomaban en su bote como de costumbre. Logró envenenar a mi abuelo, Louis, quitándole la vida al momento. El tóxico que utilizó en mi abuela Mildred tomó tres días para hacer su efecto, pero cumplió el cometido. Durante ese momento, nosotros no sabíamos nada sobre Adolphe Barbier, pero mi padre comenzó a sospechar que algo no andaba bien cuando llegaron los resultados de autopsia por forense y mostraban altos niveles de estricnina en mi abuelo y amatoxina en mi abuela, sustancias químicas muy dañinas y peligrosas. Llegó un momento en el que mi papá no dudaba que la muerte de mis abuelos estuviera atada a la vendetta familiar por parte de los Barbier. Comenzó a investigar a fondo hasta que se enteró de Adolphe Barbier, un francés multimillonario, antisocial y muy inteligente quien dedicó sus años de universidad a estudiar las toxinas mortales al punto de devoción. El tóxico se convirtió en su vida. Mis padres sabían que Adolphe Barbier se encontraba en Ciudad de Ensueños y me protegían en todo momento. Siempre me pedían que estuviese alerta. Me decían que si algo llegara a suceder, no hesitarían en dar sus vidas por protegerme. Mas yo nunca entendía a qué se referían."

"Ese día," continuó Frances, pero hizo una pausa, respirando profundo, recordando el trágico momento que estaba a punto de revivir. Christian le daría todo el tiempo del mundo sin presionarla. "El día que mis padres murieron, yo les ayudaba a hacer los preparativos para la fiesta de navidad que solíamos hacer todos los años. Dentro de la casa, estaban Colmillos y Dofy, quien todavía era un cachorrito. Para ese tiempo me gustaba entrenarlos y jugar con ellos por los pasillos de mi casa y en el patio. Fue un día largo y cuando pensamos que habíamos acabado, se abrió la puerta principal de un portazo. Allí estaba un hombre de cabello corto y barba oscura, con una gran sombra bajo sus ojos y determinación en su rostro. Yo lo observaba a unos metros de distancia, mis padres no muy lejos, paralizados ante aquella presencia inesperada." Frances recordaba cada detalle como si hubiese acabado de ocurrir.

"Ustedes los Leroux han vivido muchísimo más tiempo de lo que les debió haber concedido la vida. Han evadido su destino hasta el final, un destino de cobardes, huyendo de sus responsabilidades, de sus obras y huyéndole a las consecuencias. Pero la realidad en esta vida es que no se le puede escapar a nada de eso. Todos nosotros vivimos dentro de un círculo y, por más que corras, a la vuelta, regresas al mismo lugar donde todo comenzó. Estoy aquí para cumplir el deseo de Isabelle Barbier y familia, para regresar el curso de su linaje a la normalidad, para hacer valer sus palabras. Mi nombre es Adolphe Barbier. Vengo a hacerle justicia a la muerte."

Adolphe Barbier conocía a la familia, sabía que eran inofensivos o como él los llamaba, débiles creyentes del poder del amor. Los había estado estudiando por años, desde que se enteró de su localización. Conocía de su legado en Ciudad de Ensueños y sus costumbres. Era en esta última que había planificado su venganza, la clave del éxito para acabar con el linaje Leroux de una vez y para siempre. Adolphe Barbier cruzó miradas con Frances, la niña de nueve añitos con su cabello largo y escarlata, observándolo con terror. El malévolo hombre la señaló directo y le dijo:

"¡Tú! Tú eres la razón principal por la que estoy aquí. Contigo acabo el cometido. ¡La odisea llegará a su fin con tu muerte!"

Adolphe Barbier corrió hacia Frances, cargando algo en sus manos enguantadas. No quitaba los fríos ojos de la pequeña niña atemorizada. Acabaría con todo allí y en el momento. Lanzó con rapidez una red que se abrió en el aire en un instante para atrapar a la niña. Pero Jacques y Jessica Leroux se unieron justo a tiempo para crear un escudo con sus cuerpos y amparar a su hija. La red les pegó, los atrapó y los tiró al suelo. Al instante, una substancia salió disparada sobre los padres atrapados, quienes se agarraban de manos para apoyarse. Jacques les decía a su esposa y a su hija que todo iba a estar bien, que las amaba. Jessica miraba a su hija y sonreía ante el dolor; "siempre estamos contigo, te amamos", le dijo a Frances. Adolphe Barbier los observaba y parecía disfrutarlo, le llenaba de satisfacción lo que presenciaba.

"¡Qué estupideces hablan! Esto es lo último que sus lindos ojos contemplarán. Sus sistemas están repletos de cianuro. No les queda mucho tiempo de vida y ¿esas son sus palabras? ¿Palabras de amor? Este es el final de su linaje, todo por obra de Adolphe Barbier. Sepan una cosa para que se lo lleven bien claro a sus tumbas. Permitiré que la pequeña los vea morir sólo para que sepa lo que le espera, la muerte más lenta y horrorosa que se me pueda ocurrir. Lo disfrutaré, oh, sí, lo disfrutaré. Lo estoy haciendo ya."

Jacques y Jessica Leroux comenzaron a remenearse en el suelo, convulsionando como si estuvieran a punto de estallar y, de un instante a otro, ya no. Frances los observaba con los ojos aguados y los labios temblantes, intentando decir: mami, papi, pero sin producir sonido.

"Tus padres te amaban, niña. Incluso yo puedo decir eso. Nunca moriría por un hijo mío, sabes, no cuando puedes tener otros y ya. Es lamentable que tengas que morir ahora, eres todo un ángel, pero no habrá Dios que te proteja. Por el poder que me otorga la vida y mi familia, ¡vengaré a Isabelle Barbier y lograré que al fin descanse en paz!"

Adolphe Barbier se lanzó sobre Frances, pero la niña tuvo un impulso que la hizo moverse justo a tiempo y esquivarlo, haciendo que el atacante cayera al suelo. El hombre la agarró por una pierna, pero ella lo pateó con la otra y se logró zafar. Así comenzó la persecución. Frances corría por su vida, no sentía cansancio y, a pesar de sentir terror, no se detenía, no se rendía. La muerte le respiraba en la nuca, pero ella se negaba a morir. La vida era más fuerte que el temor. Dofy intentó intervenir, ladrando y corriendo de cerca, pero Adolphe Barbier lo pateó con fuerzas enviándolo por los aires y eliminándolo de la ecuación. Frances aprovechó ese momento para apagar la luz y esconderse entre los muebles y decoraciones del hogar.

"Puedo ver que te gusta jugar. Y sabes jugar, lo acepto. Eres muy ágil para ser una pequeña niña. Serías una buena asesina. ¡Diablos! Me encantaría entrenarte yo mismo, criarte a mi manera, pero, a pesar de llenarme de satisfacción, no cumpliría mi cometido. Estoy aquí para acabar con tu linaje, Frances Leroux. Y tú eres la última persona que queda en mi fin."

Adolphe Barbier sorprendió a Frances y la tiró contra el suelo. La agarró por una pierna con intención de levantarla hasta llevarla al aire patas arriba. Ya la tenía como la quería, a su merced. Sonreía y saboreaba su éxito. No obstante, por estar tan enfocado en su objetivo, lo tomó por sorpresa cuando Colmillos saltó y lo mordió en el brazo con el que agarraba a Frances, logrando que la soltara al instante y desgarrándole un pedazo de piel del antebrazo. Esa fue la oportunidad que tuvo Frances de correr y nunca más mirar atrás. Llegó a uno de los pasadizos secretos de la casa y, a través del mismo, salió afuera para desaparecerse en el bosque.

"No paré de llorar durante días," indicó Frances, el terror del recuerdo en su rostro. "No tengo idea de cómo no morí. No comía ni tomaba agua, sólo lloraba la muerte de mis padres. Me sentía muerta estando viva."

"¿Eso fue lo último que supiste de Adolphe Barbier?" le preguntó Christian. "¿Qué sucedió con él?"

"Oh, no," le aseguró ella. "De alguna manera, él se zafó de todo, la policía no encontró ni pizca de su ADN, y logró inculparme de la muerte de mis padres con la estúpida carta de la que leíste en el reportaje, donde confieso mis actos, al parecer. Pero esa no sería la última carta que escribiría Adolphe Barbier. ¿Recuerdas la hiena que te mencioné que ronda el bosque? Llegó hasta acá con su manada de la mano de Adolphe Barbier. Él sospecha que todavía estoy en alguna parte de la montaña solitaria, viva. De seguro, no descansará hasta cumplir su cometido, hasta que mi apellido no sea más. La hiena estuvo cerca de hacer el trabajo la primera vez que nos vimos las caras. Me tomó por sorpresa. Yo estaba colectando cerezas en el bosque con mis lobos cuando escuché unas risas extrañas, sonaban como las ametralladoras en las películas, se escuchaban en los alrededores. Los lobos se prepararon rápido, pero ya era tarde, estábamos rodeados. Ese día, hubo pérdidas de ambas partes y logré escapar durante la pelea, pero no sin antes llevarme un espanto. Caí al suelo y la hiena más grande del grupo se me acercó para morderme, Colmillos me defendió, pero la enorme hiena era más fuerte. Yo traté de aguantar a la hiena por el cuello, pero se hamaqueó de lado a lado hasta zafarse. Caí de espalda sobre suelo con un collar en la mano y no perdí tiempo en largarme enseguida. Una vez tuve tiempo, verifiqué el collar. Tenía una carta amarrada. Era de Adolphe Barbier. Todavía recuerdo lo que dice."

"Tu muerte será por obra de mis manos, de una manera o de otra. He dedicado mi vida al momento de acabar con la tuya. Sólo así seremos libres. Firma: Adolphe Barbier."

"¡Es un demente psicópata!" exclamó Christian. "¿Todavía tienes la carta?"

"Sí, no he encontrado el coraje para quemarla."

"Y nunca lo hagas," le aconsejó el niño. "Debes de ir a la policía para mostrársela. Eso probará tu inocencia y la justicia se encargará de ese desquiciado. Puedo ayudarte."

Frances se quedó analizando. Quizás era una buena idea lo que sugería Christian. Pero ella tenía que estar lista para tomar un paso así de enorme. Le tenía un inmenso temor a Adolphe Barbier y conocía su poder y de lo que era capaz.

"¡Trumpas!" exclamó Frances, sus ojos agrandados. Señaló más adelante.

"La encontró," gritó Christian y corrió hacia su hermana.

Marlena estaba inconsciente y tirada en el suelo, bajo la entrada de una pequeña cueva húmeda que arqueaba sobre ella. Dofy la olfateaba y meneaba la colita mientras intentaba despertarla. A un metro de ella, se encontraba Trumpas, el oso hormiguero, herido de una pata, tirado en el suelo, su sillín todavía amarrado a la espalda. Frances corrió a verificarlo de inmediato.

"Lo hiciste, Trumpas," le dijo Frances. "La encontraste."

Por otra parte, Christian agarró a Marlena en sus brazos.

"Por favor, despierta, Marlena," le pidió el niño, feliz de haberla encontrado, pero preocupado por su estado. "Tienes que estar bien, ¡por favor!"

Marlena abrió los ojos leve y vio a su hermano allí, agarrándola en sus brazos.

"¿Christian?" dijo ella, sonriendo y cerrando los ojos otra vez. "Lo siento mucho…"

"Todo está bien, hermanita," le aseguró Christian. "Ya te tengo. Perdóname, por favor. Lo siento por todo lo que te dije. Estoy aquí para protegerte."

"¿Esa es tu hermana?" preguntó Frances. Christian afirmó con la cabeza. "Se parece mucho a ti."

Compartieron una sonrisa y Christian se fijó en Trumpas. El animal se había levantado, pero estaba cojeando.

"¿Tu oso hormiguero se quedó con Marlena para protegerla?" preguntó Christian.

"Sí," replicó Frances y le dio una caricia a Trumpas.

"¿Tú lo comandaste?" preguntó Christian.

Frances se quedó mirándolo, sonriente.

"¡Gracias!"

Trumpas dejó salir un lamento.

"¿Qué le sucede?" preguntó Christian.

"Le mordieron una pata," respondió Frances.

"¿La hiena?" preguntó Christian, una gran preocupación en su rostro. Frances suspiró y afirmó con un gesto. "Gracias… por todo, Frances. De veras lo aprecio."

"No hay por qué," dijo Frances. "La hiena nunca ha querido acercarse a Trumpas cuando está por sí sola. Por eso le indiqué a Trumpas que cuidara de tu hermana si la encontraba."

Christian se quedó anonadado. Miraba del oso hormiguero a su hermana. Uno cojeaba y la otra dormía en sus brazos, agotada de cansancio.

"Será mejor que lleves a tu hermana a casa," le sugirió Frances. "Creo que estarás bien. ¿Sabes llegar? Yo tengo que atender la herida de Trumpas."

"Sé llegar a casa, o a tu casa debería decir," respondió Christian, sonriente. Se puso de pie, cargando a Marlena en sus brazos. Le preguntó a su amiga, "¿Te veré otra vez?" Frances sonrió y se marchó caminando con su oso hormiguero al lado y Dofy de cerca. El pobre perro lucía triste y confuso. Reconocía algún tipo de extraña despedida.

Christian iba seguro de vuelta al hogar en la montaña mientras cargaba a su hermana. Sentía cierta satisfacción que nunca había apreciado al poder protegerla, era más que el agotamiento en sus brazos y el dolor en todo su cuerpo. Caminó sin detenerse y, cuando al fin veía la casa cerca, Marlena empezó a despertar.

"¿Christian?" dijo Marlena, despertando por completo.

"Ya estamos aquí," replicó él, con cariño y seguridad. "Estamos llegando a casa."

"Lo vi, Christian. Él está aquí," indicó Marlena con preocupación en su tono de voz.

CAPÍTULO CATORCE

"¿Quién?" preguntó Christian, mostrando interés, pero pensando que su hermana hablaba medio dormida todavía, quizás recordando algún sueño. "¿De qué hablas?"

"Mando el Bribón, lo he visto," le aseguró Marlena, con mucha seriedad y temor.

"¡¿Qué?!" exclamó Christian, deteniéndose y mirando a su hermana a los ojos.

"Ha venido a quemar el bosque, a quemarlo todo…"

CAPÍTULO QUINCE
UNA ÚLTIMA CENA

Marlena se soltó de los brazos de Christian para caminar lo que restaba hasta su hogar junto a él. Ya tenía suficiente fuerza y se sentía capaz de hacerlo. Además, se había percatado de la preocupación en el rostro de su hermano al mencionar el nombre de Mando el Bribón y pensó que, tal vez, Christian todavía le tenía algún tipo de temor al abusador luego de la paliza que recibió de sus manos en el colegio.

"¿A qué te refieres con haber visto a Mando el Bribón?" preguntó Christian, muy intranquilo. Mando el Bribón era lo último que esperaba que le sucediera. ¿Qué podía estar haciendo por allá? ¿Cómo había llegado?

"Lo he visto hace poco," explicó Marlena, ya se hallaban en el patio de la casa, "antes de que me encontraras tú. Todo era muy confuso. No sé si él me haya visto…"

"¡Christian!" exclamó Alvin, quien esperaba en el patio, mirando hacia el bosque. Tenía una que otra rasgadura en los brazos y en la cara. Llevaba horas allí con la mirada vacía.

Detrás de Alvin, en la puerta trasera de la casa, se encontraba María Zaragoza, recostada contra el borde, sus ojos rojizos y con una sombra lila bajo ellos. Abriendo los brazos, uno de ellos con una muñequera, y mostrando una sonrisa, la madre suspiró de alegría y esperanza al ver caminar a sus dos angelitos. El momento era una lluvia de bendiciones para ella, poder recuperar lo que llegó a pensar haber perdido. Los muchos pensamientos de energía negativa nunca fueron más que aquel en su corazón que le pedía calma y mucha fe.

"Necesitas contarme luego," le indicó Christian a Marlena, antes de salir corriendo a abrazar a su madre. "Ahhh, no me aprietes tan fuerte," se quejó cuando María Zaragoza lo abrazó como si nunca más lo fuera a repetir. "Me duele todo."

"¡Mi cariño!" exclamó María Zaragoza con lágrimas en los ojos. "No sabes lo contenta que estoy de tenerte en mis brazos." Lo apretó y lo besó como a un bebé cariñoso y simpático de esos que piden que se los coman a besos.

Christian sonrió con dolor hacia Alvin y lo saludó como pudo, todavía atrapado entre los brazos de su madre. Le preguntó si estaba bien y su amigo le afirmó que sí. Marlena caminó hasta llegar a su familia y María Zaragoza no tardó en estirar un brazo y atraparla también. Por un largo rato, se confundieron en un abrazo hasta que Ricardo Zaragoza apareció desde la casa, ajorado, creía haber escuchado a…

"¡Mis hijos!" exclamó Ricardo Zaragoza, como si no lo pudiera creer. Había luchado contra los malos pensamientos, pero cierta duda había permanecido. Mostraba un pequeño golpe por la frente.

Marlena y Christian quedaron contentos de ver de nuevo a su padre. Sin embargo, Christian recordaba que Ricardo Zaragoza estaba enojado con él y prefirió bajar la cabeza, cerrar los ojos y disfrutar del abrazo maternal. El padre se acercó a su familia y se unió al apretón, una enorme sonrisa en su rostro. Una armonía en silenció reinó el tiempo suficiente.

"¿Dónde han estado?" preguntó Ricardo Zaragoza y al fin rompieron el abrazo. "Nos tenían preocupados a su madre y a mí."

"Bueno…," comenzó a explicar Christian con un poco de temor, no tenía idea de cómo su padre fuera a reaccionar por todos los hechos del fin de semana, pero Marlena lo cortó.

"¡Christian me salvó! Todo fue mi culpa. Me perdí en el bosque y él me protegió." Marlena cruzó leve la mirada con su hermano.

María Zaragoza sonrió orgullosa y juntando sus manos le dijo a su hijo:

"Siempre supe que así lo harías."

Ricardo Zaragoza suspiró y mostró una sonrisa. Algo en la explicación de su hija le liberaba de un gran peso.

"Bueno, ya me contarán," dijo el padre sin presionar el tema, reconocía que no era el momento. "Se ven agotados. Vayamos adentro."

Todos entraron a la casa. Alvin le hizo una señal a Christian para que se acercara y ambos caminaron un poco más atrás del resto del grupo, platicando en voz baja.

"¡Nunca vas a creer lo que me sucedió!" susurró Alvin, un brillo de entusiasmo en sus ojos. Lucía pálido, recuperando el color como después de haber pasado un gran susto.

"¿Qué pasó, amigo?" le preguntó Christian, muy inocente. Estaba alegre de poder hablar con su mejor amigo otra vez, de poderle ver animado y con los ojos abiertos. Era mejor que su última memoria de él inconsciente en el suelo. "¡Estoy tan agradecido de poder hablar contigo!"

"Por alguna razón, creo que soñé que tú y yo estábamos peleando contra unos lobos en la oscuridad. Corríamos para salvarnos y entonces tú desapareciste."

"¿Y tú qué hiciste?" le preguntó Christian, siguiéndole la corriente. Podía ver que todo iba bien.

"Yo… no lo sé," replicó Alvin, intentando recordar algo, pero su mente tenía esa interrogante en blanco. "Creo que desperté."

"¿Entonces todo era un sueño?"

"No, espera que no he terminado," indicó Alvin. "Esta parte sí que no me la vas a creer. Desperté sobre un extraño animal, amarrado sobre su lomo, sin idea de cómo había sucedido tal cosa. Y estaba de vuelta aquí, en la casa. Bueno, en el patio, pero da igual. Por poco, me muero cuando abrí los ojos y vi a aquel enorme animal peludo con su trompa larga y sin sentido. Me pregunto qué animal sería. Bueno, sólo sé que Arelys escuchó mis gritos y apareció para ayudarme a soltarme de los amarres y espantar al animal hasta que se marchó hacia el bosque. Sé que no me lo vas a creer, Christian, pero es la verdad. Le puedes preguntar a Arelys, si la haces hablar porque no ha querido. Debe estar enojada con ambos."

"Alvin, te creo," le aseguró Christian. Su amigo se quedó asombrado.

"¿En serio? ¿Por qué me crees?" preguntó Alvin. Era pura ironía, pero no podía creer que le creyeran.

Con una sonrisa, Christian le respondió:

"Puedo ver las marcas en tu cuerpo. Cuentan la historia por ti."

Alvin se sobó los brazos y el rostro, paseando sus manos por las heridas. "Buen punto…"

"Además, el animal es un oso hormiguero y yo mismo ayudé a amarrarte sobre él," añadió Christian, mostrando una leve sonrisa y dejando a Alvin anonadado.

"¿¡Qué!?" exclamó Alvin, era él quien no podía creerlo. ¿Cómo pudo su mejor amigo hacerle eso? ¿Qué había ocurrido? De eso se enteraría en alguna otra ocasión. "¿Hablas en serio? Tienes que decirme qué sucedió."

"Hablo en serio, pero lo importante es saber que regresaste sano y salvo. Necesitas hablar con tus padres, no quiero que se preocupen por ti como lo han estado los míos por mí. Ellos necesitan saber que tú estás bien."

"Ya hablé con ellos," aseguró Alvin. "Tu mamá me dejó usar su teléfono celular, es el único que tiene señal acá arriba. Arelys me llevará a casa y luego pasaré por acá a buscar mi bici algún otro día."

"Christian, Alvin, ¿vienen?" llamó María Zaragoza, esperándolos un poco más al frente.

"Ya vamos, mamá," indicó Christian y luego le dijo a su amigo, "Bien, ahora me toca a mí hablar con mis padres."

Christian alcanzó al resto de su familia, Alvin a su lado, y se reunieron en la sala principal. Arelys se encontraba sentada en el sofá, abrazando sus rodillas, observando el fuego de la chimenea. Se podía apreciar la ansiedad en su rostro, lo único que había estado comiendo eran galletas y dulces durante toda la noche y lo que iba del día corriente. No podía vivir con la idea de haberle fallado a María Zaragoza. Cuidar de los hijos de esa admirable mujer que le había confiado siempre el trabajo era todo lo que anhelaba Arelys durante ese fin de semana sin fin. Como si haber perdido a Marlena no fuera suficiente, luego de haber eliminado el fuerte olor del apestosín, regresó a la sala principal sólo para enterarse de que ni Christian ni Alvin estaban en la casa tampoco. La sombra bajo sus ojos contaba toda su historia, no llevaba tiempo de descanso en su cuerpo. Encima de todo, pasó las largas horas de la noche escuchando una interminable canción de lamento por los lobos de la montaña solitaria. Arelys llegó a pensar que si juntaba los ojos por un segundo, no los volvería abrir y ese temor la acompañó hasta que Ricardo y María Zaragoza llegaron en la madrugada.

Christian tenía un poquito de temor, pues no sabía cómo sentirse. No le gustaba ver a Arelys en ese estado y reconocía que mucha de la culpa, si no toda, era de él. Pero necesitaba crear el momento. Se armó de valor y se sentó a su lado, buscando organizar las palabras.

"Lo siento, Arelys, por todo," fue lo primero que indicó Christian. Intentaba mirarla a los ojos para demostrarle su sinceridad, pero ella mantenía la mirada fija en el suelo. "Primero quiero confesarte que usé un apestosín en ti para poder crear una distracción y escaparme sin que me siguieras. De ahí venía la peste… No sé si puedas entenderlo, pero tenía que hacerlo. Tenía que ir por Marlena. Hubo un momento, en ese bosque, en el que ella era todo lo que yo tenía y la alejé por ser un egoísta. Creí que ella regresaría, pero no fue así. Entonces me di cuenta de que no quería perderla. Espero que comprendas, que me puedas perdonar."

Arelys lo miró al fin, sus ojos como los de un muerto. Christian tragó con dificultad, la imagen lo destrozaba. Pero luego Arelys llevó su mirada a Marlena y, por un momento, quedó en trance. Al igual que los padres de los niños, llegó a pensar lo peor, y poder ver que Christian cumplió su palabra de regresar a su hermana de vuelta al hogar le llenaba el vacío repentino que llevaba por dentro. Sonrió llena de felicidad y alivio.

"Te perdono, Christian," le dijo Arelys, cambiando su cara a una de despreocupación. "Hiciste lo que tu instinto te indicó y fue lo correcto. No sólo salvaste a tu hermana, salvaste a mi amiga. ¡Gracias!"

Marlena corrió a darle un largo abrazo a Arelys. Christian sonrió y se marchó para darles espacio. Suponía que las chicas tenían mucho de qué hablar. ¿Y quién no? Nadie conocía con seguridad qué estaba ocurriendo durante la corta estadía en el nuevo hogar. Entonces Ricardo Zaragoza pidió silencio y dijo:

"Su atención, por favor. Tengo una noticia que indicarles y me alegra que todos podamos estar presente." María Zaragoza miraba a su esposo un poco apenada. Sabía lo que estaba a punto de escuchar, pero de igual manera había estado de acuerdo en que sería lo mejor después de todo. "En realidad lo que me alegra es que podamos estar bien y no haya sucedido nada grave. Pero me apena decirles…" Ricardo Zaragoza hizo una pausa. Era difícil poder expresar lo que iba a decir al pensarlo. Eso era notable en su rostro. Miró a su esposa y ésta le mostró un gesto de apoyo, justo lo que necesitó para tomar la decisión. "María y yo hemos decidido no comprar la casa y devolverla a su vendedor, el Sr. Reid, tan pronto como mañana temprano."

Todos afirmaron de satisfacción al escuchar la noticia y hasta dieron un suspiro, todos menos Christian. Él no podía creer lo que acababa de escuchar. No podía dejar la casa, no ahora que conocía a Frances. Quería verla una vez más. Las cosas no podían acabar así. ¿Por qué nadie parecía entender eso? Porque nadie tenía conocimiento de ella. Sólo él la había visto. Al principio, era Christian quien no quería mudarse a vivir allí porque pensaba que la casa estaba embrujada, pero estaba equivocado. Ahora se encontraba al otro lado de la valla y todos estaban tan equivocados como él lo había estado. No podían hacerle esto, no ahora.

"Siempre ha sido mi sueño," continuó Ricardo Zaragoza, "poder brindarle un palacio de amor a ustedes, mi familia, y he sacrificado… me he sacrificado mucho. Pensé que lo había logrado, pero he podido ver que estoy equivocado. Esta casa no es nuestro hogar, no nos pertenece. No es amor ni calidad de vida lo que les he brindado. Esta casa sólo nos ha regalado sufrimiento y, no puedo creer lo que estoy a punto de decir, pero, tal vez sea cierto y el espíritu o los fantasmas de los antiguos dueños no quieren a nadie en su hogar, como indicado en la pared."

Mientras los demás comenzaron a ponerse algo triste por la noticia, Christian sintió enojo y un impulso de gritarlo, pero decidió mejor descansar. Ese no era el momento para muchas cosas y hacerle cambiar de parecer a sus padres era una de ellas. La vista se le apagaba sola. Le daría a su cuerpo lo que le exigía.

"Necesito descansar," dijo Christian y comenzó a marcharse a su cuarto. "Los veré luego. Me duele todo el cuerpo."

"Creo que yo haré lo mismo," añadió Marlena.

"Pero necesitamos hablar," indicó Ricardo Zaragoza.

"No hay problema, mi amor," le dijo María Zaragoza, pegándose y agarrándole una mano. "Deja que los niños descansen. Ya habrá tiempo suficiente para hablar, quizás durante la cena."

"Ok…" dijo Ricardo Zaragoza y abrazó a su esposa.

Christian aprovechó, en un momento dado, y llamó a Marlena mientras iba de camino a su recámara, cuando nadie estaba pendiente. Le dijo que necesitaban hablar y la invitó al balcón de su cuarto, donde el sol alumbraba con nuevas fuerzas. El joven miraba a su hermana y no sabía por dónde comenzar.

"Lo siento, Marlena," le dijo él. "Siento haberte dejado sola, se suponía que yo te protegiera y no lo hice. Puse tu vida en peligro y no sabes cuánto lo lamento, hermanita. Te prometo que…"

"Yo lo sé, Christian," lo interrumpió ella. "Prometes que no volverá a suceder, y quizás suceda o tal vez no, pero eso no quita nada."

Christian pensaba que Marlena jamás lo perdonaría y, si era así, él podía entenderlo. Se lo había ganado con sus acciones.

"Tú eres mi hermano," continuó Marlena, "y yo sé que siempre vas a estar ahí por mí, para protegerme. Me salvaste y estaré agradecida por siempre. No tienes que culparte por nada. Ambos somos culpables, pero lo importante es que prevalecimos. Lamento que me haya comportado como una tonta y te haya arrastrado conmigo a buscar a Alfombras. Fue un error. Debí saber que jamás lo encontraríamos."

"Sobre eso…" comenzó Christian. Marlena levantó una ceja, muy interesada.

"Nunca lo pude encontrar, Christian. Y busqué por todas partes. Es como si se lo hubiese tragado la tierra."

"Tú no lo encontraste," le dijo Christian. "Él te encontró a ti."

Marlena abrió los ojos y se sonrió sola. Su hermano no podía estar hablando en serio. La haría muy feliz.

"¿De qué hablas? ¿Dónde está?" preguntó ella, emocionada.

"Cuando te encontré en el bosque, lo hice con la ayuda de Dofy."

"¡¿De quién?!" preguntó Marlena, sin idea.

"Dofy, ese es el verdadero nombre de Alfombras, el perrito," explicó Christian.

"Pero yo lo encontré primero. No puedes cambiarle el nombre ahora. ¡Yo ya lo nombré!"

"No es eso," le indicó el niño, tratando de calmar un poco a su hermana para que nadie fuera a venir al escucharlos discutir. "Dofy... Alfombras... el perro no nos pertenece."

"¿En serio, Christian? Alfombras no tiene collar, no tiene dueño. ¿Y qué haría un perrito como él por acá, en este lugar solitario? No hay ni vecinos cercanos que lo puedan reportar perdido."

"Le pertenece a los dueños de la casa," respondió Christian.

"No me digas que piensas que Alfombras es un fantasma también. Aunque eso explicaría cómo desapareció, lo llegamos a tener en nuestras manos. Sería imposible."

"No me refiero a eso," explicó Christian. Luego señaló a la pared, al mensaje que decía: «Váyanse de aquí. Este no es hogar suyo». "Eso no lo escribió ningún espectro."

"No te entiendo," le dijo Marlena, su entrecejo fruncido. "Pensé que eras tú quien aseguraba que la casa estaba embrujada. ¿Ahora que te comienzo a creer no piensas así?"

"La casa no está embrujada, Marlena," replicó Christian, seguridad en su voz. "Es por eso que no podemos permitir que papá la entregue, no todavía."

"¿Pero por qué dirías eso? Tú has visto todo lo que ha ocurrido," le señaló Marlena, intentando hacerlo recapacitar.

"Supongo que ambos tenemos una historia que contar," le dijo Christian. Miró hacia el edén de rosas y al bosque. En alguna parte se encontraba Frances. ¿Estaba ella en peligro? "Cuéntame tu historia. ¿Dónde viste a Mando el Bribón? Es importante que yo lo sepa."

"Ok. Jamás me había sentido tan sola desde que nos separamos en el bosque," comenzó a contar Marlena, se notaba que había estado devastada.

CAPÍTULO QUINCE

Christian sintió una punzada en el corazón. Lamentaba haber hecho sentir esa conmoción a su hermana. "Me pasó por la mente regresar por ti cuando me di cuenta de que tú no irías por mí. Pero ya era tarde y la realidad era que estaba perdida. No sabía ni cómo regresar a casa ni tenía idea de cómo rastrear a Alfombras. No tengo los mismos conocimientos que tú. Busqué por todas partes hasta que me venció el cansancio y cayó la noche. Pero, por alguna razón, podía sentir que me observaban en la oscuridad. Escuché una extraña risa fina siempre alrededor mío, lo suficiente cerca para no perderme de vista, pero tan lejos como para yo no alcanzarle a ver. Fuera lo que fuera, nunca actuó. Creo que no le di la oportunidad. Siempre me mantuve en movimiento y, de repente, la risa se detuvo. A los pocos minutos, escuché los aullidos de un lobo y parece que comenzó una pelea, pero no me quedé ni intenté averiguarlo. Corrí lejos de allí hasta que no escuché más alboroto."

"Al fin, salí del bosque y encontré el camino. Pensé en subir hasta llegar a casa, pero no me quedaban fuerzas. Ya no aguantaba mis pies y se me cerraban los párpados. Me arropé entre algunos arbustos que había cerca y comoquiera el frío me inquietaba. Yo estaba temblando hasta en los sueños espantosos que tenía. No podía esperar a regresar a mi hogar y poder verlos de nuevo, a ustedes, mi familia. Ya sabía que no encontraría a Alfombras, que había sido un grave error ir tras él. Entonces escuché su voz. Al principio, pensaba que aún estaba soñando. Estaba semidormida y no podía distinguir bien, pero enfoqué mi vista y lo vi. Era Mando el Bribón junto a dos de sus rufianes. Andaban en sus bicicletas, pero se habían detenido en el camino. Mando cargaba con un envase cuadrado. Se encontraban discutiendo porque al parecer estaban perdiendo el tiempo. Uno de sus amigos se quería ir a su casa y se quejaba porque ya la noche lo había alcanzado. Entonces Mando el Bribón les dijo a ambos que no había más tiempo que perder. Quemaría el bosque hoy, esta noche, lo quemarían todo. Se me escapó un suspiro al oírlos. Uno de ellos escuchó y miró hacia mi dirección, pero no me distinguieron. Vinieron tras mí porque no podían permitir que nadie supiera sobre ellos. Mando el Bribón ordenaba que no dejaran escapar a nadie, que averiguaran de qué se trataba. Corrí de vuelta al bosque y nunca me encontraron. Entonces caí rendida en el suelo, junto a una corriente de río. Ya no podía más."

"Es cuando te encontré yo," añadió Christian, analizando. Mando el Bribón ya se tenía que haber marchado y su hermana no estaba consciente del tiempo. Debió haberse encontrado a Mando en la noche y se quedó dormida hasta que el propio Christian la encontró a ella en la madrugada. De ser así, Mando el Bribón estaría de regreso hoy. Sería cuestión de tiempo en lo que quemaba el bosque y le arruinaba la vida a Frances. Christian no podía permitir eso. Tenía que detenerlo. ¿Pero cómo? El bosque era demasiado inmenso y Christian no tenía la más mínima idea de dónde iba a estar Mando el Bribón al momento de hacer la planificada fechoría. "Tenemos que detenerlo, Marlena. No podemos permitir que Mando el Bribón queme el bosque."

"¿Por qué te preocupas tanto?" le cuestionó Marlena. No podía entender la súbita preocupación de su hermano por el bosque. Desde que le había mencionado que Mando el Bribón iba a quemarlo todo, Christian había estado actuando muy impaciente. "Podríamos llamar a la policía y que ellos se encarguen."

"No lo entiendes," le indicó Christian.

"Entonces explícame," le pidió ella.

Christian estuvo de acuerdo y le contó toda su historia desde que se peleó y se separó de ella hasta que la encontró tirada junto al río con la ayuda de Dofy el perrito. Marlena no entendía el entusiasmo de su hermano al mencionar a la misteriosa Frances que sólo él conocía porque Marlena no la había visto cuando Christian la encontró en el bosque. Parecía hablar de ella como si la conociera de toda la vida y, cada vez que la mencionaba, le brillaban los ojos. Marlena pensaba que Christian tenía que estar ido para tener a Frances en tan alta estima luego de que ésta le confesara todo el mal y el daño que les había estado causando a todos en la casa. Pero Marlena sentía un poco de celos, inclusive por Alfombras, porque ella se rehusaba a llamarlo "Dofy", pensando que era un nombre tonto. Pero sobre todo, Marlena no entendía la historia de Frances como lo hacía Christian. Quizás era porque no la había escuchado de la misma manera que él, pero Christian sí sabía lo difícil que había sido la vida para su nueva amiga y por eso sentía que tenía que ayudarla.

"¡Frances es increíble!" exclamó Christian, mirando al bosque, pensando en el refugio subterráneo en el que había pasado la noche anterior. "Tienes que conocerla, Marlena. Te va a encantar."

"No estoy muy segura de eso," replicó Marlena. Christian la miró con su ceño fruncido. "¿Acaso no te escuchas tú mismo? Los espectros, las ratas, los lobos, las travesuras a los carros, Alfombras, todo está atado a esta chica, esta Frances. ¿Cómo puedes llamarle amiga? Pensé que odiabas todas esas cosas."

"Yo también pensé lo mismo, hermanita," le indicó Christian. "Pero pude conocer al ser humano adentro de ella y es de un lindo corazón, de buen espíritu. Por favor, no podemos permitir que nuestros padres entreguen la casa, no con Mando el Bribón ahí afuera todavía. Tengo que detenerlo antes de que cometa algo terrible."

Marlena lo miraba, no estaba convencida del todo y Christian lo sabía, lo podía ver en sus ojos. Incluso en aquel punto de la montaña más alta de Ciudad de Ensueños, a veces no podían ver el horizonte de la misma manera, como dos hermanos comunes. Ambos estaban conscientes de eso, siempre lo estarían.

"Frances es mi amiga," añadió Christian, sus ojos clavados en los de su hermana. "Y esta vez, es ella quien necesita ayuda, mi ayuda. No pido que vengas conmigo, pero yo necesito ir por ella. Sólo quiero que me apoyes, que me ganes un poco de tiempo en lo que puedo avisarle del peligro…"

"¿De qué peligro hablan? ¿Qué estás planificando, Christian?" preguntó Alvin, entrando al cuarto por sorpresa.

"Christian quiere regresar al bosque," explicó Marlena, luego de asegurarse de que Alvin andaba solo.

"¿¡Qué!?" exclamó Alvin, sus ojos agrandados. "¿Cómo puedes estar pensando algo así, Christian?"

Christian pidió que no lo malinterpretaran y luego le explicó rápido toda la historia con pocos lujos de detalles a su amigo. Alvin siempre lo interrumpía para preguntarle más sobre las situaciones en las que él se vio envuelto también, pero Christian no le explicaba mucho y le prometió que en algún otro día le contaría todo lo que quisiera saber. Expuso lo que Mando el Bribón planificaba hacer y Marlena confirmó que era cierto. Sin embargo, Alvin pudo comprender por qué Christian sentía la obligación de regresar al bosque en búsqueda de la chica conocida como Frances. Como un buen amigo, Alvin reconocía la fuerza de la amistad de Christian y su importancia.

"Creo que tienes razón, amigo," dijo Alvin. "Tienes que ir a ayudarla, es tu amiga y de seguro te necesita en estos momentos. Estoy dispuesto a ayudarte como pueda. Me gustaría conocerla también. Parece interesante."

"Gracias, Alvin, mi amigo," le dijo Christian, mostrando una sonrisa. Luego se volteó hacia Marlena, esperando una respuesta.

Marlena seguiría lo que le dictaba su corazón por encima de todo análisis. Tal vez, sin la ayuda de Frances, Christian nunca la hubiese encontrado. Quizás sin la vigilancia del oso hormiguero, la hiena la hubiera acechado hasta el final, cazándola como a un inocente conejo. Podía entender por qué Frances había hecho lo que había hecho. Como un animal de espalda contra la pared, sólo se protegía. Esa casa, esa tierra era suya, siempre lo había sido. No tenía por qué perderla, mucho menos cuando era lo único que le quedaba.

"Ok, Christian, te ayudaré a ganar tiempo," accedió Marlena. "Pero necesitas darte prisa. No esperaré a que corras peligro y, si tengo que hacerlo, llamaré a la policía y le diré a nuestros padres."

"No hay problema," le aseguró Christian, contento y sonriente. Le dio un abrazo a su hermana y le agradeció. "Te prometo que regresaré bien, hermanita."

"Eso espero," respondió Marlena, un poco de preocupación en su rostro. "Tenemos que descansar, en especial tú. Mejor vete a dormir un rato. Yo haré lo mismo."

Marlena se fue a su cuarto. Alvin dejó solo a Christian para que descansara, pero no se fue sin antes agradecerle todo lo que había hecho por él y dejarle saber que contaba con su apoyo. Aunque fueran muchas las preocupaciones en su mente, Christian estaba consciente de que no podría ser de mucha ayuda para Frances si se quedaba agotado durante todo el día. Por eso, buscó la manera y logró quedarse dormido. Fue como un destello al abrir los ojos otra vez cuando su madre lo llamó para que fuera a comer. Ya habían pasado algunas horas y el sol de la tarde dominaba un cielo despejado.

Todos estaban sentados en el salón comedor, la comida ya estaba servida. María Zaragoza había preparado el plato favorito de su familia para una primera y última cena familiar en la casa de sus sueños. Comerían una deliciosa lasaña rellena de carne con cinco distintos quesos. Ricardo Zaragoza dio gracias al Señor por todo, incluso por permitirle estar tan cerca de cumplir su sueño de regalarle el hogar perfecto a su familia antes de abandonarlo. La oración inquietó un poco a Christian. Pensaba que se había quedado dormido por mucho tiempo y sus horas estaban contadas. Tenía que irse al bosque tan pronto terminara de comer. Quizás crearía una distracción que le ganara suficiente tiempo para salir de la casa desapercibido.

Arelys ya lucía mucho más calmada. Había tenido una conversación con María Zaragoza en donde ésta última le dio las gracias por cuidar de sus hijos como mejor pudo y por mantenerlos salvos; también le pidió que no se preocupara porque hizo un muy buen trabajo y le aseguró que, la próxima vez que la necesitara, el trabajo sería suyo otra vez sin pensarlo dos veces. Alvin estaba hambriento y comía como tal. Había llegado a un acuerdo con Arelys para marcharse tan pronto resolvieran el problema de las cuatro gomas del carro de ella.

Marlena observaba a Christian, insegura. Pensaba que, en cualquier momento, su hermano ejecutaría alguna idea loca y ella tenía que estar atenta para poderlo ayudar. Los dos hermanos se veían inquietos y María Zaragoza se percató rápido, pero no dijo nada. Sin embargo, Ricardo Zaragoza no hesitó.

"¿Qué está sucediendo con ustedes dos?" les preguntó Ricardo Zaragoza, los ojos en sus hijos. "Se ven… ansiosos. ¿Quieren hablar lo que piensan?"

Marlena mordió con las muelas de atrás, pero Christian mantuvo la calma y sólo bajó la cabeza. Era algo que había estado haciendo en presencia de su padre desde el día que se mudaron. Sin embargo, María Zaragoza intervino para decir:

"Debe de ser la experiencia que han vivido, mi amor. No sólo llevan las marcas en sus cuerpos, esas son temporeras, pero en sus mentes… en sus mentes debe de ser distinto."

"Por eso quiero escuchar lo que piensan," indicó Ricardo Zaragoza, miraba a su hijo esperando cruzar miradas, pero no fue así. "Quiero saber qué les sucedió mientras no estábamos."

"No creo que haya que presionar," dijo María Zaragoza.

"No presionan, mamá," respondió Marlena. "Pasaron muchas cosas: Christian se quedó afuera de su nuevo cuarto cuando la puerta se cerró sola, unos lobos rondaron los alrededores de la casa, encontramos un perrito, perdimos el perrito, perdimos a Tonti, encontramos una rata asquerosa en su jaula, fuimos al bosque y nos perdimos también. Del resto, lo importante es que estamos aquí. Y, tan loco como pueda sonar, yo no creo que la casa sea tan "mala" como la imaginamos. De hecho, me gusta aquí. Me gustaría quedarme."

"¿Qué te ha hecho cambiar de parecer?" preguntó Arelys, sorprendida. En la última leve conversación que había tenido con Marlena, ésta le había confesado que no podía esperar a regresar a su verdadera casa, muy lejos de la montaña solitaria. Pero Marlena todavía no sabía la historia de Frances cuando dijo eso, no conocía lo que tenía su hermano en mente.

"El... dormir," respondió Marlena.

"¿Y tú, hijo?" le preguntó Ricardo Zaragoza a Christian. Esta vez cruzaron miradas, el hijo aún con un poco de temor. "¿Qué piensas de todo esto? Sé que parece una locura y me disculpo con ustedes porque nunca quise tenerlos en similar situación."

"Yo," comenzó Christian, mirando a todos alrededor de la inmensa mesa del salón comedor. "Yo pienso igual que Marlena. Me agrada esta casa y me encantaría quedarme aquí, aunque sea un poco más de tiempo."

Ricardo Zaragoza se sorprendió. Jamás esperaba esa respuesta de su hijo. Nunca le había cruzado por la mente porque pensaba que Christian siempre había detestado la idea de mudarse. Durante unas semanas, cuando el pensamiento de mudarse a un nuevo hogar todavía era muy prematuro, Christian siempre se había negado a establecerse en algún otro lugar, decía que un hogar le bastaba y que el que tenían todavía le parecía excelente. Ricardo Zaragoza había intentado en muchas ocasiones hacerlo cambiar de parecer, pero nunca lo logró.

"¿Por qué no lo dijiste antes?" le preguntó el padre. Todos escuchaban atentos.

"Porque pensé que no sería necesario," respondió Christian. "He notado que has estado enojado conmigo todo este tiempo, papá, y no sé cómo cambiar eso. Sé que estuve mal al pelearme en el colegio y no decirles a ustedes y luego estuve mal al no poder proteger a mi hermana como debí. De la misma manera, estaré mal muchas veces en mi vida y siempre me disculparé porque esa no es mi intención. Siempre intentaré hacerte sentir orgulloso, pero he estado bajando la cabeza ante ti porque no sé cómo comenzar a lograrlo."

Todo mecanismo de defensa en su sistema se le trasgredió a Ricardo Zaragoza al escuchar las palabras de su hijo. Intentó hablar de inmediato, pero su voz estaba quebrantada. Tuvo que suspirar por un momento.

"No he estado enojado contigo, Christian," comenzó a explicar Ricardo Zaragoza, pero su esposa lo interrumpió al momento.

"Ricardo, por favor..." María Zaragoza le dio una mirada a su esposo para que revelara la verdad.

Esta vez fue Ricardo Zaragoza quien bajó la cabeza antes de confesar:

"Lo siento, hijo. No he estado molesto porque te hayas peleado en el colegio, tampoco porque no nos los hayas contado. De hecho, la realidad es que no me has dado razón para estar molesto, pero he sido un tonto guiado por mi estúpido orgullo. La única razón por la que me enojé contigo fue al enterarme de que no fuiste tú quien le pegó al bribón que abusaba de tu hermana y fuiste el que saliste golpeado. Las dos veces que yo peleé en el colegio, nunca salí golpeado. Mi ego quería que tú llevaras la misma historia. Pero he sido un ciego. Todo lo que ocurrió en el colegio, no se trató de entrarse a las trompadas con alguien, sino de un hermano intentando proteger a su hermana. Confieso que he sido un tonto y espero que me puedan perdonar no sólo tú, pero también el resto de nuestra familia."

Christian se emocionó con las palabras de su padre. Lo miró a los ojos sin el temor que había estado viviendo y sintió la sensación única de enorgullecer a un padre. Sonrió y le dijo que lo perdonaba. Hubo unos minutos de silencio y Arelys le ayudó a María Zaragoza sirviendo flanes de queso para el postre.

"Me gustaría pensar que de verdad nos pudiéramos quedar en este hogar, quizás hasta por un poco más de tiempo," comentó Ricardo Zaragoza con mucho lamento. Había estado pensando en cómo explicar lo que estaba a punto de decir. "Pero no creo que sea lo mejor quedarnos. En estos últimos días, sólo han ocurrido desgracias. Los frenos de nuestro carro nuevo fallaron, perdimos el vehículo por completo, yo me golpeé la cabeza, su madre se lastimó una mano, el carro de Arelys perdió las cuatro gomas al ser desgarradas por algún extraño animal del bosque, ustedes tienen moretones por todas partes, incluso Alvin ha sufrido situaciones en su corta visita. Con toda sinceridad, creo que todo esto es una señal. Quizás no estamos a esta altura…"

"No digas eso, mi amor," le pidió María Zaragoza y le fue a dar un abrazo por la espalda.

"Yo creo que sí estamos a la altura, papá," dijo Marlena. Arelys y Alvin se le unieron.

"No necesitamos un apellido con mucha historia ni una fiesta de navidad famosa para estar a la altura," añadió Christian. "Nuestra unión es suficiente."

María Zaragoza quedó sorprendida y le preguntó a su hijo:

"¿Cómo sabes todo eso, Christian?"

"Es sólo un poco de historia que he aprendido sobre este lugar en estos días," respondió Christian, mucha seguridad en sus palabras. "Por eso estoy muy seguro de querer quedarme aquí un poco más."

Ricardo Zaragoza se quedó pensándolo.

"Bueno, ya veremos," dijo el padre. "Por ahora, intentemos disfrutar la noche de hoy y tomaremos la decisión mañana cuando llegue el Sr. Reid."

Entonces sonó una bocina aguda en las afueras de la casa. Arelys se levantó de inmediato, celebrando con las manos.

"¡Oh, gracias a Dios! ¡Han llegado mis cuatro gomas!" exclamó Arelys. Ricardo Zaragoza le había comprado las gomas con un amigo y le había prometido que le ayudaría a cambiárselas al carro para que pudiera regresar a su casa ese mismo día.

"¡Qué bien! Iré a ayudarte enseguida," le dijo Ricardo Zaragoza. Luego se dirigió a su familia, "Mañana tomaremos la decisión todos juntos, ¿ok?"

Nadie tuvo problemas con eso y Ricardo Zaragoza se fue afuera con Arelys para recibir las gomas y ponérselas de una vez al carro de ella. María Zaragoza comenzó a recoger los platos sucios para fregarlos y ese fue el momento que Christian aprovechó.

"Tenemos que actuar," les susurró Christian a Alvin y a Marlena. "Vamos a mi cuarto."

"¿Me ayudas, Marlena?" preguntó María Zaragoza, colocó su teléfono celular sobre una mesa para que no se mojara al fregar.

"Íbamos a mi cuarto para observar a papá mientras cambia las gomas," dijo Christian.

María Zaragoza se quedó mirando a Marlena. Le estaba extraño que su hija quisiera ver eso. Nunca le había interesado la mecánica en lo absoluto, a Christian tampoco, pero, como estaba con su amigo Alvin, la madre pensaba que quizás lo encontrarían entretenido.

"¿Puedo?" preguntó Marlena, como si de verdad estuviese interesada. María Zaragoza afirmó con su cabeza y los tres niños se fueron al cuarto de Christian.

"Este es el momento, no tengo mucho tiempo, ya atardeció y pronto caerá la noche," dijo Christian, mirando al bosque desde su balcón. No había señales de fuego todavía. Mando el Bribón no había actuado aún. "Tengo que irme de aquí mientras todos estén ocupados y con sus ojos fuera de mí."

"¿Estás seguro de esto?" le preguntó Alvin.

"Por completo," respondió Christian. "Ustedes dos tendrán que actuar como si yo todavía estuviera aquí en el cuarto acompañándolos."

"Prométeme que regresarás," le pidió Marlena. Christian se tomó unos segundos para contestar. No quería hacerle una promesa a su hermana que quizás no pudiera cumplir, pero tampoco le podía fallar, ni a ella ni a Frances.

"Lo prometo. Todo estará bien," le dijo él.

"Iré contigo si me necesitas," le indicó Alvin.

"No será necesario, amigo," aseguró Christian. "Te necesito aquí."

"Llamaré a la policía si algo ocurre," advirtió Marlena. "Por favor, intenta regresar antes del anochecer. No sé por cuánto tiempo podamos fingir que andas aquí y no quiero preocupar a nuestros padres."

"Ese es el plan, hermanita," dijo Christian. "Ese es el plan."

Christian salió sigiloso de la casa por la puerta trasera, enfocado en lo que tenía que hacer y consciente del poco tiempo que tenía disponible. Cargaba con una gran responsabilidad sobre sus hombros. Pero la ráfaga que le pegaba en su rostro mientras corría hacia el bosque, lo llenaba de valentía y audacia. No le temía al camino. Sabía hacia dónde se dirigía y cómo llegar. Sólo esperaba hacerlo a tiempo y encontrar a su amiga. Apenas habían pasado unas horas desde que la había conocido y la había visto por última ocasión, pero para él parecía un siglo.

CAPÍTULO DIECISÉIS
ANILLO DE FUEGO

Según Christian se iba adentrando más y más en el bosque, encontraba distintos animales inofensivos despedazados y tirados por los matorrales, las moscas volando sobre ellos con su insoportable y molestoso ruido al mover las alas. Quizás la gran hiena estaba frenética, buscando su presa por todas partes y a como diera lugar. No era una criatura tonta, sabía que estaba en su punto más fuerte desde que había perdido a los miembros de su manada. En su camino, sólo quedaban dos lobos y un oso hormiguero que ya estaba mal herido, tal vez muerto. Ese era su momento de crear el caos en el bosque y demostrar quién estaba en total dominio.

Consciente de todo y carente de nada, Christian no perdía de la mente su objetivo. Seguiría avanzando por el bosque sin perder tiempo, arriesgándose al exponerse de manera abierta mientras cruzaba entre los arbustos y los árboles. Recordaba sin problema cómo llegar al refugio subterráneo. Sólo esperaba encontrar a Frances allí. Quizás ella sabía ya que él se encontraba en el bosque, pero, por lo visto en los alrededores, la masacre de ardillas, aves y zorros, ese no sería el caso. Christian tenía la sensación de que Frances podía hablar con los animales. Pensaba que tal vez alguno le había contado a ella lo que estaba sucediendo en el bosque. No obstante, la imagen a su alrededor lo entristecía. Sería mejor continuar.

No le tomó mucho tiempo llegar al río donde había encontrado a Marlena. Estaba muy callado el ambiente. No había pichoncitos ni nada que alegrara su paso por allí. Le hubiese gustado encontrarse con Tonti, pero sería quizás para algún otro día si se podía. Bebió del agua refrescante y continuó. Por lo menos ya estaba bastante cerca. Desde allí podía correr hasta llegar a una de las entradas del hogar bajo tierra de Frances. Sin embargo, no se arriesgaría. No quería ser detectado por la gran hiena ni eliminar el elemento sorpresa en caso de encontrarse con Mando el Bribón. Se dedicó a caminar a paso acelerado, sin cansarse, sin hacer ruido. Al fin, encontró el enorme árbol vacío que buscaba. Estaba ubicado entre otros árboles secos que servían de refugios para los cuervos y buitres en las noches. La corteza era dura y crujiente, en sus ramas, no había hojas.

Christian utilizó una mano para buscar en la corteza del árbol hasta que encontró un tipo de puerta secreta por la que habían salido Frances y él a buscar a Marlena. Se aseguró de que no hubiera ojos observándolo y entró para bajar por unos escalones de madera y estar dentro de los secretos túneles subterráneos. Todo estaba silencioso y medio oscuro. Christian no tenía su linterna de explorador para alumbrar, pero no importaba. Ya estaba allí y un poco de oscuridad no lo detendría. Caminó hasta el cuarto de Frances, pero no la encontró allí. Buscó por varios lugares y nada. De momento, apareció Topy, el pequeño topo de Frances, y salió corriendo rápido cuando vio al niño. Christian fue a toda prisa detrás de Topy hasta que llegaron al cuarto donde él había leído el artículo sobre la muerte de los padres de Frances, los mismos que se encontraban en las pinturas que decoraban el lugar. Allí estaba ella, observaba un cuadro que Christian no le había prestado atención antes, pero le estaba conocido. La pintura mostraba algún tipo de símbolo blanco. Topy corrió y se trepó en uno de los hombros de la niña.

Christian caminó lento hasta pararse al lado de Frances, quien no quitaba la mirada del cuadro, y le dijo:

"Estoy aquí, Frances."

"Lo sé," respondió ella sin mirarlo. Aguantaba algo en su mano.

"¿Qué representa?" preguntó Christian, señalando la pintura.

"Es la insignia de nuestra familia," explicó Frances. "Significa amor, unión, el lazo que nos ata de manera extracta. Son dos almas puras entrelazándose. Mis padres siempre me dijeron que ahí nacimos todos. Sin ese símbolo, no existiría todo esto en donde estamos parados ahora mismo."

Frances abrió una de sus manos y mostró un brilloso collar con el mismo símbolo de las dos almas entrelazándose. Estaba hecho de diamantes por completo, brillosos y hermosos diamantes de enorme valor monetario y un incalculable valor sentimental.

"Ha estado en mi familia por generaciones," explicó Frances. "Mi madre solía utilizarlo en nuestra fiesta de navidad. Ahora es lo único que me queda para recordar su dulce sonrisa cuando lo llevaba colgando de su cuello y se sentía tan feliz, tan pura. Yo nunca me he atrevido a llevarlo puesto. No… no me he sentido cómoda con lo que se supone que represente, no desde que estoy sola."

"Me parece familiar. Podría jurar que he visto algo similar antes," indicó Christian, intentando recordar dónde pudo haberlo visto.

"Por supuesto que te es familiar, hay un edén de rosas con la forma de nuestro insignia. Mi abuela lo cultivo con mucho amor."

Christian frunció el ceño. Era cierto que había un edén de rosas como Frances indicaba, pero había algo extraño...

"No lo reconoces porque lo quemaron," añadió Frances. "Alguien lo prendió en fuego hace unas semanas. Me ayudó a espantar a los nuevos compradores de ese momento, pero arruinó algo muy especial para mí. La naturaleza me ayudó a apagar las llamas ese día, pero ya había mucho daño causado. Nunca supe quién hizo tal cosa. Quizás haya sido algún enviado de Adolphe Barbier para sacarme del bosque. Supongo que nunca lo sabré."

"Creo que yo sé quién pudo ser," dijo Christian, pausado, analizándolo todo en su mente, comenzando a entender la maldad de Mando el Bribón, quien nunca descansaba hasta causar el daño que lo llenara. "Por eso estoy aquí."

Frances lo miró a los ojos, interesada. "¿Quién?"

"La misma persona que me hizo esto," replicó Christian y mostró los golpes en su rostro, la herida en la frente que todavía no sanaba.

"¡¿Un abusador de tu colegio!?" cuestionó Frances, incrédula. Christian le afirmó con la cabeza. "¿Por qué un tonto niño haría eso? No tiene sentido."

"Por diversión, Frances. Tú no lo conoces, pero yo sí. Mando el Bribón no busca el sentido de las cosas, sólo las haces si quiere, si lo divierte, sin importar las consecuencias. De seguro, algún día, sus acciones lo guiarán a ramificaciones de las que se arrepentirá y, quizás, aprenderá. Tal vez, entonces cambiará."

"O tal vez ya será muy tarde..." añadió Frances.

Ambos se quedaron en silencio, observándose a los ojos.

"¿Cómo puedes estar tan seguro de que sea él?" preguntó Frances.

"Porque ha regresado y esta vez lo quemara todo, incluyendo el bosque. Mi hermana lo ha visto."

Frances lo observó con seriedad para descifrar si Christian mentía, pero reconoció que todo lo que él estaba contando era cierto.

"¡No puedo dejar que haga eso!" exclamó Frances, terror en sus ojos.

"Yo tampoco," dijo Christian, mostrando mucha seguridad para que su amiga supiera que hablaba en serio y no dudara de él. "Debemos encontrarlo y detenerlo a tiempo, juntos."

"¿Cómo? Podría estar en cualquier parte."

"Puedes enviar a alguno de tus animales a encontrarlo, a tu oso hormiguero," sugirió Christian, estaba muy seguro de poder detener a Mando el Bribón.

"No puedo," respondió Frances, decepcionada. "Tuve que llevar a Trumpas a curar en un lugar abierto en el bosque, donde se repondrá pronto y la gran hiena no podrá encontrarlo."

"¿Qué hay de los lobos?" preguntó Christian. Quería encontrar a Mando el Bribón de alguna manera. "¿Puedes enviarlos a ellos?"

Frances lo pensó por un momento. Era una decisión con demasiado riesgo. Podría perder mucho si la gran hiena sorprendía a los dos lobos que quedaban. Ellos eran su única protección.

"No sé," respondió Frances. Su incertidumbre era visible. Christian pensó que la estaba presionando demasiado.

"Tenemos que inventarnos alguna idea," indicó Christian, pensando en más opciones. "No podemos dejar que Mando el Bribón actúe primero y haga el daño."

"Lo sé. Estoy pensando en qué podemos hacer," aseguró Frances y se quedó mirando el cuadro con la pintura del símbolo de la familia, la ayudaba a mantenerse completa y no quebrantarse por dentro. De esa manera, había aguantado el dolor y el sufrimiento en sus peores momentos. Cerró los ojos y respiró profundo como solía hacer siempre que era vencida por la soledad. En aquella cámara, se llenaba de fuerzas y nunca se sentía sola, era como su pequeño altar. Apretaba el collar en una de sus manos.

Christian la observaba en silencio. No se atrevía a interrumpirla. Sabía que su amiga necesitaba la concentración, pero estaba preocupado por el tiempo. Mando el Bribón podría actuar en cualquier momento.

"¿Cuándo ocurrirá?" preguntó Frances, abriendo los ojos al fin.

"No lo sé," confesó Christian. Ahora que lo pensaba, cabía la gran posibilidad de que Mando el Bribón nunca apareciera ese día y lo hiciera en algún otro momento. No había forma de saberlo. Eso era más preocupante. Christian paseó su mirada por los cuadros, en uno de ellos había una foto de la fiesta de navidad que solía celebrar la familia de Frances con la gente de Ciudad de Ensueños. La niña aparecía abrazada a su padre, sonriente.

"Yo tenía ocho años ahí," explicó Frances cuando vio que Christian se había quedado enfocado en el cuadro. "Mi madre tomó la foto. Fue durante la última fiesta de navidad que celebramos juntos. Desde entonces, no he celebrado más, no es lo mismo tan sola."

"Ya tendrás tu fiesta otra vez, lo prometo," le dijo Christian. Entonces agrandó los ojos y se puso tenso. "Fiesta... fuegos artificiales... ¡Noche de fiesta! Mando el Bribón quemará todo en la noche. Ese es su plan. ¡Por supuesto! ¡Qué tonto soy por no haberlo pensado antes!"

"¿Plan?" preguntó Frances, no entendía.

"Yo lo escuché planificarlo luego de que perdí a Marlena. Sólo que no sabía que se trataba de Mando el Bribón al momento. Lo hará en la noche."

"Pero ya pronto oscurecerá," le indicó Frances.

"¡Es por eso que tenemos que actuar ahora!"

Frances asintió y corrió por los pasillos subterráneos a toda prisa, Christian la siguió. Llegaron a otro cuarto en donde los dos lobos se encontraban durmiendo. Frances los despertó y les dijo algo a los oídos. Los lobos salieron corriendo disparados y levantando la tierra con sus patas. En cuestión de segundos, habían desaparecido por los túneles.

"¡Qué bien!" exclamó Christian en celebración. "Los has enviado a encontrarlo. Será mucho más fácil así. ¿Pero no deberíamos ir tras ellos?"

Frances no contestó. Le susurró algo a Topy y lo puso en el suelo. El topo también se fue rápido y solo quedaron ella y Christian. Él no entendía el plan de su amiga, pero de igual manera lo intentaría seguir.

"¿Bueno...?" dijo Christian. Llevaban unos segundo allí sin hacer nada.

"¿Tus padres están en casa?" preguntó Frances.

"Sí," respondió Christian, recordando que esa era otra razón por la que tenía que darse prisa.

"¿Están bien?"

Christian frunció el entrecejo. No entendía por qué perdían el tiempo.

"Sí," respondió él, un poco alterado. "¿Por qué preguntas? Necesitamos movernos. Los lobos ya deben estar lejos."

"Porque de esa manera sé que la casa está bien protegida," respondió Frances. "Además, quería disculparme por haberle hecho daño a su carro. Fue muy tonto de mi parte y les pude haber causado un gran daño sin haber sido esa mi intención."

Ese era un tema de interés para Christian, algo que todavía le molestaba de todo lo que había causado Frances, pero ese no era el momento para tener esa discusión y no quería sentirse enojado con ella porque no podría concentrarse luego.

"Sé que no era tu intención, pero no hablaremos de eso ahora," le dijo Christian, un poco serio.

Frances se quedó mirándolo. La realidad era que ella quería disculparse desde el momento que observaba a Christian y a Marlena desde los escondites en su hogar, donde ellos no la podían ver mientras se calentaban con el fuego de la chimenea como dos buenos hermanos, protegiéndose como los propios padres de Frances la solían proteger a ella. Desde ese instante, había estado consciente del error que había cometido porque podía haberlos dejado tan solos como a ella misma le habían dejado.

"Eres una buena persona, Christian Zaragoza," le dijo Frances mirándolo a los ojos. "Me alegra poderte llamar mi amigo a pesar de no merecerlo."

Christian no tuvo respuesta. Le encantaba la amistad de Frances porque la encontraba misteriosa, fascinante y divertida. Para él, eso era lo máximo y el placer de la amistad era todo suyo.

"Gracias por quererme ayudar, mi apreciado amigo," añadió Frances y sonrió. Su radiante y largo cabello escarlata parecía un velo de protección. "Vayamos a detenerlo." Se dieron un apretón de mano y se enfocaron en su objetivo.

"No quiero que sufras más pérdidas," le dijo Christian. "No lo permitiré."

"Sígueme," le indicó Frances y comenzó a dirigirlo, "hay una manera para llegar al centro del bosque."

Christian siguió a Frances sin hesitar. Caminaron por túneles que el muchacho no conocía mientras él contaba sobre su hermana y Alvin, decía que estaban bien y lo esperaban en la casa. No podía esperar a acabar con todo y, al fin, estar unido con su familia y amistades, poder presentar a Frances para que la conocieran como él ya creía conocerla. De repente, escucharon una voz hacer eco por los túneles y se detuvieron en seco para no causar ruido.

"¡Lucas, ven acá! No malgaste la gasolina en fuegos pequeños. Martín no estaba mintiendo. Encontró una cueva extraña."

"Claro que no estaba mintiendo, pero no estoy seguro de que esto sea una cueva. La entrada estaba oculta por enredaderas y espinas," señaló Martín.

"Y te caíste como un idiota al agarrarte de ellas, jaja."

"Oh, ¿pero qué es esto? Me preguntó a dónde lleva," manifestó Lucas.

"Yo también, pero no importa, Lucas."

"¿Por qué? ¿Lo quemaremos también?" preguntó Lucas.

"Por supuesto que sí. Lo quemaremos todo…"

*

El crepúsculo era de un anaranjado intenso mientras el cielo estaba despejado y la neblina comenzaba a formarse. Marlena y Alvin miraban hacia el bosque, preocupados porque, a pesar de no haber señales de fuego, Christian todavía no había regresado y la noche estaba por empezar. Ricardo Zaragoza había recién acabado de cambiar las cuatro gomas del carro de Arelys. Se iría a dar un baño para quitarse toda la grasa de encima. Por lo menos, eso les ganaría un poco más de tiempo a Marlena y a Alvin antes de que se vieran obligados a dar explicaciones. No obstante, Arelys encendió su carro para calentarlo. Estaba ansiosa por regresar a su casa y tener una buena noche de descanso, tomar un poco de chocolate caliente, comer queso y ver una o dos películas. Eso la calmaría por completo y la haría olvidar la pesadilla de fin de semana que estaba teniendo.

"¡Arelys se va!" exclamó Alvin, un poco ansioso, caminando de lado a lado en el balcón. "Ya mismo subirán por mí para llevarme a casa. ¿Qué le diremos cuando no vean a Christian?"

"Tranquilo, ya se me ocurrirá algo," le dijo Marlena, pero no sabía qué excusa iba a dar cuando preguntaran por su hermano.

"Espero que Christian regrese pronto."

"No estoy muy segura de eso," confesó Marlena, su mirada en el bosque. "Mando el Bribón podría estar en cualquier parte. Es como buscar una sortija de oro en la arena."

"Quizás debimos haber ido a ayudarlo. Dijiste que Mando el Bribón no anda solo."

"Tienes razón, pero eso no quita que podamos ayudarlo desde acá. Mando el Bribón está arrinconado y no lo sabe."

"¿Por qué dices eso?" preguntó Alvin sin entender. ¿Por qué dices que está arrinconado?"

"Ya verás," le respondió Marlena muy confiada.

De sorpresa y silenciosa, María Zaragoza apareció a la puerta en búsqueda de Alvin.

"Alvin, Arelys te espera al frente para llevarte a tu casa. Llamaré a tu madre para indicarle," manifestó María Zaragoza. Alvin y Marlena lucían sorprendidos y eso rápido llamó la atención de la madre Zaragoza. Ésta comenzó a mirar por todo el cuarto, no encontró a Christian y supo que estaban ocultando algo. "¿Dónde está Christian? ¿Qué está ocurriendo aquí?"

Alvin se puso muy nervioso y parecía querer decir algo, pero no le salían las palabras. No obstante, Marlena no hesitó por un segundo y actuó rápido.

"Christian se ha ido de vuelta al bosque, mamá," confesó Marlena para sorpresa de Alvin, quien la miró sin poder creerlo.

"¿Qué dices, Marlena? ¿Hablas en serio?" preguntó María Zaragoza.

"Es cierto. Se ha ido en búsqueda de una amiga," replicó Marlena. "Puedes preguntarle a Alvin."

El pobre Alvin estaba paralizado sin saber qué decir. Cuando María Zaragoza lo miró a los ojos, él afirmó rápido con la cabeza.

"¿Cómo puede tener una amiga en el bosque?" preguntó la madre, un poco histérica. "¿Es imaginaria?"

"No… él," comenzó a explicar Marlena y se calló de repente. ¿Podría ser? ¿Era Frances sólo parte de la creativa imaginación de su hermano? No lo había pensado así, pero ahora tenía dudas. Después de todo, Marlena nunca había visto a Frances. No había nada sobre ella, salvo las anécdotas y descripciones de Christian. Frances podría ser el espectro al que tanto Christian le temía o sólo existir en la mente de él. Si era así, Christian se encontraba en un grave peligro. Marlena miró hacia afuera, el sol ya casi se ocultaba. Su rostro se tornó a uno de preocupación. La noche podía apoderarse de la vida de su hermano. "Mamá…"

"Oh, querida," lamentó María Zaragoza, sus ojos comenzando a aguarse.

"¿Alguna vez viste a Frances, Alvin?" preguntó Marlena.

"Nunca…," respondió Alvin luego de un momento de pensarlo. "Sólo sé de ella lo que Christian nos dijo."

"Pero… es imposible," dijo Marlena en voz baja.

"Tengo que decirle a tu padre," indicó María Zaragoza y se fue del cuarto a toda prisa.

"Christian no pudo haber creado a Frances en su mente," opinó Alvin, negándose a creer. "Es mi mejor amigo, yo lo conozco muy bien. No está loco. Frances no puede ser su amiga imaginaria…"

"Yo también lo conozco muy bien. Es mi único hermano," exclamó Marlena. "Pero nunca he visto a Frances y ya escuchaste a mi padre, él en realidad cree que la casa está embrujada. ¿Crees que Frances es un fantasma, una amiga imaginaria de Christian, o una niña que lleva tres años viviendo sola en un peligroso bosque con lobos y animales salvajes?"

"En cualquiera de las tres, es un espíritu atormentado." Alvin se sentó en el piso descansando su cabeza en las manos, la frente baja, sus ojos cerrados. Deseaba que nada de eso estuviera ocurriendo. No quería perder a su mejor amigo de ninguna manera, ni física ni mental.

"Levántate, por favor," le pidió Marlena y le extendió una mano. "Todavía podemos ayudar a Christian."

"¿Cómo? La noche está sobre nosotros."

"Escogimos confiar en él, ¿no?" apuntó Marlena.

Alvin afirmó con la cabeza. Siempre había confiado en su mejor amigo, desde que se conocieron y Christian le dijo que si perdía el miedo podía volar. Quizás no podía volar por sí solo, pero debería perder el miedo. Agarró la mano de Marlena y se puso de pie. "Confío en mi amigo."

"Y yo en mi hermano... Tenemos que hacer nuestra parte del plan. Te toca a ti. Tienes que ir de prisa hacia Arelys ahí afuera, que no se entere de lo que está sucediendo. Encárgate de eso y cubre la carretera. ¡Ve!"

Alvin salió corriendo hacia afuera de la casa para montarse en el carro con Arelys. Marlena bajó los escalones hasta el primer piso sólo para encontrarse con las caras de preocupación de su padre y su madre.

"¿Es cierto?" le preguntó Ricardo Zaragoza de inmediato. "¿Se ha ido?"

Marlena asintió con un poco de temor. Nunca quiso impacientar a sus padres, pero ya era tarde y siempre supo que sería casi imposible. Ricardo Zaragoza se llevó una mano a la cabeza y suspiró. Estaba dispuesto a pasar un día tranquilo en el hogar para luego decidir si completaba la compra en la mañana, pero así no podía. La casa de sus sueños se había convertido en una verdadera pesadilla. Tenía que renunciar a ella, tenía que proteger a su familia.

"¿Por qué lo dejaste ir?" le preguntó Ricardo Zaragoza a su hija.

"Fue su decisión," respondió Marlena.

"Mas no era de él tomarla," exclamó el padre en voz alta. María Zaragoza intentó calmarlo. "Debiste habernos dejado saber, Marlena. No sabes el riesgo que está corriendo tu hermano ahora mismo. Tenemos que encontrarlo antes de que sea muy tarde. Iremos al bosque."

"Yo iré con ustedes," se ofreció Marlena.

"¡Para nada!" se negó Ricardo Zaragoza. Jamás arriesgaría la vida de sus hijos.

"No puedes, mi amor," le dijo María Zaragoza. "Nos basta con desconocer qué le pasará a uno de nuestros hijos. Sería mucha carga una incertidumbre de ambos. Necesitas quedarte aquí hasta que regresemos."

"Pero estaré sola," se quejó la hija. "Arelys y Alvin ya se fueron."

"Vas a estar bien," le aseguró María Zaragoza. "No tardaremos."

Esas palabras calaron profundo en Marlena, su familia parecía siempre prometer eso sólo para fallarle al final y dejarla algo defraudada, con la responsabilidad de aguantar las ansias cuando sintiera que debería actuar. Pero tenía que confiar en ellos, de eso siempre se trataría. La confianza era su núcleo familiar. Marlena se quedaría en el hogar a continuar su rol, ya estaba decidido.

"Tenemos que darnos prisa, mi amor, la noche ha comenzado," le indicó Ricardo Zaragoza a su esposa. Luego le aseguró a Marlena que no pasaría nada y que la amaba.

Ricardo y María Zaragoza salieron agarrados de manos por la puerta trasera de la casa, preparados para lanzarse al bosque en búsqueda de su hijo. La oscuridad de la noche era absoluta. La espesa neblina rodeaba la montaña solitaria como un anillo. El frío y el viento invernal hacían presencia. No había ruidos de animales esa noche ni muchas estrellas alumbrando. Se podía declarar que algo especial estaba a punto de ocurrir. Entonces, los ojos de los padres se centraron en un pequeño detalle que captaron rápido y les golpeó por dentro. Desde el bosque se elevaba una pequeña nube de humo que comenzaba a ganar tamaño.

*

Frances entró en pánico al escuchar voces dentro de su cobijo subterráneo y perdió el control cuando amenazaron con prenderle fuego. Salió corriendo en dirección a los intrusos que habían encontrado su escondite. Se conocía el lugar a la perfección y sabía con exactitud a dónde ir. Christian fue tras ella, intentando calmarla para que no cometiera algún tipo de locura, pero Frances no lo escuchó para nada. La niña corría cada segundo con más velocidad, tan rápido que Christian comenzaba a perderla de vista. De momento, Frances brincó y pareció desaparecer en la oscuridad, pero un instante después, estaba pegándole una patada aérea a un joven gordo y alto que se encontraba agachado intentando abrir un envase lleno de gasolina. La patada envió al joven de cara a la tierra, como si estuviera corriendo los últimos metros de una carrera.

"Pero qué diablos…" exclamó Lucas, levantándose de inmediato y con tierra saliendo de su boca. "¿Quién me hizo eso?"

"Ella," señaló Martín, mostrando su diente roto en una mueca extraña.

La iluminación era muy poca en los túneles. Venía de velas y fogatas lejanas. Cuando Christian vio a Mando el Bribón con sus dos lacayos, Martín y Lucas, no perdió tiempo en pararse entre ellos y Frances para evitar encontronazos. Esto causó un extraño momento de silencio en el que nadie podía creer lo que estaba sucediendo. Frances estaba preparada, con sus puños apretados en el aire, defendería su tierra con la propia vida. Christian mantenía los suyos abajo, pero estaba atento. Mando el Bribón torció la boca en una sonrisa de engreído mientras sus dos amigotes lo miraban en espera de la orden.

"Tranquilos, muchachos," dijo Mando el Bribón, levantando sus manos como en son de paz. "Todos tranquilícense que aquí no pasa ni medias."

"No voy a permitir que quemes nada, Mando," dijo Christian muy valiente.

"Pártele el hocico otra vez, Mando," pidió Martín. "Mira cómo te está hablando. ¿Qué se cree?"

Mando el Bribón le hizo una señal a Martín para que se calmara y guardara silencio.

"No estamos aquí para pelear," indicó Mando el Bribón. Frances observaba en silencio, sin bajar la guardia. "Sólo pasábamos por aquí…"

"No soy estúpido, Mando," exclamó Christian. "Sé por qué estás aquí. Vienes a quemar el bosque."

"Hemos venido a detenerte," añadió Frances con seguridad.

Mando el Bribón llevó su mirada a ella, una ceja levantada. Dejó salir un leve suspiro y preguntó:

"¿Y esta quién es?"

"Nunca la había visto," dijo Lucas, todavía escupiendo tierra al hablar. "Ahora nunca la olvidaré."

"Es la persona a la que le estás haciendo daño al quemar su edén y sus cosas," respondió Christian levantando la voz. "¡Estás quemando su hogar!"

"Sugiero que dejes de acusarme de tantas cosas, Zaragoza," indicó Mando el Bribón. "¿Cómo va ese golpe en la frente? Te luce muy bien. Quizás quieras otros."

"¡Quemaste mi jardín!" exclamó Frances. "¿Por qué?"

"Por diversión, tonta. Quemamos cosas porque nos divierte. Además la casa está abandonada," replicó Mando el Bribón con una sonrisa. "Los dueños están tan muertos como lo que quedará del jardín después de que acabemos el trabajo esta noche. Incluso la casa arderá en llamas."

"No te lo permitiremos," le aseguró Christian.

"Entonces te gusta el sufrimiento," le dijo Mando el Bribón y sacó un encendedor. "Comenzaremos aquí, justo en tu cara para ver qué vas a hacer."

"¡No!" gritó Frances y le pasó por el lado a Christian para patear con velocidad la mano de Mando el Bribón, haciendo que el encendedor cayera al suelo.

"¡Ahora te escondes detrás de las chamacas, Zaragoza!" exclamó Mando el Bribón con dolor en el rostro, agarrándose la mano golpeada. "¡A ellos, muchachos! ¡Háganlos sufrir!"

Con esa orden, comenzó la melé. Christian lanzó el primer golpe y alcanzó a Lucas en el mentón cuando éste intentó agarrar a Frances. El túnel en el que estaban era muy estrecho y no cabían todos. Mando el Bribón recogió el encendedor y se quedó observando desde atrás, dando instrucciones a sus dos lacayos. Frances aprovechó la distracción y coló dos golpes a la barriga de Lucas. Martín gritó y le tiró puños a la cara de Frances, pero ella logró esquivarlos a tiempo. Christian se paró al frente de Frances para protegerla, pero ella volvió a pararse a su lado.

"Acaben con ellos, por Dios," exclamó Mando el Bribón. "¡No me vengan con que no pueden con una chica! ¡Destrúyanla!"

"Tienes que salirte…" le estaba diciendo Christian a su amiga, pero, ahí mismo, Lucas lo alcanzó con un golpe en parte del cuello que lo tumbó al piso.

Martín agarró a Frances por los brazos y le pidió a Lucas que le pegara, pero ella se zafó a tiempo y los empujó para que chocaran entre sí. Frances ayudó a Christian a levantarse y se lo llevó por otro túnel. Mando el Bribón agarró los envases de gasolina.

"¡A ellos! ¡Qué no escapen!" ordenó Mando el Bribón. Los tres se fueron tras Frances y Christian.

"¿A dónde vamos?" preguntó Christian un poco aturdido.

"No te preocupes, estaremos bien," respondió Frances.

"Necesitamos deshacernos del encendedor y la gasolina."

"Lo sé," aseguró Frances. Tenía una idea de cómo lograr eso.

Lucas y Martín corrían rápido tras ellos y, cuando el momento se presentó, Martín, quien era el más veloz, saltó a lo largo y agarró a Christian por una pierna para tumbarlo y no soltarlo. Christian lo pateó varias veces hasta que se liberó, pero cuando se iba a poner de pie agarrándose de unas cuantas vides que había cerca, llegó Lucas y le pateó un brazo. Frances golpeó a Lucas varias veces hasta que lo hizo retroceder. Sin embargo, Mando el Bribón la agarró por el largo cabello escarlata y lo embolló en su puño como vendaje de cuando practicaba boxeo con sus primos mayores. Frances gritó de dolor, pidiendo que la soltara.

"¡¿Ven qué fácil es?!" exclamó Mando el Bribón, una sonrisa de victoria en su rostro.

"¡Suéltala!" gritó Christian y se puso de pie, pero, cuando iba a atacar, Martín y Lucas le pegaron en el estómago y lo agarraron.

"Ya no irán a ninguna parte," indicó Mando el Bribón. "Y como saben nuestro plan de esta noche, sólo hay un final en común para ustedes, Zaragoza y estúpida compañía. Nadie puede saber lo que haremos, ese no es el propósito. Por lo tanto, ustedes dos arderán con el bosque también."

"¿De qué estás hablando, Mando?" preguntó Lucas con terror en los ojos.

"Sí… eso no era parte del plan," añadió Martín. "Podemos pegarles y dejarlos por aquí tirados. Será divertido. Hace mucho tiempo que no le pegamos a una chica."

"¿Para qué?" cuestionó Mando el Bribón. "Terminarán regresando y nos irá peor. No podemos dejar cabos sueltos, muchachos. Esto es un crimen serio y no podemos permitir que nos atrapen. ¿Me entienden?"

Martín y Lucas se miraron entre sí, pero no se atrevían a contestar. Les divertía golpear a otras personas y hasta quitarles su dinero en el colegio, pero quemarlos vivos les parecía muy pesado.

"¿¡Me entienden!?" repitió Mando el Bribón en voz alta.

"Sí," contestaron Lucas y Martín a la misma vez.

De momento, Frances gritó y corrió con toda su fuerza hacia Christian, llevándose a todos de por medio, incluyendo a Mando el Bribón porque todavía la tenía agarrada por el cabello. Como un ariete, impactaron las vides, las rompieron y comenzaron a caer rodando por la tierra. Durante unos segundos, todos gritaban de terror hasta que cayeron al piso y por fin se detuvieron, aunque en sus cabezas todavía daban vueltas. Ahora se encontraban afuera, en el bosque abierto, donde no había muchos árboles cercanos. Frances había planificado la movida para sacarlos a todos de su lugar secreto y evitar que fueran a causar daños a las muchas cosas de valor que allí había.

Mando el Bribón se recuperó primero. Había perdido los envases de gasolina al igual que el encendedor. Rápido buscó con la mirada un poco aturdida todavía y encontró el encendedor en el suelo. Se agachó para recogerlo y Frances lo sorprendió con una patada que logró derivarlo. Lucas se levantó y atacó a Frances, pero no logró conectarla porque ella era muy rápida para él. Christian todavía se recuperaba de la caída. Había recibido todo el peso de los otros cuatro al caer. Martín estaba inconsciente en el piso; uno de los envases de gasolina había caído abierto sobre él y la gasolina se estaba regando por su cuerpo.

Frances continuó peleándose con Lucas, esquivando cada uno de sus golpes con su agilidad y rapidez mientras que él parecía frustrarse más cada vez que lanzaba puños como si fuera a rajar tablas y no lograba alcanzarla. De manera súbita, Frances le pegó una patada en la boca a Lucas que lo hizo retroceder unos pasos antes de caer tendido en el suelo, pero, cuando Frances corrió y saltó para pegarle otro golpe, Mando el Bribón la sorprendió con un sólido puño en la quijada que la hizo estrellarse en el suelo y quedar inmóvil.

"¡Quieta ya!" exclamó Mando el Bribón. "Qué somos machos…"

"¡No! ¡Frances!" gritó Christian y se levantó furioso. Corrió hacia Mando el Bribón para pegarle. Lo golpeó en la cara, pero su pegada estaba muy débil. Todavía no se recuperaba de la caída.

A Mando el Bribón apenas se le movió la cabeza con el golpe. Se craqueó el cuello y sonrió ante el rostro sorprendido de Christian. Luego lo golpeó en el estómago con toda su fuerza. Christian cayó de rodillas al piso, agarrándose la barriga y lamentando de dolor.

"Vamos ya, que a esta fiesta se vino a disfrutar," dijo Mando el Bribón. Empezó a agarrar los envases de gasolina y los regó a su alrededor, en forma de un gran círculo, encerrándolos a todos.

Lucas se recuperaba mientras Martín todavía estaba inconsciente.

"¿Qué haces, Mando? ¡Nos quemarás a todos!" dijo Lucas y corrió a despertar a su amigo Martín, éste comenzó a recuperar la consciencia luego de varias cachetadas.

"Tarde o temprano, todos arderemos comoquiera," respondió Mando el Bribón y agarró el envase con poca gasolina que estaba al lado de Martín para regar lo que quedaba.

"¡Estás loco! Yo me voy de aquí," le indicó Lucas. Con lo que le restaba de fuerza, ayudó a levantar a Martín y lo apoyó en sus hombros para irse de allí.

"¡¿A dónde van, muchachos?!" exclamó Mando el Bribón, con los brazos abiertos, como si el mundo le perteneciera. "Les prometí fuegos artificiales," gritó y luego añadió en un susurro, "Qué haya fuegos artificiales…"

Mando el Bribón prendió el encendedor y lo lanzó sobre la hierba que había regado con gasolina. Se comenzó formar un incendio alrededor de todos. Mando el Bribón se disfrutaba cada instante con una maligna sonrisa en el rostro. En sus ojos se reflejaba la creación de la combustión. Christian levantó la cabeza justo a tiempo para observar cómo el fuego iba formándose. Lo siguió con la mirada hasta que se detuvo de sorpresa. La flama de fuego empezó a subir por las piernas de Martín y se esparció por su ropa.

Martín quedó despierto de cantazo, se apartó de Lucas y comenzó a gritar de agonía mientras Mando el Bribón observaba como si se tratara de un espectáculo, casi hipnotizado.

"¡Me quemo! ¡Me quemo!" gritaba Martín, corriendo para todas partes, pero había más fuego a su alrededor y no tenía idea de hacia dónde correr.

"¡Mira lo que has hecho!" le gritó Lucas a Mando el Bribón.

Martín ya no aguantaba más. Corrió a través del círculo de fuego y se tiró a rodar por la montaña. Sus gritos hacían eco en el bosque. Lucas estaba tan preocupado que fue tras él y cruzó la flamas sin importarle quemarse.

"¡¿Ves lo que has causado, Zaragoza!?" le gritó Mando el Bribón a Christian cuando se percató de que se había quedado solo.

"Estás demente, Mando," le dijo Christian, arrastrándose hacia la inconsciente Frances. El calentón se le pegaba en el rostro de manera inevitable.

"Tú quemas un amigo mío y yo quemaré uno tuyo," dijo Mando el Bribón y agarró a Frances por un brazo. Comenzó a arrastrarla hacia el fuego que cada vez se elevaba más.

La imagen de lo que estaba a punto de suceder, pareció despertar a Christian. No podía permitirlo. Se levantó y fue corriendo hasta Mando el Bribón. Lo pateó en la mano causando que liberara a Frances.

"¿Aún quieres más? ¡Te destruyo!" exclamó Mando el Bribón y le lanzó un golpe salvaje y violento.

Christian se agachó para esquivar y se levantó pegándole con un gancho en el mentón que logró sacudir a Mando el Bribón. Christian aprovechó el ímpetu y le pegó a Mando el Bribón con una ráfaga de golpes para tratar de derrumbarlo, pero Mando el Bribón era muy fuerte y aguantó todos los golpes sin caerse. Luego contrarrestó con varias pegadas al cuerpo hasta que forzó a Christian a caer de nuevo al piso.

"Eres un tonto, Zaragoza," le dijo Mando el Bribón. "Tú no puedes conmigo por más agallas que agarres de momento. ¿Acaso no ves que estás solo? Esta vez no hay nadie para salvarte de la paliza de tu vida. Te la daré yo y haré que la disfrutes. Cuando me canse de pegarte, entonces lo quemaré todo."

Mando el Bribón levantó a Christian por el cuello. Todo lo que se escuchaba era el escalofriante sonido de las cosas al arder y dejar de ser. Entonces una extraña risa comenzó a sonar alrededor del anillo de fuego. Christian vio un par de misteriosos ojos brillosos, se movían sigilosos y con agilidad. Los estaban asechando desde la oscuridad, esperando el momento indicado.

"¿Qué es eso?" preguntó Mando el Bribón, tenía miedo.

"Tienes que soltarme," le dijo Christian como pudo, en un susurro. Le latía la cabeza y le dolía todo el cuerpo, "o nos matarás a todos. Tenemos que irnos de aquí."

"¡Mentiras!" exclamó Mando el Bribón y le pegó un cabezazo. La risa se intensificaba más. "¿Qué trucos son estos, Zaragoza? ¡Dime!"

"No son trucos, Mando. Tienes que soltarme. Estamos en grave peligro, todos. Hay una gran hiena esperando para atacarnos. Nos tenemos que ir."

Mando el Bribón pegó un grito y lanzó a Christian por encima de él hacia atrás como si fuera un saco de cemento. La gran hiena empezaba a reír más excitante. Mando el Bribón fue tras Christian, lo agarró por el cuello otra vez, lo levantó y lo volvió a lanzar de la misma manera. La gran hiena parecía disfrutarlo, haciendo eco, moviéndose impaciente.

"Hora de despedirnos, Zaragoza," indicó Mando el Bribón. "Siempre recordaré este día." Agarró a Christian de la misma manera otra vez, con intensión de lanzarlo hacia atrás, esta vez, directo al fuego. Lo levantó con toda su fuerza, pero Christian escaló por las piernas, cintura, pecho y le pegó un rodillazo que los envió a ambos por los cielos. Mando el Bribón quedó tendido en el piso.

La gran hiena aprovechó el momento, se impulsó y saltó sobre las flamas de fuego, cayendo a sólo metros de Christian. El animal era enorme y musculoso. Mostraba los colmillos filosos y no le quitaba los ojos de encima al muchacho. Comenzó a caminar despacio, acechando. Christian estaba paralizado del miedo. Esperaba no proyectarlo. No sabía qué hacer. Había llegado su final. Estaba encerrado en un anillo de fuego con un depredador hambriento de venganza. Buscaba con la mirada, pero no había escapatoria. Hasta allí llegaba el sendero.

Mando el Bribón comenzaba a moverse y a recuperarse. La gran hiena lo vio vulnerable y fue tras él de inmediato.

"¡No!" gritó Christian, corrió y le pegó una patada a la gran hiena por el costado, haciéndola retroceder. El niño se quedó sorprendido con lo que había acabado de hacer.

Mando el Bribón vio la gran hiena y se alejó corriendo de terror y llorando lagrimones. La gran hiena lo observaba y acechaba, caminando de lado a lado, con Christian de por medio. Entonces el depredador vio a Frances tirada en el suelo y entró en un estado de frenesí. Abrió la boca enorme, apretó las patas y se lanzó sobre ella. Christian actuó a tiempo y logró mover a Frances. La gran hiena intentó morderlo a él, pero no lo alcanzó. Christian volvió a ganar distancia entre ambos, podía ver el instinto animal en los ojos de la gran hiena. Ésta atacó otra vez, logrando apartar a Christian de su camino para poder ir tras su objetivo principal de todo este tiempo. Christian volvió a pegarle, pero, esta vez, la gran hiena se volteó y lo tumbó con sus patas delanteras. Christian no tardó nada en levantarse; agarró uno de los envases de gasolina que estaba cerca y le pegó con eso a la gran hiena. El animal se lanzó sobre él con toda su ira, pinchándolo contra el suelo. Abrió la boca y cuando intentó morder, dos lobos le saltaron encima y comenzaron a pelearse. Eran los lobos de Frances y habían llegado justo a tiempo.

La gran hiena se peleó con los dos lobos sin retroceder. Estaba muy cerca de acabar con Frances como para echarse para atrás. Intercambiaron mordidas y rasguños hasta que la gran hiena hirió a uno de los lobos con un mordisco a la espalda logrando dejarlo en el piso y fuera de la pelea, aullando de dolor. Entonces comenzó a dominar al lobo restante con facilidad. Era mucho más fuerte. Lo rasgó, lo mordió, lo derrumbó al suelo y se paró sobre él. Lo mordió en el cuello y comenzó a apretar la mandíbula con toda su fuerza. Christian estaba viendo cómo se le escapaba la vida al pobre lobo que le había salvado la suya. No podía permitirlo. Comenzó a gritarle a la gran hiena para que soltara al lobo, pero no lo consiguió. Todavía tenía el envase en las manos, adentro quedaba un poco de gasolina. Christian se acercó a la gran hiena sin temor y la mojó con la gasolina que quedaba en el envase. La gran hiena soltó a su presa al fin. El otro lobo que estaba malherido ya se había recuperado; éste se lanzó sobre la gran hiena y se la llevó a través del fuego logrando que se incinerara al momento. La gran hiena salió huyendo encendida en fuego hacia el bosque. Su lamento se escuchó por toda la montaña solitaria y de momento, nunca más.

Christian cayó de rodillas al suelo. Su visión ya estaba medio borrosa por el humo y comenzaba a tener problemas para respirar. Escuchó unos tosidos, eran de Frances. Christian se arrastró hasta su amiga y la agarró en sus brazos.

"Te tengo, Frances," le dijo Christian. Ella se encontraba en muy mal estado. Sangraba por los labios y los ojos le dilataban. "Vas a estar bien, por favor, se fuerte. Te protegeré, amiga. Vamos a estar bien. Por favor, no te mueras, no te puedes morir. No quiero perderte."

El humo ya los arropaba, la sensación de ardor del fuego era abrumadora y asfixiante. Christian comenzaba a sentir que se iba. Su mente se apagaba. Ya no sentía a Frances moverse en sus brazos. La apretó con la fuerza que le quedaba y la amparó con su cuerpo, cerrando sus ojos y viendo con el alma. Ya no sentía nada. Escuchaba su nombre a lo lejos, muy lejano, mucho más allá que el canto de las aves, el cantar de su cotorra Tonti. La cabeza le daba vueltas, estaba muy pesada. Era difícil mantenerse y muy fácil dejarse ir. Christian comenzó a desplomarse, cayó sobre un hombro y miró al cielo. Había montones de aves volando a su alrededor, muy alto en el cielo. Se llevaban el humo, apagaban el fuego. Eran cientos de aves. Tonti estaba entre ellas. Christian no tenía fuerzas para moverse, pero logró sonreír antes de colapsar por completo.

CAPÍTULO DIECISIETE
UNA TRADICIÓN ES PARA SIEMPRE

Ricardo y María Zaragoza habían estado llamando a Christian a gritos durante minutos, pero no conseguían una respuesta que no fuera más desesperación. Estaban adentrados en el bosque y, por cada rumbo que tomaban, encontraban cuerpos de distintos animales mutilados, desgarrados y destripados. Desconocían lo que estaba sucediendo y sólo podían llenarse con la esperanza de que su hijo no corriera la misma suerte de aquellos pobres animales. Dejaron de gritar y aceleraron el paso. Un enorme fuego se había formado en una parte del bosque y Ricardo Zaragoza tenía la corazonada de que su hijo tenía que estar allí. No se equivocaba.

Alvin se mordía las uñas mientras veía humo elevarse desde el bosque. Se encontraba en el carro de Arelys con ésta manejando. Esperaba hasta bajar un poco más la montaña. Lejos se veían colores llamativos moverse con rapidez.

"¿Qué es eso?" preguntó Arelys, sus ojos agrandados. "Parece un fuego. ¿Se estará quemando algo?"

"El bosque," respondió Alvin. "Christian está allá."

"¿¡Qué!? ¿¡De qué estás hablando!?"

"Christian se fue solo hacia el bosque para evitar que Mando el Bribón lo encendiera en fuego. Tiene que estar allí." Alvin tenía incertidumbre y miedo.

"¡Oh, Dios!" exclamó Arelys con expresión de temor. "¿En qué estaba pensando Christian? ¡Puede estar muerto!"

"Lo sé. Por eso tenemos que ayudarlo."

"¿Cómo? ¿Quién más sabe esto?"

Entonces vieron una bola de fuego junto a la carretera. Alvin le pidió a Arelys que detuviera el carro para bajarse y averiguar porque le parecía que alguien se quemaba. Se podía escuchar gritos de desesperación. Alvin pedía a clemencia que no se tratara de Christian. Se estacionaron y fueron a verificar a toda prisa. Martín estaba inconsciente en el piso, arropado por el fuego, y Lucas lloraba mientras intentaba apagarle las llamas que se elevaban ya a cuatro y cinco pies de altura. Alvin se quitó la camiseta y ayudó a intentar apagar el fuego con ella.

"No te mueras, Martín, no te mueras," gritaba Lucas entre llantos.

"¿Qué sucedió?" preguntó Alvin, alterado.

"¡Mando se ha vuelto loco! ¡Está quemando todo!" respondió Lucas.

"¡Oh, no!" exclamó Arelys, su rostro arcado. "Christian, ¿¡dónde está!?"

Lucas se quedó callado. Alvin logró apagar el fuego con el sacrificio de su camisa y un chaleco que Arelys le pasó también. Luego le gritó a Lucas que respondiera dónde estaba Christian. Lucas estaba en pánico, no podía hablar. Observaba a su amigo en el suelo y no sabía qué pensar. Algunas partes de la piel de Martín lucían como un caramelo bajo el sol. Alvin le volvió a gritar y Lucas levantó una mano para señalar. El humo del incendio en el bosque ya llegaba alto en el cielo. Alvin y Arelys se miraron y luego se encaminaron hacia allá. Lucas se arrodilló junto a Martín para cuidarlo. La policía estaba cerca, los bomberos también.

Alvin y Arelys iban rápido, gritando el nombre de Christian. Ya estaban muy cerca del fuego, pero no escuchaban una respuesta. Montones de aves volaron sobre ellos como si se tratara de jets haciendo una demostración de vuelo. Nunca habían visto algo similar. Eran distintos tipos de pájaros en plena oscuridad, creando una gran sombra por los cielos del bosque.

Cuando la policía y los bomberos de Ciudad de Ensueños llegaron corriendo a la escena, encontraron a Alvin y a Arelys tapándose los ojos con las manos y tosiendo. Pero ya no había fuego. Sólo quedaba una inmensa bola de humo arropando toda el área. Las aves que volaban los alrededores se elevaron alto en el cielo y luego se perdieron en el bosque. Los profesionales actuaron rápido, unos se llevaron a Alvin y a Arelys de allí mientras éstos no querían, forcejeaban y gritaban por Christian, con las lágrimas bajando por sus rostros; otros se lanzaron entre la bola de humo para extinguirla.

Ricardo y María Zaragoza observaban incrédulos y dolidos desde cerca. Habían escuchado la voz de su hijo hacía unos minutos, cuando el fuego todavía se elevaba a montones de metros. Vieron que el humo lo eliminaban poco a poco y se adentraron en búsqueda de Christian, gritando su nombre. Varios agentes de la policía intentaban impedirlo porque su trabajo era protegerlos.

"¡Christian! ¡Mi hijo!" gritaba María Zaragoza, aturdida y destrozada, con los lagrimones bajando como gotas de agua limpia.

"¡Suéltennos, suéltennos! Tenemos que ver a nuestro hijo," gritaba Ricardo Zaragoza, rabioso. Varios agentes tenían que sujetarlo para poderlo controlar. Forcejeando y en un leve vislumbre, Ricardo Zaragoza vio a Christian. "¡Mírenlo allí!" Se liberó de los agentes y corrió hacia su hijo. La policía soltó a María Zaragoza para que fuera tras su esposo.

Encontraron a Christian tirado en la tierra con sus ojos cerrados y con golpes por todas partes. A su lado, había una niña de cabello escarlata en las mismas condiciones que él. Ambos estaban del color de un tizón y malheridos, sangrando por distintas partes. Christian le sujetaba una mano a Frances y parecía mostrar una leve sonrisa. A unos metros de distancia, había un lobo herido, jadeando por su vida. Mando el Bribón se encontraba de cara contra la tierra, no se movía.

María Zaragoza se llevó las manos a la boca al ver que su hijo no estaba imaginando cosas y la amiga que había mencionado era real. No se necesitaba la visión de un águila para ver que Christian había protegido a Frances. Ricardo Zaragoza se arrodilló junto a Christian para verificar si tenía pulso. Dio un suspiro y sonrió, estaba viviendo el momento en el que más orgulloso se había sentido de su hijo.

*

El hermoso canto de los pajaritos al amanecer nunca fue tan nítido. A pesar de todavía quedar un poco de humo en el cielo, éste estaba precioso. El día se recargaba con los rayos de sol y no había ningún tipo de ruido en la casa de la montaña solitaria, salvo el cantar de los pajaritos parados en la baranda del balcón del cuarto de Christian. En esa misma cámara, se encontraba el niño, acostado en su cama, sus ojos cerrados, con vendajes en distintas partes de su cuerpo y suero en uno de sus brazos. Su familia, Ricardo, María y Marlena Zaragoza lo habían estado vigilando por más de un día. Ninguno había dado señales de cansancio ni de aburrimiento. Esperaban el momento de ver a Christian levantarse otra vez.

Christian estaba sereno. Creía estar flotando en el aire, en algún lugar sin color ni forma. No sentía su cuerpo ni podía moverlo. Podía ver lo que imaginara, pero no lograba crear imágenes. Todavía escuchaba el canto de las aves y podía recordarlo como si fuera su última memoria. Cuando creyó escuchar la voz de su madre decirle que él era su pequeño héroe y que lo amaba con todo su corazón, abrió los ojos.

Allí estaba su familia, todos se sorprendieron y sonrieron de alegría y celebración cuando lo vieron despertar. Juntaron las manos en señal de agradecimiento y luego le cayeron arriba con besos y abrazos. El niño todavía se sentía débil y no podía abrazarlos a todos, pero comoquiera cerró los ojos y sintió el calor de su familia.

"¿Qué sucedió? ¿Dónde estoy?" preguntó Christian cuando lo dejaron de abrazar, un poco aturdido. Se puso nervioso cuando vio los vendajes y el suero. Todo el cuerpo le dolía más que nunca y sentía que jugaban un partido de futbol dentro de su cabeza.

"Estás en casa, cariño," le respondió María Zaragoza, un brillo de alegría en sus ojos.

"Has inhalado mucho humo, hijo," añadió Ricardo Zaragoza. "Necesitas descansar."

"Humo…" susurró Christian, comenzando a recordar.

Marlena lo miraba sonriente y avivada.

"Lo lograste, hermanito," dijo ella. "Nos salvaste a todos."

Christian rápido desvió su mirada hacia sus padres, en específico, hacia Ricardo Zaragoza.

"Lo siento mucho," comenzó Christian, pero su madre no lo dejó.

"No tienes que disculparte, mi amor," indicó María Zaragoza y le acarició el rostro a su hijo.

"Marlena nos lo contó todo," añadió el padre, su cara seria como de costumbre. Christian agrandó los ojos, pensando que la había liado. "Lo que hiciste es una locura." Christian no sabía qué decir. Quería disculparse de mil maneras, mas, si tuviera que hacerlo de nuevo, lo haría otra vez por cada una de esas disculpas. Pero eso no haría falta. "También requiere de mucho valor." Ricardo Zaragoza sonrió y le aseguró, "Nunca he estado más orgulloso de ti en toda mi vida, desde que te vi nacer y te tuve en mis brazos por primera vez. Te amo, mi hijo." El padre abrazó a su hijo con lágrimas de orgullo en sus ojos, liberando un enorme peso abstracto de su alma.

"Alvin y Arelys están en la sala. Les diré que vengan a verte," dijo María Zaragoza.

"¡Frances! ¿Dónde está Frances? Necesito verla. ¿Está bien?" preguntó Christian alterado.

Los miembros de su familia se miraron entre sí, pero ninguno se atrevió a contestar. Eso sólo entristeció y preocupó más al muchacho. Sus pensamientos se llenaron de cosas negativas. La garganta se le atascó.

"No," rogó Christian. "No, por favor. Frances tiene que estar bien. ¿Está viva?"

"Está viva, Christian," contestó Marlena. "Frances está viva, pero…"

"¿Pero qué, Marlena?" le preguntó Christian. "Dime."

"No sabemos dónde está," respondió Marlena.

"La llevamos al hospital más cercano," explicó María Zaragoza. "Los doctores indicaron que tenía problemas para respirar porque había inhalado mucho humo. También tenía una hemorragia interna y varios golpes en su cuerpo. La hospitalizaron, pero desapareció a las horas y nadie sabe dónde se encuentra."

"¡Tenemos que buscarla de inmediato! ¡Corre un grave peligro!" exclamó Christian, intentando levantarse de la cama. "Hay un hombre llamado Adolphe Barbier que quiere verla muerta. Frances ya debe de ser noticia en todas partes. Tenemos que encontrarla primero."

"¿De qué hablas?" preguntó Ricardo Zaragoza, alguna vez había escuchado ese nombre.

"Pero no sabemos dónde pueda estar, Christian," indicó Marlena, dispuesta a ayudar a su hermano, pero con razón.

"¡No importa!" exclamó Christian. No se daría por vencido. "La localizaremos como sea. Necesito encontrarla…"

"No hará falta, Christian. Estoy aquí…" dijo Frances. Se encontraba parada en la entrada del cuarto. Llevaba puesta la ropa del hospital. Su rostro estaba marcado por los golpes que había recibido y uno que otro rasguño en los brazos y el cuello. Sin embargo, sonreía muy alegre de ver vivo a su amigo, su héroe. Desde las sombras, había estado esperando que Christian despertara. Había escuchado la conversación hasta que se llenó de valor para salir a la luz.

Todos quedaron sorprendidos al ver la figura de Frances allí. Christian se alegró de verla y quería, pero no podía, levantarse para correr y abrazarla. No obstante, verla sana y salva era suficiente para él.

"¿Cómo has entrado?" preguntó Ricardo Zaragoza. "Toda la casa está cerrada."

"Es su hogar, papá," indicó Christian. "Digamos que conoce todo lo que nosotros no." Christian le sonrió a Frances. Sabía que ella había utilizado uno de los pasadizos secretos de la casa para poder entrar.

"Me alegra que estés bien, jovencita," dijo Ricardo Zaragoza. "Mi hijo parece apreciarte mucho."

"Y es un tonto por eso," dijo Frances. "No debería. He venido a disculparme por todo el mal que les he causado. Desde el fondo de mi corazón, lo siento mucho."

"Te perdonamos," dijo María Zaragoza sin hesitar. Era una mujer que creía en el perdón y en segundas oportunidades. Luego se fue diciendo, "Iré por los demás. Estarán encantados de ver que te encuentras bien… que ambos se encuentran bien."

"¿Por qué le dices tonto a mi hermano?" cuestionó Marlena. "Te salvó la vida."

Christian estaba con el entrecejo fruncido. La conversación lo había confundido un poco.

"Le digo tonto porque lo es. Pero, mi amigo, me alegra que hayas sido tan tonto. Gracias por ser mi héroe."

Christian se llenó de alegría ante las palabras de su amiga. Se quedó cruzando miradas con Frances por un momento eterno, ambos sonrientes, agradecidos el uno del otro. Arelys y Alvin llegaron al cuarto con María Zaragoza.

"¡Estás vivo, Christian!" exclamó Alvin y corrió a saludar a su mejor amigo.

"¡Qué bueno verte tan lleno de vida, campeón!" dijo Arelys. "Por un momento, pensé que te habíamos perdido."

"Créanme, yo también pensé lo mismo," manifestó Christian y todos compartieron una risa.

"Por fortuna, todo salió bien," dijo María Zaragoza.

"Sí, todos hicieron un trabajo espectacular," añadió Ricardo Zaragoza.

"Yo llamé a la policía y a los bomberos con el celular de mamá," dijo Marlena. Ese siempre había sido su plan y nunca dudó.

"Yo logré que Arelys se estacionara lo más cercano al fuego para poder brindarte ayuda y salvamos una vida," dijo Alvin.

"Nosotros te encontramos," dijo Ricardo Zaragoza, abrazando a su esposa. "Te trajimos de vuelta a casa."

"Y yo…," comenzó Christian y se quedó en silencio, pensando en cómo todo había caído como anillo al dedo.

"Tú nos rescataste a todos," le aseguró Frances.

Christian se disfrutó el momento, recordando todo lo que había sucedido. Pero todavía tenía una interrogante en su cabeza.

"¿Qué sucedió con Mando el Bribón?" preguntó Christian un poco preocupado.

"Lo están evaluando en el hospital," respondió María Zaragoza.

"Y tan pronto salga, irá directo a la cárcel juvenil. Allí estará un buen tiempo, tanto él como sus dos cómplices," añadió Ricardo Zaragoza.

"Uno de sus amigos sufrió quemaduras de primero y segundo grado," dijo Arelys.

"Martín…" indicó Christian, recordando cuando el joven se encendió en llamas. El recuerdo lo apenaba mucho. Jamás había escuchado semejantes gritos de desesperación y sufrimiento.

"Bueno, les daremos un espacio para que compartan," le dijo Ricardo Zaragoza a su hijo y a Frances. "Supongo que tendrán mucho de qué hablar."

Todos se fueron del cuarto y los dejaron solos. Frances se sentó al lado de Christian. Sonrieron, disfrutando el momento, la gloria.

"Tienes una bonita familia y muy buenos amigos," indicó Frances. "De verdad siento mucho haberles causado tanto daño a todos."

"Yo sé que lo lamentas, Frances. No tienes que castigarte repitiéndolo. Yo te creo," le aseguró Christian y allí quedó el tema.

"Gracias… por todo… por salvarme… por proteger mi hogar, mis recuerdos y memorias, el legado de mi familia. ¡Gracias!"

"¿Cómo están tus mascotas?"

"Trumpas y los dos lobos se encuentran bien, están sanando sus heridas en un lugar especial en el bosque."

"¿Cómo estás tú?" le preguntó Christian.

Frances guardó silencio por un momento, observándolo. Luego formó una sonrisa.

"Yo estoy bien, cada vez, mucho mejor. Gracias por todo Christian."

Christian se sonrojó un poco y perdió las palabras. Sin embargo, la alegría porque Frances se encontrara bien era notable.

"Sabes qué, hubo un momento en el que estábamos peleando la gran hiena y yo, ese fue el instante en el que pensé que no saldríamos de aquel infierno. Pero aparecieron tus lobos, justo a tiempo y nos salvaron a todos."

"Llegaron a tiempo porque yo los había enviado a encontrar a la gran hiena," confesó Frances.

"¿Por qué harías eso?" le preguntó Christian asombrado. "Yo pensaba que los habías enviado tras Mando el Bribón. Sabes que la gran hiena los pudo haber matado a ambos."

"Lo sé. Los envié para evitar que la gran hiena encontrara a los estúpidos que planificaban quemar el bosque en plena noche y los hiciera pedazos."

"¿Protegiste a las personas que venían a hacerte daño?" Christian se quedó boquiabierto.

Frances afirmó con la cabeza.

"¡Caray! ¡Eres tan increíble!" la elogió Christian. "Nunca paras de asombrarme."

Ambos sintieron electricidad en el pecho.

"Siempre supe que nos protegerías a ambos, Christian."

"La verdad es que no sé cómo sobrevivimos," confesó Christian. "El fuego estaba muy elevado y había humo por todas partes. El calentón era asfixiante. Entonces…" el niño intentaba recordar.

"Aparecieron las aves de todo el bosque," completó Frances.

"Sí… ¿Cómo lo sabes? Tú estabas inconsciente."

"Topy fue a pedir su ayuda porque el bosque estaba en peligro. Todas las aves vinieron a ayudar, a proteger su hogar."

"¿¡En serio!?" exclamó Christian. "Algún día tienes que decirme cómo lo haces."

"Ya habrá tiempo," le respondió Frances y sonrió.

Cuando María Zaragoza subió al cuarto a preguntar si querían comer algo, no encontró ni a Christian ni a Frances. Corrió buscándolos por toda la casa, pero no estaban allí. A Christian se le había ocurrido una idea y le había pedido a Frances que confiara en él y la libraría de la amenaza más grande de su vida tal y como lo había hecho con la gran hiena. Frances lo liberó del suero y lo dirigió como él le indicó. Regresaron al refugio subterráneo de ella en búsqueda de un documento que la niña mantenía aún guardado. Regresaron a la casa en la montaña lo más rápido posible, pero ya era tarde porque todos estaban preocupados.

El vendedor de bienes raíces, El Sr. Reid, ya se había tomado cuatro tazas de café negro y estaba enojado porque Ricardo Zaragoza no quería tomar la decisión de comprar la casa o no hasta que apareciera su hijo. El Sr. Reid estaba a punto de irse cuando, al fin, entraron Christian y Frances por la puerta principal. Christian pidió silencio con el gesto de una mano. Explicaría y contestaría en su momento todas las interrogantes que podía notar en los allí presente.

"¿Sr. Reid, me podría decir para quién trabaja?" preguntó Christian.

El Sr. Reid miró a su alrededor para ver si se trataba de una broma o algo por el estilo, pero nadie se estaba riendo. Se limpió la garganta y contestó con orgullo:

"Pues para el Sr. Barbier, por supuesto."

Frances suspiró y apretó lo puños, pero no se alteró, ni hizo nada fuera de lo común, como le había prometido a Christian.

"Bien," dijo Christian y estiró un brazo. "Mami, voy a necesitar tu teléfono celular."

*

La oficina era oscura y hermosa, lozas de mármol, enormes ventanas en cristal, silenciosa, arcana. Estaba ubicada en el último piso del rascacielos más grande de Ciudad de Ensueños. No había ni era permitido tener teléfonos ni radios para que nunca hubiese distracciones. Una desmesurada serpiente cobra se arrastraba libre por el pulido y brilloso piso oscuro. Sobre un escritorio, dentro de una pecera, habitaba una araña errante brasilera, siempre en constante movimiento con sus pasos lentos y acechantes; su única decoración para romper la monotonía era una mano de humano real ya en huesos para que la araña caminara entre sus dedos.

La tarde del día comenzaba, el humo del tabaco se difundía por toda la oficina. Desde aquel puesto, Adolphe Barbier tenía la segunda mejor vista de toda Ciudad de Ensueños, pero a él no le gustaba pensar en eso porque sabía que la mejor le pertenecía a sus archienemigos, la familia que estaba en sus ideas todos los días, o lo que quedaba de esa familia. Se conformaba con poder ver el océano, el área metro, la casa en la montaña solitaria. De esa manera, nunca perdía el objetivo de vista. Ese día, Adolphe Barbier sólo esperaba la respuesta de una persona independiente que había contratado. En cualquier momento, el Sr. Reid entraría por la puerta de la oficina a indicarle que la compra había sido cancelada y no se llevaría a cabo, como de costumbre. A Adolphe Barbier no le estaría extraño. Siempre recibía las mismas noticias. Sin embargo, esta vez, no podía esperar a recibir la información que le trajera el Sr. Reid. Se había enterado en las noticias que un incendio había ocurrido en el bosque de la montaña solitaria, pero no había detalles al momento. Leía el reportaje en el periódico una y otra vez, sus pies enganchados sobre el escritorio, una maligna sonrisa en el rostro mientras continuaba fumándose un tabaco. Quería más información. Había alcanzado un estado que hacía mucho tiempo no experimentaba, ansiedad.

"¿Al fin estás muerta, verdad?" celebró Adolphe Barbier. El imaginarse la respuesta lo liberaba de cierto peso, pero no del todo, no hasta ver el cuerpo sin aliento de Frances Leroux. Dirigió la mirada a la montaña solitaria, allá estaba la prueba de su victoria, o tal vez otra derrota en su malandanza.

La puerta de la oficina se abrió de cantazo y Adolphe Barbier se volteó para recibir las noticias que le trajera el Sr. Reid aunque le estuvo extraño porque éste nunca había entrado a la oficina de esa manera. Sin embargo, Adolphe Barbier se llevó una sorpresa, agrandó sus ojos y bajó los pies del escritorio.

"¿Quién es usted?" demandó saber Adolphe Barbier, muy enojado, con las venas del cuello brotadas.

"Soy el agente Johnson," contestó el hombre que había recibido una llamada de la comandancia de policía de Ciudad de Ensueños dejándolo a cargo del caso más impactante de la ciudad y que nunca se había resuelto. El agente Johnson dio una señal y un grupo de agentes con armas largas entraron detrás de él a la oficina. "Adolphe Barbier, usted está bajo arresto por el asesinato en primer grado de Louis, Mildred, Jacques y Jessica Leroux."

Los agentes se movieron rápido y esposaron a Adolphe Barbier, quien no intentó resistirse, pero le hizo una leve seña a la cobra que rondaba en su oficina. El agente Johnson le comenzó a leer los derechos que tenía, pero a Adolphe Barbier no le interesaba escucharlos, sólo quería saber una cosa.

"¿Ella está muerta?" preguntó Adolphe Barbier en un susurro, muy calmado. Sólo quería saber eso, lo demás no le importaba. El agente Johnson no contestó nada. Adolphe Barbier lo miró a los ojos y eso bastó para conocer la respuesta. Frances Leroux aún estaba viva y, de hecho, era ella quien estaba detrás de su arresto. Frances lo había vencido. Adolphe Barbier enloqueció y comenzó a gritar mientras los agentes tuvieron que utilizar la fuerza. "¡No! ¡No! ¡Juro que la mataré con mis propias manos! ¡Conseguiré que se una al resto de su maldita familia al quitarle el respiro con mi empuñadura! ¡La haré sufrir!"

Los Ojos de la Montaña Solitaria

Fue tan repentino como un relámpago cuando la inmensa cobra salió de las sombras y atacó sin piedad a uno de los agentes, mordiéndolo en una pierna y sacándole gritos de dolor.

"¡Sí! ¡Eso es! ¡Acaba con todos, Necrófago! ¡Devasta!" exclamó Adolphe Barbier, sus ojos rojos como demonio, sin control alguno. El agente Johnson le pegó en la cabeza para que se callara y ordenó al resto de los agentes que ayudaran al oficial herido que la cobra había atacado.

Adolphe Barbier fue llevado a la fuerza, pero nunca dejó de gritar que su venganza se llevaría a cabo.

"No descansaré hasta verte muerta, Frances Leroux. ¡Tú eres todo lo que tengo!"

Adolphe Barbier no tuvo derecho a fianza por haber aceptado frente a agentes los delitos cometidos y la gran prueba presentada a fiscalía, una carta escrita con su puño y letra en la que amenazaba a Frances Leroux. La letra también fue vinculada a la carta encontrada en la casa de la familia Leroux hacía tres años, el día de la tragedia que todavía Ciudad de Ensueños lamentaba, donde decía que Frances había envenenado a sus padres. Adolphe Barbier sería sentenciado a cadena perpetua por varios cargos de asesinato en primer grado y por cargos de intento de asesinato. La imagen de Frances quedó limpia y la vendetta de Adolphe Barbier y sus ancestros nunca alcanzó su deseada gloria, se podriría con él hasta el día de su muerte.

*

La neblina lucía más calmada y serena aquella noche de navidad. Eso sí, el frío no se ausentaba por un solo momento. Ciudad de Ensueños estaba iluminada por las muchas bombillitas de colores que usaban de decoración todas las residencias. La ciudad tenía mucho que celebrar. Una hija querida había regresado, había resurgido como si alguna vez no hubiera estado ni en el corazón de la gente. Todos estaban muy alegres. En la casa de la montaña solitaria había mucho júbilo y energía positiva, había una fiesta con comida, música y jolgorio.

En la sala principal, Ricardo Zaragoza bailaba muy romántico y amoroso con su esposa, recordando el día en el que se habían casado, uno de los momentos más felices de sus vidas. Danzaban abrazados y sin apartar las miradas. Mucha gente llegaba a la casa para felicitarlos y agradecerles con lágrimas en los ojos y una sonrisa pura. Dofy el perro corría contento por los pasillos y entre la gente como solía hacerlo mucho tiempo atrás. Christian vestía un traje elegante y se sentía un poco extraño porque nunca había vestido de esa manera. Estaba compartiendo con Alvin, pero mucha gente que no conocía se le acercaba para abrazarle y saludarlo, algunos hasta para tomarle una foto. Christian se escabulló entre el gentío como pudo y llegó hasta sus padres para apretarlos en un abrazo.

"¡Christian!" exclamó Ricardo Zaragoza con una sonrisa. "Arruinas una bonita canción. Si la quieres bailar, tendrás que conseguir tu propia pareja. Tu madre ya está escogida." El padre le dio unas palmaditas en la espalda. Estaba muy feliz con él.

"¡Los amo mucho!" les dijo Christian, cerrando los ojos y apretando el rostro contra su madre. "Gracias por confiar en mí y permitir que se llevara a cabo está fiesta. Siempre serán agradecidos."

"¡Cariño, nosotros también te amamos!" le aseguró María Zaragoza. La alegría de su hijo significaba mucho para ella y para su esposo. "Tú te mereces esto y mucho más. Sólo tienes que asegurarte de disfrutarlo al máximo. ¡Es tu fiesta!"

"Te equivocas, mamá," le dijo Christian, dejándola un poco perdida y aturdida. "Voy a disfrutarlo al máximo, pero no es mi fiesta. No. Es la fiesta del pueblo, la fiesta de la gente, siempre ha sido así y siempre lo será."

Los padres sonrieron y afirmaron. Christian tuvo que salir corriendo otra vez cuando vio que una señora mayor lo andaba buscando para darle un *besote en esa cara.* La señora tenía los labios muy pintados de rojo y estaba dispuesta a dejarle una mancha al muchachito que no le saldría fácil.

"¿A dónde vas?" le preguntó Marlena al pillarlo y darse cuenta de que estaba huyendo. "No me digas que vas de hurtadillas hacia el bosque otra vez. Estás demasiado ya, hermanito."

"No voy a ninguna parte," respondió Christian, buscando con la mirada a la señora mayor para asegurarse de que no lo fuera a encontrar. "Sólo corro de una doña que me quiere hacer daño."

"¿Cómo?"

"Me quiere besar con sus embarradas bembas grandes." Christian siguió caminando hasta salir afuera de la casa. La gente continuaba llegando.

Marlena se rio y lo siguió.

"Es sólo un beso, hermanito. Ya tendrás que irte acostumbrando algún día," le dijo Marlena.

"Lo sé, pero te juro que si esa señora me besa, me empiezo a arrugar como una pasa y mañana echo canas."

Los hermanos compartieron una risa. Era un momento muy natural, no sentían ningún tipo de presión. No estaban peleando entre sí. Compartían tiempo de calidad como siempre habían querido.

"Te subestimé mucho, Christian," confesó Marlena, ya un poco más seria. "Nunca había pensado que fueras capaz de lograr tantas cosas extraordinarias. De todos los súper héroes que viven y llevan la justicia en tu imaginación, tú eres el más grande. No tienes idea de mi gratitud para ti. Gracias por todo. Espero que alguien haga un brindis por todo tu valor y que nunca lo pierdas. Te quiero, hermano."

Christian no pudo evitar que se le aguaran los ojos y sus labios formaran una sonrisa. Siempre había estimado mucho las palabras de su hermana porque venían del corazón, muchas veces como efecto de algún suceso que él mismo causaba.

"Yo también te quiero, mi hermana," respondió Christian al fin. "Quizás no lo diga mucho, pero son palabras sinceras. Te he fallado muchas veces y quizás te vuelva a fallar, pero te aseguro que, no importa qué, siempre puedes contar conmigo. Te protegeré hasta que Dios quiera porque eres mi hermana, porque para eso estamos. De la misma manera que yo te tengo a ti, tú me tienes a mí. Siempre será así. Gracias por todo. Nunca cambiaría nada de lo que nos trajo a este momento."

Ambos se abrazaron y Marlena añadió:

"Lo sé. Yo tampoco cambiaría nada."

Se quedaron abrazados por un largo rato, compartiendo muchas emociones. Aunque no lo admitirían, hacía mucho tiempo que los dos querían lo que estaban viviendo. Al fin, Marlena rompió el abrazo.

"Creo que alguien te busca," indicó la hermana.

"Por favor, no me digas que es la vieja porque…" comenzó Christian.

"No lo es, mira," señaló Marlena. Era Frances, vestía un elegante traje azul oscuro que le había comprado María Zaragoza. Se encontraba en las sombras, lucía un poco incómoda, su mirada perdida a su alrededor. La enorme cabellera escarlata parecía de suave seda brillosa.

"¡Santos cielos! ¡Está hermosa!" exclamó Christian, maravillado y boquiabierto.

"Creo que deberías invitarla a bailar," sugirió Marlena.

"No sé bailar," confesó él.

"Nadie nació sabiendo. Todo en esta vida se aprende, mi querido hermano," le aconsejó Marlena y regresó a la casa.

Christian caminó hasta Frances con un poco de miedo. No podía dejar de mirar su traje, su radiante y brilloso cabello escarlata.

"Hola…" saludó él un poco tímido.

"Hola, Christian," replicó Frances, miraba a su alrededor y se sentía fuera de lugar a pesar de las muchas memorias que guardaba el hogar.

"¿Quieres bailar?" la invitó Christian y le extendió una mano. Pensaba en la valentía que tuvo para invitarla, pero también en el bofetón que le podían pegar, y sabía lo bien que pegaba su amiga.

"Está bien," accedió Frances y lo tomó de la mano. "Pero no sé mucho. Ya no lo recuerdo."

"No importa," le aseguró Christian, apretando su mano caliente y sonriendo. "Aprenderemos juntos."

Se fueron a danzar al centro de la sala, la neblina a sus pies. Todos los ojos estaban sobre ellos, pero era como si no estuvieran allí. Christian sólo observaba a Frances; ella, a él. Todas las parejas dejaron de bailar y los rodearon para que tuvieran su momento, toda la atención.

"No tenías que hacer todo esto, Christian," le dijo Frances.

"Por supuesto que sí," respondió él. "Esta es la fiesta de tu familia y te la quitaron de manera injusta. Todo esto es tuyo. Esta es tu tradición y jamás permitiré que la pierdas otra vez."

"No pensé que fuera a venir tanta gente. Es como si la celebración de nuestra fiesta hubiera continuado estos últimos tres años. Todavía recuerdo muchos de los rostros, pero no sé si me recuerdan a mí."

"Todos han venido por ti," le aseguró Christian. "Esta es tu gente, siempre te han respaldado. Nunca te olvidaron, jamás te olvidarán."

Bailaron como si se hubiesen conocido en una melodía. Cuando la canción terminó, la gente rápido fue a saludar y a mostrar su alegría por Frances. Christian le sonrió y le dijo que era su momento, que lo disfrutara.

"Tienes el rostro y la postura de tu madre junto con la mirada de tu padre," le dijo doña Antonia a Frances. La eterna amiga de la familia Leroux sonreía de felicidad al poder ver otra vez a la niña que una vez vio crecer. "Sigues siendo el tesoro de la familia."

"¡Doña Antonia!" exclamó Frances y le dio un abrazo fuerte a la señora. "No me has olvidado."

"Nunca lo haré, princesa. Nunca lo haré. Te queremos, Frances. ¡Estoy tan alegre de que estés viva! Siempre lo supe."

"Todos estamos muy alegres," indicó Guillermo Bravo, conocido por darse cita a todas las fiestas de navidad que se celebraban en la montaña solitaria. "Nunca dudamos de ti por un segundo, Frances. ¡Habrá más fiestas en la montaña solitaria! A los viejos como yo también nos gusta divertirnos, sabes. ¡Salud, siempre!"

Frances sonrió y le agradeció al hombre, les agradeció a todos. Christian la observaba muy orgulloso y feliz. Sentir que, de alguna manera, él era responsable de tan sólo un poquito de lo que estaba ocurriendo, lo llenaba de un sentimiento que no podía describir. La gente saludaba y abrazaba a Frances en cada momento, sin dejarle respirar. De repente, Christian sintió que lo apretaron por los hombros y amplió los ojos.

"¡Aquí estás! Te he estado buscando por todas partes, señorito. Mil gracias, hijo," le dijo la señora mayor y lo besó justo en el pómulo derecho.

Christian intentó luchar, pero fue en vano. Ahora tenía una inmensa mancha roja y babosa acompañando los otros adornos que había ganado en su rostro durante los últimos días. Cuando al fin quedó libre de la señora, buscó a Frances con la mirada, pero no la encontró.

"¿Dónde estás? Por favor, no lo hagas, no ahora. Esta es tu fiesta," decía Christian mientras buscaba a su amiga por todas partes, pensando que se había escapado, que la presión del público había sido abrumadora. Corrió hacia afuera y miró hacia el bosque, pero entonces, por alguna razón, sabía justo dónde encontrarla.

"Acá arriba te vas a perder mucho de la fiesta," indicó Christian cuando vio a Frances en el balcón de su cuarto observando el horizonte.

Frances no contestó.

"¿Estás bien?" preguntó él y escuchó que Frances se encontraba llorando. Rápido fue a consolarla. "Oye, ¿qué sucede? ¿Por qué lloras? Estoy aquí contigo."

"Les fallé, Christian. Les fallé en todo," dijo Frances en un llanto y se abrazó a Christian.

"¿Por qué dices eso? ¿A quién le has fallado? No le has fallado a nadie."

"Le fallé a mis padres."

"No digas eso," le pidió Christian, abrazándola fuerte. "Tus padres estarían muy orgullosos y llenos de felicidad por ti. Yo lo estoy."

"Ya no están, murieron por mí, Christian, por mi culpa, por salvarme la vida," se desahogó Frances. Era un gran peso que había estado cargando por mucho tiempo y ya comenzaba a derrumbarse por sí solo. Christian la consolaba y le acariciaba el cabello mientras la escuchaba. "Dieron sus vidas para que yo pudiera vivir la mía y ahora no están aquí conmigo y yo… yo… los extraño tanto, Christian. No es justo. Yo quiero estar con ellos y no puedo. Me prometieron que yo nunca estaría sola y…"

"Así es y así será," le aseguró Christian. "No estás sola. Nunca estarás sola otra vez. Ahora eres parte de nuestra familia. Los últimos tres años de tu vida sólo son un sendero por el que nunca más tendrás que marcar otra huella, una experiencia de la vida que siempre recordarás porque te hizo más fuerte, te hizo la persona que eres hoy día y siempre serás, el corazón de Ciudad de Ensueños, los ojos de la montaña solitaria. Tus padres tenían razón, Frances. Nunca vas a estar sola. Yo siempre estaré contigo. Ellos siempre están contigo, es su amor lo que te mantiene de pie y no permite que te rindas. Puedo sentir su presencia en estos instantes y puedo decir lo que todos ya te han dicho. Tus padres te aman, Frances."

Frances llevó su tierna mirada a los ojos de Christian y observó su alma pura, su inocencia, su valentía, su amor. Dejó de llorar, mucho más calmada ya.

"Tienes toda la razón. Eres una buena persona, Christian, y estoy bendecida de tenerte aquí acompañándome cuando me creí perdida y vacía. Conozco lo mucho que me aman mis padres. No hubo una noche en la que no sintiera su presencia, el poder de su amor."

Frances abrió un puño y un objeto brilló en la palma de su mano.

"¿Qué es eso?" preguntó Christian.

Era el collar con el símbolo familiar de Frances, las dos almas puras entrelazándose. Christian agarró la cadena y se la puso a Frances, quien cerró los ojos mientras aceptaba el privilegio de llevar el collar de su familia. Christian luego la volvió a abrazar.

"Mereces esto y el amor que representa," susurró Christian muy pausado. "Es todo tuyo."

"Gracias, Christian, no sólo por todo, gracias por existir."

Los Ojos de la Montaña Solitaria

CAPÍTULO DIECISIETE

Había un aura poderosa en el cuarto, mucha energía positiva que alumbraba sin ser vista. Christian y Frances podían sentirla. Se abrazaron fuerte sin necesidad de decir más, mirando al horizonte, donde los sueños de muchas personas se cruzaban y creaban infinitas cantidades de historias esperando ser contadas por generaciones y generaciones.

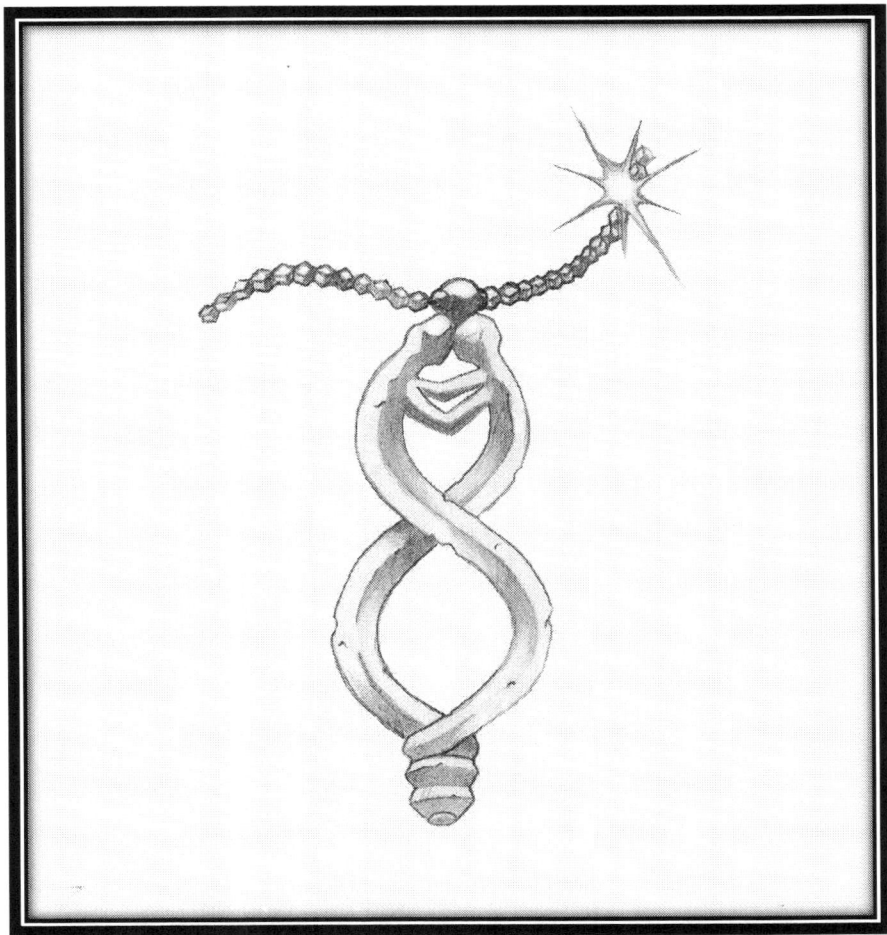

Sobre el autor:

Nacido en Coamo, Puerto Rico, Víctor Edgardo Luis Rivera se interesó por la palabra a temprana edad. Desde muy pequeño, creaba y contaba historias de manera espontánea. Ésta es una de sus memorias más remotas. El autor es un graduado de la Pontificia Universidad Católica de Puerto Rico con un bachillerato en Administración de Empresas y estudios a nivel de maestría. En el año 2006 comenzó el reto de escribir una novela literaria a la cual titularía Hoxerania. Durante el transcurso de los años, se ha dedicado a componer canciones, poemas, poesías, obras teatrales, cuentos, guiones y novelas. En adición, posee aptitud y virtudes en los campos de: fotografía, video, actuación y cine. Víctor Edgardo Luis Rivera es idealista, visionario y se considera devoto a los fanáticos y seguidores de sus distintas obras de arte.

Nota del autor:

Muchas gracias por acompañarme en esta aventura, mi gente. Les cuento que me dio un poco de trabajo completarla, quizás por el deseo de querer mostrarles y encantarles. Espero que el libro, de alguna manera, haya logrado mi objetivo de crearles una memoria duradera y haya sido de su agrado tanto como lo fue para mí el escribirlo. Les invito a disfrutar de mis otras obras y a decirme qué tal les parece. ¡Contáctenme! Les aseguró que me motivará el poder conocer sus pensamientos. Muchísima gratitud por su apoyo. ¡Hasta siempre!

-Víctor Edgardo Luis Rivera

Sigue la saga de Hoxerania por Víctor Edgardo Luis Rivera

Hoxerania: Vancáncer y Terra Jurásica

Y no olvides apoyar y seguir el trabajo del autor en **FACEBOOK**:

- **Víctor Edgardo Luis Rivera**
- **Los ojos de la montaña solitaria**
- **Hoxerania**

Made in the USA
Lexington, KY
30 September 2014